중증장애인과
그 부모의 삶에_____관하여

중증장애인과 그 부모의 삶에 관하여

1판 1쇄 발행 2022년 8월 25일
1판 2쇄 발행 2022년 9월 1일

지은이 김영임
펴낸이 이기준
펴낸곳 리더북스
출판등록 2004년 10월 15일(제2004-000132호)
주소 경기도 고양시 덕양구 지도로 84, 301호(토당동, 영빌딩)
전화 031)971-2691
팩스 031)971-2692
이메일 leaderbooks@hanmail.net

• 잘못된 책은 서점에서 바꿔드립니다.
• 책값은 뒤표지에 있습니다.

리더북스는 독자 여러분의 책에 관한 아이디어와 원고 투고를 설레는 마음으로 기다리고 있습니다.
책으로 엮기를 원하는 아이디어가 있으신 분은 이메일 leaderbooks@hanmail.net로 간단한 개요
와 취지, 연락처 등을 보내주세요.

중증장애인과
그 부모의 삶에
관하여

김영임 소설

리더북스

들어가는 말

사다새.

사다샛과의 물새. 편 날개의 길이는 65~80cm이며, 모 빛은 흰색, 날개 끝은 검은 갈색이다. 이 새의 목주머니는 아주 독특하다. 목주머니는 사냥용 그물이기도 하고 모이주머니이기도 하다. 물고기를 잡을 때는 이 주머니를 물에 담갔다가 그물처럼 활용하여 물고기를 떠 담고, 주머니에 담긴 고기는 자신의 모이도 되고 새끼들의 모이도 된다. 먹이 사냥을 하다가 먹잇감이 떨어져 새끼를 먹일 수 없을 정도의 극한 상황이 되면 어미는 제 가슴팍을 부리로 쪼아 피를 내어 새끼를 먹여 살린다.

......

중증장애인 아들과 함께 걸어간다는 건 어깨가 무겁다기보다는 가슴이 무거운 것. 산다는 것은 혼자 조용히 닳아져 가는 거라는 걸 묵시적으로 가르쳐준 장애인 아들. 생의 아픔이고 슬픔인 천방지축 아들을 향한 애잔함으로 이 글을 썼다.

아들아, 언제 어디서든, 어떤 극한 위험이 닥칠지라도 네 곁에는 항상 사다새 엄마 아빠가 있다는 것을 잊지 말아다오.

전국의 거주시설에서 생활하는 29,000여 명의 중증장애인과, 지난 1년여 시간 추위에 벌벌 떨며, 불볕더위에 땀 뻘뻘 흘리며, 폭우 속에서 정부를 향해 거주시설 폐쇄만은 말아주세요! 간절히 호소하던 중증장애인 자녀를 둔 부모님들에게 이 글을 바친다.

폭우가 내리는 날에,

김영임

차례

1
바보

5월 하순의 한낮 햇볕이 천여 평의 감자밭으로 작렬하게 쏟아졌다. 영호는 땡볕 아래서 정신없이 감자밭 김을 매고 있었다. 이마며 얼굴에 송글송글 맺혀 있던 굵은 땀방울이 눈이며 목덜미로 주르르 흘러내렸다.

"눈, 눈 아파. 눈, 아파."

땀이 눈으로 들어가니 눈이 매워 흙 묻은 두 손으로 눈이며 이마를 쓱쓱 훔쳤다. 배도 고프고 목도 말랐다. 허리가 아파 불현듯 벌떡 일어섰다. 그때 어디선가 시원한 바람이 불어왔다.

"시, 시원해."

영호는 벙긋 웃으며 넓디넓은 감자밭을 바라보았다. 무릎까지 차오른 파란 감자이파리들이 몸을 뒤척이며 일렁거리는데, 형아랑 같이 갔던 바닷가에서 파도가 넘실대던 모습과 똑같았다.

"형아, 형아……"

푸른 바다가 머릿속에 떠오르자 형아가 보고 싶었다. 윤철이한테 형아가 보고 싶다고 말하리라. 영호는 김을 매다 말고 감자밭을 나왔다. 차로를 건너 300여 미터 떨어진 집으로 걸어가는데 갑자기 눈앞이 빙글빙글 돌아갔다. 몸의 중심을 잡으려 애썼다. 그러나 몸이 말을 듣지 않아 자신도 모르게 옆으로 푹 쓰러지고 말았다.

"영호야, 일어나. 이렇게 누워있다가 차에 치이면 죽어!"

"영호야, 감자밭 김맸어?"

"에이구~ 저 큰 감자밭 김을 혼자 매게 하다니."

"그게 어디 하루 이틀이야?"

지나가던 할머니 두 사람이 영호를 흔들며 말했다.

"할. 머. 니, 안, 안녕, 하세요?"

영호는 벌떡 일어나 벙긋 웃으며 할머니들에게 인사했다.

"인사성도 밝지."

"힘들게 일만 해도 즐거운가 봐. 항상 웃잖아?"

"에구, 맨발에…… 안타까워라. 때가 지났어. 어여 들어가 점심 먹어."

"더울 땐 쉬었다 해. 일사병 걸려."

할머니들이 손사래를 하면서 멀어져갔다. 영호는 부리나케 집으로 걸어 돌아왔다.

"꿀꿀꿀……"

돼지 축사 옆에 있는 방으로 들어가려는데 돼지들이 꿀꿀대며 영호 앞으로 몰려들었다.

"밥 달라고? 돼지, 밥?"

영호는 빙긋 웃으며 고개를 주억거렸다. 사료 포대에 있는 바가지로 사료를 한 바가지 폈다.

'너무 많이 주면 안 돼! 딱 세 바가지만 줘야 돼! 세 바가지!'

윤철이 말이 떠올랐다.

"한 바가지. 두 바가지…… 다섯 바가지."

영호는 정확하게 세 바가지, 아니 다섯 바가지를 밥통에 넣어주었다.

"꿀꿀꿀……"

축사 안의 돼지들이 밥통으로 우르르 몰려들었다. 꼬리를 빙글빙글 돌리면서 꿀꿀 밥을 먹고 있는 돼지들을 바라보자니 빙그레 웃음이 났다.

"돼지. 많이, 먹어. 많이, 먹어."

'우리 영호 밥 많이 먹어?'

어디선가 엄마 목소리가 들려오는 것만 같아 문득 뒤돌아보았다. 윤철이 집 앞마당 가득 이름 모를 꽃들이 피어있었다. 꽃들을 보자 엄마, 아빠, 형아 얼굴이 가물가물 떠오르면서 코끝이 매웠다. 곧 눈물이 날

것도 같았다. 엄마도 아빠도 보고 싶었다. 형아도 보고 싶었다.

"곰 세 마리가 한집에 있어 엄마 곰 아빠 곰 형아 곰~"

영호는 노래를 부르며 몸을 흔들었다. 흙 묻은 맨발로 경중경중 뛰면서 손뼉을 쳤다.

"엄마 곰! 아빠 곰! 형아 곰!"

엄마, 아빠, 형아가 보고 싶을 때면 곰 세 마리 노래를 부르며 손뼉을 치면 기분이 좋아졌고, 곧 엄마, 아빠, 형아가 나타날 것만 같았다.

"아빠 곰, 형아 곰 빨리 와~ 형아~ 형아~"

영호는 노래를 부르다 말고 목을 길게 빼고 집에서 대로로 이어지는 길목을 바라보았다. 저 길목으로 곧 형아가 걸어올 것만 같았다.

그런데 불쑥 검은 승용차가 길목으로 들어섰다. 윤철이가 타고 다니는 차라는 걸 영호는 알았다. 그래도 행여나 형아가 왔을까, 영호는 승용차를 빤히 바라보았다. 승용차에서 윤철이와 부인, 주현이가 내렸다. 세 사람을 보는데 엄마, 아빠, 형아가 더더욱 보고 싶었다. 형아는 왜 안오는 걸까.

"영호야, 잠시만 기다려. 금방 올게."

형아는 분명히 금방 온다고 했었다. 그런데 형아는 왜 안 오는 걸까. 윤철이 승용차가 들어오는 길목을 얼마나 많이 바라보았던가. 밤에 잠을 자다가 불현듯 엄마, 아빠, 형아가 생각나면, 엄마 아빠 생각에 잠이 오지 않아 뒤척이다가 어둠을 꼭꼭 밟으며 집으로 들어오는 길목에 나가보곤 했다. 이제나저제나 엄마, 아빠, 형아가 나타날까, 닳고 닳도록 길목을 바라보아도 엄마, 아빠, 형아는 그림자도 보이지 않았다. 기다려도 기다려도 오지 않는 엄마, 아빠, 형아가 사무치게 보고 싶었다.

"아빠, 나 돼지 구경할래."

파란색 반바지에 노랑 옷을 입고 노랑 가방을 둘러맨 주현이가 영호 앞으로 막 달려왔다. 병아리처럼 귀여운 주현이.

"주현이 이뻐. 이뻐!"

영호는 달려오는 주현이를 덥석 안았다.

"주현이 업어."

영호는 무릎을 꿇고 주현이 앞으로 등을 내밀었다. 주현이를 업고 한바탕 빙 돌아주고 싶었다.

"흙투성이에 돼지 똥 냄새나는 놈이 어디서 주현이를 안고 지랄이야, 지랄이!"

"아후~ 냄새! 주현아, 빨리 엄마한테 가!"

윤철이 벼락처럼 소리 질렀다.

"주현아! 엄마랑 집 안으로 들어가!"

진달래꽃 같은 옷을 입은 윤철이 부인도 코를 틀어막으며 냄새난다고 고개를 절레절레 흔들었다.

"돼지 냄새. 좋아."

영호는 자신을 보면 밥 달라고 꿀꿀대는 돼지가 좋았다. 돼지 똥을 치우고 돼지 똥 냄새가 나는 옷을 입고 꿀꿀 돼지 소리를 들으며 잠들었다. 영호는 돼지가 좋기만 한데 왜 냄새난다고 도망가는지 이해되지 않았다.

영호는 주현이 손을 꼭 잡고 안채로 들어가는 윤철이 부인 뒷모습을 바라보았다. 진달래꽃을 닮은 윤철이 부인을 볼 때마다 엄마 생각이 났다.

"병신 머저리! 까마귀 고기를 처먹었나? 맨날 까먹어? 누가 돼지 밥을 저렇게 많이 주라고 했어. 딱 세 바가지만 주라고 했잖아!"

윤철이 다가오더니 영호 뺨이며 머리를 마구 후려갈겼다. 코피가 인중으로 주르르 흘러내렸다.

"돼지 밥. 세 바가지."

"또 까먹었냐? 병신 머저리!"

윤철이는 번쩍번쩍 빛나는 구둣발로 영호를 걷어찼다. 영호가 힘없이 그 자리에 푹 쓰러졌다.

"병신새끼가 엄살 부릴 줄은 안다니까!"

"자, 잘못, 했어요. 감자, 배고파요."

"뱃속에 거지가 들어앉았나 허구한 날 배고프대!"

윤철이 안채로 멀어져가는 뒷모습을 바라보며 영호는 자신의 방으로 향했다. 문 앞의 수돗가에서 손발을 씻으니 시원했다.

"빨리 밥 처먹고 감자밭 김매러 가! 오늘 김 다 못 매면 저녁밥은 없는
줄 알아. 알았어?"

"아, 알았어요."

윤철이가 큰 양은대접에 밥을 한가득 담아와 내밀었다.

"고맙습니다."

영호는 인사를 하며 얼른 대접을 받아들었다.

"천천히 꼭꼭 씹어 먹어!"

오늘은 감자밭만 맸는데 밥을 큰 대접에 준 윤철이가 너무도 고마웠
다. 밥을 빨리 먹고 감자밭 김을 매러 가리라. 감자밭 김을 다 매면 윤철
이 잘했다고 칭찬하리라. 그뿐인가. 큰 대접에 밥을 가득 준다는 걸 영
호는 알았다.

"국물, 밥, 김치."

영호는 빨간 국물에 하얀 꽃이 핀 국물을 들여다보며 머릿속에 떠오
르는 대로 말했다. 빨간 국물을 삼키니 시큼했다. 김치랑 국물이랑 밥
이랑 한 수저 가득 떠서 입 안에 넣으니 씹을 새도 없이 목구멍으로 꿀
떡꿀떡 넘어갔다.

"머저리! 걸신들린 것처럼 처먹지 말라고?"

윤철이 문을 열고 영호에게 소리 질렀다.

"먼저도 씹지도 않고 먹다가 체해서 반나절 일도 못 했잖아? 꼭꼭 씹

어서 먹어!"

"꼭꼭 씹어요. 꼭꼭."

"밥 먹고 감자밭 김매는 거 잊지 마!"

"감자밭 잊지 마!"

윤철이 방문을 쾅 닫았다.

"꼭꼭 씹어요, 꼭꼭."

영호는 밥을 꼭꼭 씹고 싶었다. 그러나 입안에 들어간 밥알은 몇 번 씹지도 않았는데 목구멍으로 스르륵 넘어갔다. 큰 대접에 밥 한 그릇이 너무도 빨리 없어져 아쉬웠다. 빈 그릇과 수저는 바로 수돗물을 틀고 닦았다.

"시원해. 바람, 바람."

영호는 그제야 세수를 하고 못에 걸린 수건으로 얼굴을 닦으려 일어섰다. 갑자기 눈앞이 빙글빙글 돌아갔다. 곧 쓰러질 거 같아 벽에 기댔다. 못에 걸린 수건을 내려 얼굴을 닦는데 돼지 냄새가 났다.

"냄새, 냄새. 돼지 냄새."

영호는 수건에서 돼지한테서 나는 냄새가 난다는 게 너무도 신기해서 웃음이 났다. 어째서 수건에서 돼지 냄새가 날까. 고개를 갸웃거리며 생각하다가 어지러워 주저앉았다. 조금 누워 있고 싶었다. 영호는 수돗가 끝에 매트리스가 있는 구석으로 가려고 무릎을 꿇고 엉금엉금 기었다. 거친 시멘트 바닥에 무릎이 닿으니 따끔따끔 쓰렸지만 윤철이한테 머리통을 맞는 거에 비하면 하나도 아프지 않았다.

"아, 좋아. 좋아."

영호는 매트리스에 누울 때가 제일 기분 좋았다. 매트리스에 누워있으면 땡볕에 풀 뽑으면서 힘들었던 순간이 다 없어졌다. 목마름도 잊어버리고 배고픔도 잊어버리고 스르륵 잠을 잘 수 있어서 행복했다. 매트리스에 눕자 몸이 나른해지며 곧 잠이 몰려왔다. 천근만근 무게가 눈꺼풀을 짓눌렀다.

"잠은 밤에 자는 거야! 밤에 자는 거라고!"

창문이 환할 때 자면 윤철이한테 빰을 맞았다. 잠을 자지 않으려 영호는 게슴츠레 눈을 뜨고 천장을 올려다보았다. 높은 천장 위에는 거미줄이 많이 쳐져있었는데 그 거미줄에는 거미가 살고 있었다. 거미는 어딘가로 열심히 가고 있는데 언제나 거미줄 안에서만 돌아다녔다. 멀리 가지 않고 거미줄 안에서만 돌고 있는 거미도 형아를 기다리고 있는 것만 같았다.

"거미야, 기다려. 엄마 아빠가 올 거야. 형아가 올 거야."

거미가 오늘은 움직이지 않고 한곳에 가만히 있었다. 마치 나른하고 잠이 몰려오는 자신처럼 거미도 손 하나 까딱하고 싶지 않은 모양이었다.

"형아, 왜 안 와? 형아~~"

영호는 나지막이 형아를 불러보았다. 형아는 왜 안 오는 걸까. 형아가 보고 싶어 눈물이 났다.

"영호야, 형아가 사무실에 가서 열쇠 가지고 올게. 여기에 잠깐만 서 있어."

형아가 어딘가로 가고 없는데 갑자기 오줌이 마려웠다. 영호는 안에 있는 화장실로 들어가 변기통에 오줌을 누었다. 화장실을 나오려는데 교복 입은 학생들이 우르르 들어왔다.

"병신새끼가 혼자 있네."

"쟤 허공을 바라보면서 손뼉 치는 머저리잖아?"

"복지관엔 이상한 행동을 하는 저런 병신들이 수두룩해."

"솔직히 병신들 교육받아 봤자 병신 아니냐?"

교복 입은 학생들이 영호를 빙 둘러쌌다.

"야, 너는 밖에 나가서 망봐."

남학생이 영호 손을 잡아끌고 구석 화장실 안으로 데려갔다. 학생들이 우르르 좁은 칸으로 들어왔다.

"형아, 집에 가요. 형아!"

영호는 교복 입은 학생들이 무서워 손뼉을 쳤다.

"병신이 병신 지랄하고 있네."

"박수는 왜 치는 거야?"

"기분이 좋으니까 박수를 치는 걸까? 병신!"

"박수치지 마!"

남학생이 영호 머리를 내리쳤다. 심장이 벌렁벌렁 뛰었다. 숨이 막혔다. 교복 입은 학생들이 무서워 눈물이 났다.

"자지에 털 났나 보자."

"장애인도 자지에 털 나나?"

"나도 궁금하다. 장애인은 지능이 병신이니까 자지도 삐뚤어졌을까?"

학생들이 하하 깔깔 웃어대며 강제로 영호 바지를 벗기고 팬티도 벗겼다.

"거봐. 장애인도 자지에 털 난다고 했잖아."

"정말 털 났네. 그럼 섹스도 할 수 있는 거야?"

"머리가 또라인데 섹스를 어떻게 하겠어?"

학생들이 영호 자지를 툭툭 치면서 하하 깔깔 웃어댔다.

"영호야, 영호야!"

"형……."

형아 목소리가 저 밖에서 들려왔다. 영호는 화장실에서 나가고 싶었다. 그러나 학생들이 영호 입을 틀어막고 머리통을 쥐여박았다. 한 학생이 영호 형에게 말했다.

"아까 여기서 막 박수치던 사람이 저쪽으로 뛰어갔어요."

"그래. 고마워."

학생들은 또 영호 자지를 툭툭 치면서 하하 깔깔 웃어댔다.

"자지가 섰어."

"또라이도 자지가 발기되네."

"우리 아지트 공사장으로 가자."

학생들이 양쪽에서 영호 팔짱을 끼고 화장실을 나와 어딘가로 한참 걸어갔다. 영호는 억지로 걸어가면서 고개를 두리번거리며 형아를 찾았다. 그러나 형아는 없고 나무들만 많이 쌓여있었다.

"야! 머저리! 섹스해 봤냐고?"

"세스. 세스."

"섹스를 했다는 거야? 그럼 병신이 딸딸이 쳤다는 거야? 뭐야?"

학생이 고갯짓을 하자 다른 학생이 영호를 꼼짝 못 하게 팔짱을 꼈다. 또 다른 학생이 영호 바지를 벗기고 팬티도 벗겼다.

"엎드려!"

영호는 무슨 말을 하는지 알아들을 수가 없었다. 무서워 눈물만 뚝뚝 흘렸다.

"병신 머저리! 다리 차버려!"

학생들이 영호 다리를 발길로 걷어찼다. 무릎이 꺾이며 기마자세가 되었다.

"젤 처발라!"

"으아~ 죽인다. 죽여! 으아악!"

"아, 아, 아파. 아파…… 아아아…"

"병신도 뭘 느끼나 봐! 신음소리를 내는데?"

"병신 주제에 딸딸이 많이 쳐봤나 봐! 하하하하……"

학생들의 왁자한 웃음소리가 귓가에 왕왕 울려댔다.

영호는 깜짝 놀라 눈을 번쩍 떴다. 불현듯 일어나서 바지를 벗고 사타구니를 내려다보았다. 자지 옆에 시커먼 털이 수북하게 나 있었다.

"털. 싫어! 털 싫어!"

학생들이 불시에 나타나 자지 털을 보고 웃으며 나무들이 많이 쌓인 곳으로 데려갈 것만 같았다. 영호는 수염 깎는 면도칼로 수북한 검은 털을 깨끗하게 깎았다.

"병신새끼! 일은 안 하고 벌건 대낮에 또 처잤구만. 감자밭 김매라고 했잖아?"

"털, 털……"

영호는 바지를 내렸다.

"병신 지랄하고 자빠졌네. 꼴에 섹스는 알아가지고! 머저리가 자지 털은 왜 깎고 지랄이야!"

"털 싫어. 싫어."

"밥 먹고 뭐 하라고 했어? 감자밭 김매라고 했어 안 했어?"

"안, 안 했어?"

"병신새끼! 그새 또 까먹었구만! 당장 감자밭으로 가!"

윤철이 밥 대접을 영호 머리로 내던졌다. 땡그랑…… 양은대접이 영호 머리를 맞고 시멘트 바닥에 떨어지며 요란한 소리를 냈다.

"밥. 대접. 큰 밥."

영호는 찌그러진 양은대접을 얼른 주워 두 팔로 가슴에 감싸 안았다. 대접으로 맞을 때마다 대접이 찌그러졌는데, 영호는 큰 대접이 부서져 밥을 못 먹을까 불안했다.

"윤철아, 미안해. 빨리. 김매."

"윤철이? 어디서 반말이야. 사장님! 이렇게 부르라고 했잖아?"

윤철이 수돗가 옆에 바닥 쓰는 빗자루를 들더니 영호를 닥치는 대로 막 때렸다.

"사장님, 미안해."

"빨리 감자밭 김매러 가! 오늘 감자밭 김 다 못 매면 저녁밥은 없는 줄 알아!"

빗자루로 맞아 머리가 찢겨 피가 얼굴로 흘러내렸다. 감자밭 김을 매지 않고 잠을 잤으니 사장님한테 맞는 건 당연했다. 이마가 찢겨 피가 나지만 이 정도쯤이야 얼마든지 참을 수 있었다. 그러나 배고픔은 참는 게 너무도 힘들었다. 돼지 밥을 한 움큼 몰래 먹어 돼지한테 얼마나 미안했던가. 배가 고팠으므로 빨리 감자밭 김을 매고 큰 양은대접에 밥을 먹고 싶은 생각만이 머릿속에 가득했다. 하루에 세 번씩이나 밥을 주는 고마운 사장님. 열심히 감자밭 김을 매리라.

영호는 매트리스 옆에 줄을 맞춰 삽이며 낫, 괭이, 호미 등이 가지런히 놓여있는 농기구에서 호미를 꺼내 들었다. 얼굴로 흘러내리는 피를 손등으로 닦으며 감자밭으로 뛰었다. 큰 대접에 국물밥 먹을 생각을 하니 벌써 기분이 좋아 벙긋 웃음이 났다.

2
거주시설 폐쇄

은혜는 마트에서 야채를 정리하고 있었다. 얼갈이배추, 열무가 3일 내내 세일 상품이었다. 얼갈이배추, 열무가 은혜가 보기에도 먹음직스 럽고 싱싱했다. 품질이 좋아서인지 고객들이 장사진을 이뤘다. 세일 마지막 날인 어제 세찬 비가 내려 고객들이 생각만큼 많이 오지 않아 하루 물량이 재고로 남았다.

"재고품은 반값으로 가격표를 붙이세요."

마트 사장님이 얼갈이배추, 열무 재고가 많으니 절반 가격표를 붙이라고 했다. 보통 어제 물건들은 하루 지나면 재고가 되어 가격이 떨어지지만 세일 가격에서 절반으로 가격을 낮추니 거저 가격이었다.

"이렇게 품질이 좋은 얼갈이배추, 열무를 반의반 값으로 팔아야 하니 앞으로 남고 뒤로 밑지는 거죠."

"그래도 어떡하겠어요. 하루 지난 상품이니 재고잖아요. 우리가 대형요?"

마트 사장 부인이 바구니를 들고 매장 안으로 들어서며 말했다.

"당신이 너무 싸게 파니까 우리가 맨날 집 한 칸도 마련하지 못하고 살잖아?"

은혜는 사장 부인이 들고 있는 바구니를 보면서 웃고 말았다. 보나마나 바구니 안에는 간식이 들어 있을 터였다.

"사장님이나 사모님이나 똑같으시면서……"

"선우 엄마, 이리 와서 떡 좀 먹고 해요."

사모님은 바구니를 열어 가져온 간식을 풀어놓으며 어서 오라고 손짓을 했다. 은혜는 열무에 가격표를 붙이다 말고 계산대 옆으로 갔다.

"선우는 거주시설에서 잘 지내고 있어요?"

"네. 선생님들이 아주 지극정성으로 교육도 하고 여행도 다니고 그래요. 코로나 전에는 중국 여행 다녀왔잖아요? 나보다 여행을 더 많이 다닌다니까요."

"선우 엄마가 우리 가게에서 일한 지 3년 넘었으니까 선우가 시설에 입소한 지 4년 돼가네요?"

은혜는 선우를 거주시설에 입소시키기 전까지는 일은 꿈도 꾸지 못했다. 아침 9시에 집 앞까지 오는 복지관 차에 선우를 태워 보내고 집

안 청소며 빨래를 하고 나면 오후 4시. 그때 선우가 집으로 돌아왔다. 선우는 특수학교를 졸업하고 3년을 그렇게 복지관을 이용하며 지냈다.

어느 날 선우가 특수학교 다닐 때 담임이었던 선생님께서 전화를 했다.

"어머니, 은빛거주시설에 자리가 하나 났대요."

"아니 어떻게 자리가 있대요?"

은혜는 거주시설 자리가 있다는 말에 깜짝 놀랐다. 전국의 모든 거주시설은 정원만료인데다가 대기자만 수십 명에 이르렀다. 차례가 돌아오려면 은혜가 늙어 죽을 때까지 자리가 나지 않을 것이다. 정부에서 신규 거주시설을 허가하지 않았고, 기존에 있는 거주시설 이용자가 사망해야 자리가 하나 나는 구조였다. 그러다 보니 거주시설에 입소하려면 하늘의 별 따기였다. 그런데 자리가 있다니.

"정부 정책에 따라 전국의 모든 거주시설 정원을 30명으로 줄이라고 했잖아요? 은빛시설은 20명이 초과돼 있어서 자연감소를 하려고 대기자를 받지 않았대요. 최근에 거주인 한 분이 암으로 돌아가셨대요."

새로 부임하신 은빛시설 원장님은 소규모 정책을 비판하시는 분이라고 했다. '신규 거주시설 설치도 하지 말라, 정원도 줄여라. 그럼 오갈데 없는 장애인들은 어디로 가냐?' 하면서 정부 정책에 반기를 든 사람이었다고 했다.

"50명 정원을 유지하시겠다고 하시면서 입소를 희망하는 사람들은 면담을 받으라고 했대요. 얼른 면담 신청서 넣으세요."

"저는 선우를 더 데리고 있다가 나이 먹으면 입소시킬래요."

"어머니, 거주시설이 얼마나 좋은데 집에서 데리고 있으려고 하세요?"

"스물세 살에 거주시설 입소시키려니 마음이 짠하네요."

"어머니, 거주시설은요 평생 학교예요, 평생학교. 선우가 비장애인이었다면 독립할 나이가 된 거죠?"

"그렇죠……."

"선우도 독립시킨다고 생각하세요. 시설은 나쁜 곳이 아니에요. 지금은 정부가 신규 거주시설 설치 금지를 해놔서 자리가 없어요. 대기자만 전국적으로 500명은 넘을 거예요. 이 좋은 기회를 왜 놓쳐요?"

거주시설에는 간호사, 영양사가 건강과 균형에 맞는 식사를 제공하고, 사회복지학과를 졸업한 선생님들이 24시간 교대근무로 돌보면서 낮시간에는 장애인들의 수준에 맞는 언어, 인지, 미술, 음악프로그램과 지역사회 탐방과 여행 프로그램으로 운영하는 평생학교라고 강조했다.

"어머니, 지금은 선우를 돌본다지만 더 나이 먹으면, 꼬부랑 할머니가 되면 누가 선우를 돌볼 건데요? 그리고 사람이 살다가 무슨 일을 당할지 모르는 게 인생이잖아요? 이 좋은 기회를 왜 놓치세요?"

"선생님 자녀분이 우리 선우 같다면 거주시설에 입소시킬 수 있으세요?"

"어머니, 저는 진즉에 입소시켰어요. 제가 특수교사로 30년 근무했어요. 장애인들에 대해서 아주 잘 알잖아요?"

"선생님은 전문가시죠."

"고등학교 졸업 후엔 아침에 복지관이나 주간보호센터 보냈다가 오후 3, 4시에 선우가 집에 오면 그때부터 돌봐야 하잖아요?"

"자식이니까요. 부모는 죽을 때까지 자식을 돌보는 거죠."

선생님은 부모들이 장애인 자식이 불쌍한 마음에 가슴에 품고 있어야만 좋은 게 아니라고, 부모도 나이 먹고 자녀도 나이 먹는 거라고. 한평생을 자식을 보살펴 주어야만 한다는 생각을 버리라고 냉정하게 잘라 말했다.

"어머니, 선우를 거주시설에 보내놓고 어머니는 일하고, 주말에 선우를 집에 데려가서 즐겁게 보내다가 다시 월요일에는 시설에서 공부하다가 다시 주말에 만나서 즐거운 시간을 보내세요. 이런 생활이 어머님도 아버님도 지치지 않고 선우를 돌보는 거 아닐까요? 주중에 어머니는 일하시면서 보람도 찾고. 거주시설은 학교라니까요."

선생님 말을 들어보니 다 맞는 말이었다. 은혜가 집에 데리고 있다고 해서 선우가 나아지는 건 없었다. 그저 안타깝고 불쌍한 마음에 좋아하는 것만 주다 보니 선우는 살이 많이 쪄서 뚱보가 되어갔다.

선생님은 면담이라도 받아보라고 권했고, 은혜는 면담신청서를 은빛 거주시설에 넣었다. 거주 이용자 한 명을 받는다는 입소문이 퍼지면서

5명이 면담신청서를 넣은 상태였다. 그런데 운 좋게도 선우가 입소 결정 통지를 받게 되었다.

선우는 잘 적응했다. 거주시설에서 규율에 맞게 교육을 받아서인지 집안을 돌아치던 행동과 앉아있는 생활습관도 조금씩 개선되어 갔다.

은혜는 선우를 거주시설에 입소시키고 곧바로 취업을 알아보았다. 선우가 없는 주중에 내 일을 찾아 열심히 살리라. 예전에 다니던 직장은 나이도 있고 경력단절로 입사할 수 없었다. 마침 동네 마트에서 물건 정리할 사람을 찾는다는 공고를 보고 일하게 된 거였다.

하루 24시간 선우 돌보는데 스트레스도 많고 자괴감에 시달리며 우울증도 있었다. 그런데 선우를 시설에 입소시키고 일을 하면서 삶의 활력소를 찾았다. 하루 4시간 근무라 급여는 적었지만 돈으로 환산할 수 없는 보람을 느꼈다. 특수학교 선생님 말대로 주말에 선우를 보면 반가움이 더 크고 돌봄의 무게가 크게 느껴지지 않았다.

마트에서 사모님과 떡을 먹고 커피를 마시고 있는데 전화가 왔다.

"선우 엄마, 은빛거주시설이 폐쇄된데요."

은지 엄마는 전화해서 다짜고짜 시설이 폐쇄된다며 흐느껴 울었다.

"아니 거주시설이 왜 폐쇄돼요?"

"은빛거주시설에서 인권사태가 세 번 일어났대요."

"네에? 세 번이요? 누가 그래요?"

"익명의 제보자로부터 받았어요."

은지 엄마는 은빛거주시설 보호자 대표였다. 누군가 대표한테 제보를 한 모양이었다.

"은지 어머니, 우리 만나요. 만나서 자세한 이야기를 해주세요."

"아니 뭔 일이래요?"

옆에서 통화 내용을 들은 사모님 눈이 휘둥그레졌다.

"사모님, 제가 오늘은 일찍 가봐야 할 거 같아요. 죄송합니다."

"어여 가요, 어여 가. 세상에 왜 갑자기 시설이 폐쇄된다는 거야."

마트 사모님과 사장님은 마른하늘에 날벼락이라며 안타까워했다. 은혜는 정신없이 은지 엄마와 만나기로 한 카페로 달려갔다.

"네. 네에~~ 네. 그렇군요. 알겠습니다."

은지 엄마는 은빛시설 이용자 부모님 전화번호 명부를 탁자 위에 올려놓고 일일이 전화를 걸어 시설 폐쇄를 알리는 중이었다.

"우리가 부모님이나 보호자들을 만나야 하지 않을까요?"

"……"

"시간이 없다구요? 자식 일인데 시간을 내셔야죠? 생계를 책임져야 하는 가장이라고요? 그렇군요. 제가 장소와 시간을 정해서 메시지를 보낼게요. 시간이 되시면 꼭 참석해 주세요."

은지 엄마는 고개를 가로저으며 말했다. 거주시설 이용자가 50명인데 전화를 받는 사람은 30명에 불과하다고 했다. 부모님이나 친인척 보호자 중에는 80대도 계셨는데 이해도가 많이 떨어져 대화조차 하기 어려웠다고 했다. 부모님이 돌아가셨거나, 생활고에 시달리다 보니 자식을 돌아볼 겨를이 없는 부모들, 형제자매가 보호자인 경우에는 부모보다는 안타까워하지 않는 거 같다고 했다. 더욱이 이모나 삼촌이 보호자인 경우도 있다고 했다.

"전화해서 시설이 폐쇄된다고 알려드렸더니 시에서 알아서 다른 데로 보내주겠지요, 하더라니까요. 다른 데로 보내주는 게 중요한 게 아니라 시설 폐쇄를 막아야 하는 거 아니겠어요?"

"우리 선우야 입소한 지 몇 년 되지 않았지만 다른 거주인들은 보통 20~30년은 됐다고 하던데요. 한 집에서 형제자매처럼 지내던 사람들을 뿔뿔이 흩어지게 하는 거잖아요?"

"그나저나 선우 엄마는 시설에서 3년 동안 인권사태가 세 번 일어나면 시설이 폐쇄된다는 복지법을 알았어요?"

"저는 몰랐어요. 삼진아웃 같은 말은 들어봤는데, 그게 3년 동안 3번 있으면 정말 폐쇄되는 건지는 몰랐어요."

"제가 제보받은 바에 의하면 두 건이에요. 남자 선생님 ○○○ 씨가 거주인 무릎을 2시간 꿇린 것하고요, 여자 선생님 ○○○ 씨가 거주인 뺨을 때린 거 두 건이요."

"아니 아무리 3건 아니라 4건이 일어났대도 시설 폐쇄가 말이나 되는 소리예요? 지금 전국적으로 시설이 없어서 대기자가 넘쳐나는데 시설 폐쇄라니요?"

"시설이 문 닫으면 장애인들은 어디로 가라는 건가요?"

은빛시설에서 생활하고 있던 중증장애인은 여성 23명, 남성 27명이었다. 시설이 폐쇄되면 장애인들이 뿔뿔이 흩어져야 하는 것이었다. 앞이 깜깜했다.

"우리가 대책을 세워야 하지 않을까요? 50명 중증장애인들은 어디로 가라는 걸까요? 시에 가서 폐쇄만은 하지 말아 달라고 애원이라도 해야 하는 거 아닌가요?"

"시청 앞에서 폐쇄는 안 된다고 시위라도 해야지요."

"사안이 급박하니 내일 당장 시청관계자를 찾아가자고요."

다음날 시청에 온 사람은 은지 엄마와 은혜를 포함해 5명뿐이었다. 그 5명은 장애인복지과 담당자 면담을 요청했다.

"보호자도 모르게 도둑질하듯이 시설 폐쇄 행정처분이 말이나 됩니까?"

"보호자는 공무원이 아니기 때문에 보호자한테는 통보 없이 행정처분을 내립니다."

담당자는 3년에 3번의 장애인 인권사태가 발생한 시설은 장애인복지법에 의거하여 지자체장이 폐쇄 행정처분을 내리는 것이 부합하다면서 당당하게 말했다.

"은빛시설에서 인권사태가 일어난 건 2번입니다."

장애인복지과 담당자는 "▶2019년 3월과 9월에 장애인 폭행, 학대, 상해, 방임, 보호조치 미흡 ▶2020년 12월 18일, 2021년 3월 1일, 3월 6일 등 4회에 걸쳐 종사자가 여성장애인 2명을 신체 폭행 등 문제가 발생했으며, 1차 개선명령, 2차 시설장 교체, 3차 종사자·법인 대표 각 500만 원 벌금 등 행정처분이 내려졌다."라고 말했다.

"대한민국에 살고 있는 중증장애인들을 학대하고 무시하는 사람들이 거주시설 생활교사만 있나요? 제 아들은 일반학교에서 또래 학생들에게 허구한 날 얻어맞았어요. 복지관 주간보호센터 직원한테도 맞았고요."

은지 엄마는 일반학급에서 또래 비장애인 학생들에게 맞는 모습을 눈앞에서 보았다면서, 그래도 말을 못 했다고 했다.

"특수학교로 가라고 할까 봐요. 아이가 맞는 모습을 볼 때면 얼마나 가슴이 아팠는지 아세요?"

"장애인 학대로 시설이 폐쇄되는 법이라면 일반학교에서 학생들끼리 폭행 사건이 수두룩하게 일어나는데 왜 학교는 폐쇄 안 하고 거주시설만 폐쇄를 합니까?"

"제 아들은 오줌똥도 아무 데나 막 쌉니다. 그런 아들을 선생님들이 정성으로 돌보시면서 반복적으로 교육해서 똥오줌도 가립니다. 집에 오면 선생님만 찾아요!"

"어느 곳에나 미꾸라지 한 마리가 연못을 흐리는 거잖아요."

"시설이 폐쇄되면 사명감으로 일해오신 선생님들은 하루아침에 실업자가 되는 겁니다."

"인권 침해를 저지른 사람이 법의 심판을 받으면 되는 일인데 시설 폐쇄는 너무 가혹합니다. 거주인들을 생각해서라도 폐쇄만은 철회해 주십시오."

보호자들은 이구동성으로 장애인을 위한 복지법이 장애인들을 사지로 내몰고, 사명감으로 일하는 생활교사를 실업자로 만드는 시설 폐쇄는 폐쇄만을 위한 폐쇄법이라고 성토했다.

"담당자님! 인권사태가 3번 발생했다고 칩시다. 그렇다고 꼭 시설을 폐쇄해 50명을 뿔뿔이 흩어지게 만들어야 속이 후련하시겠습니까? 장애인을 피해자로 만드는 게 장애인복지법인가요?"

여든이 넘으신 어르신은 시설폐쇄법은 현장의 사안을 담지 않은 주먹구구식 탁상공론이라며 탁자를 내리쳤다.

"당신도 자식이 있을 거 아닙니까? 손을 가슴에 얹고 생각해보세요? 네?"

한 엄마는 항변하다 말고 흐느껴 울었다.

담당자가 말했다. "제보가 들어왔습니다."

"제보요? 시설을 폐쇄하라는 신고가 들어왔다는 말입니까? 세상에

나! 중중장애인들이 생활하는 시설을 폐쇄하라는 사람이 도대체 누굽니까? 누구예요?"

"공익제보이기 때문에 밝힐 수 없습니다."

"세상에 중중장애인들이 사는 집을 폐쇄하라고 제보하는 사람이 공익제보라고요? 그런 인간이 공익제보로 보호받아야 하는 겁니까?"

담당자는 공익제보자는 보호받아야 하고, 공익제보가 아니더라도 은빛거주시설은 4번의 인권 학대가 발생한 시설이므로 행정처분이 부합하다고 했다.

"도대체 어떤 놈이 제보를 한 거야? 중중장애인들을 거리로 내모는 제보가 공익제보라서 제보자를 보호해야 한다는 게 말이나 됩니까?"

"저희도 중중장애인분들이 계시는 시설을 폐쇄 결정하게 돼서 매우 안타깝습니다. 그분들을 내일 당장 나가라는 게 아닙니다. 장애인들에게 욕구조사를 통해 인지가 좋은 분들은 자립으로 가고, 중중장애인들은 시설로 전원할 예정입니다."

담당자는 행정처분이 정당하다는 말만 되풀이했고, 보호자들의 성토는 그저 넋두리에 그치고 말았다.

"우리가 이대로 물러날 수는 없질 않습니까? 부모 형제도 없는 무연고 장애인을 생각해보세요. 너무 불쌍하잖아요?"

"우리 시장 면담을 요구하자고요."

"시장님 만나서 읍소라도 합시다!"

은빛거주시설 장애인 가족은 시장과의 면담을 요청했다. 그러나 시장은 바쁘다면서 날짜를 미뤘다.

"시장님께서 우리 부모, 보호자들의 호소를 들어주실 겁니다."

"그럼요. 시장님은 시민을 얼마나 사랑하시는데요. 걱정하지 맙시다."

가슴 졸이는 시간이 흘러갔다. 20여 일이 흐른 뒤 시장과 겨우 면담이 이루어졌다. 마음이 다급한 부모님들 25명이 시청으로 왔다.

"시장님과의 면담 참석은 네 분만 가능하십니다."

복지과 담당자는 25명 전원이 시장실에 들어갈 수 없다면서 4명만 참석하라고 했다. 부모회 대표인 은지 엄마, 은혜, 여든이 넘은 아버지, 여동생을 입소시킨 언니. 이렇게 네 사람이 시장실로 들어갔다.

"시장님요, 우리 아가 예순이 넘었심더. 지는 아흔이 낼모레고 죽을 날이 낼모랩니다. 예순 넘은 늙은 아가 어데를 가겠는겨? 우리 아 은빛에서 살게 해주소. 지가 죽을 때 눈 지대로 감고 죽을 수 있게 도와주소. 예, 시장님……."

"시장님, 인권사태가 3번 발생했다고 무조건 폐쇄가 말이 되나요? 운영을 잘못한 죄를 물어 법인 대표를 바꿔야지 장애인들을 내모는 건 잘못된 거 아닙니까? 장애인을 보호하는 법이 아니라 장애인 위에 군림하는 악법입니다!"

"맞습니다. 삼진아웃 대상이 되는 거주시설은 벌칙을 주더라도 시설을 운영해야지, 시설을 폐쇄하면 다들 어디로 갑니까? 지금 시설마다 대기자가 넘쳐나는데 어디로 가라는 말이냐고요?"

"삼진아웃은 정말 나쁜 법입니다. 인권을 침해한 교사만 처벌하면 되는데 왜 시설을 폐쇄합니까?"

"시장님~ 제 동생이 은빛에서 20년을 살았습니다. 제가 계속 데리고 있다가 결혼하면서 자식을 낳으니 더는 데리고 있을 수가 없더라고요. 20년 동안 살면서 친구들과 정이 들었는데 정든 친구들과 헤어져 어디로 가란 말인가요? 은빛시설 폐쇄만은 하지 말아주세요. 아무리 삼진아웃이라도 시장님의 권한으로 행정처분을 철회해 주시면 안 될까요?"

여동생을 둔 언니는 의자에서 내려 무릎을 꿇고 눈물로 호소했다. 시장이 드디어 입을 열었다.

"법은 지키라고 있는 것입니다. 은빛에서 인권사태가 일어날 때마다 시에서 경고를 했습니다. 시정되지 않으니 불가피하게 폐쇄 행정처분을 내린 것입니다. 그리고 지금은 삼진아웃이 아니라 원아웃입니다."

"시설 원장님들이 생활교사들 인권교육을 매번 시킵니다. 좋은 선생님들이 더 많아요."

"원장이나 국장이 생활교사 한 사람 한 사람을 하루 24시간 따라다닐 수는 없는 거잖아요? 교사들이 잘못을 저지른 건데 왜 장애인들이 사는 시설을 폐쇄하느냐고요?"

"한 번만 인권침해가 일어나도 시설을 폐쇄하는 원아웃은 정부가 시설을 폐쇄하겠다는 폐쇄법이네요. 장애인을 정부에서 보호하지 않으면 누가 보호해주나요?"

"중증장애인들이 이용하는 시설에서는 어디서나 인권사태가 일어납니다. 잘못을 저지른 당사자가 처벌을 받으면 되는데 왜 학대만 받으며 사는 장애인들이 피해를 받아야 합니까?"

"시장님요, 인권을 침해한 나쁜 선생님도 있지만 좋은 선생님들이 더 많습니다. 시설이 폐쇄되면 중증장애인들이 뿔뿔이 흩어져야 하고, 시설 종사자들이 하루아침에 직장을 잃는 거 아니겠습니까? 가해자만 처벌하면 되는데 왜 이렇게 많은 사람을 희생시켜가면서 꼭 시설을 폐쇄해야만 할까요?"

"우리 아이는 은빛재단 특수학교에 다닙니다. 시설이 폐쇄되면 우리 아들은 시설을 나와야 하는데 학교는 어떻게 다닙니까?"

은지 엄마도 시설이 폐쇄되면 아이가 학교를 그만두어야 한다며 시설존치를 호소했다.

잠자코 듣고 있던 시장이 말했다.

"은빛시설 거주인들을 생각하면 저도 안타깝습니다. 그러나 경고에도 불구하고 중증장애인들 학대 사건이 매번 일어나니 지자체장으로 관련 법령을 따를 수밖에 없습니다."

"정신 멀쩡한 우리도 여기저기 떠돌며 살다가 나이 육십이 넘으면 한

곳에 정착합니다. 근데 세 살 아이 같은 육십이 넘은 내 자식이 어데를 갑니까? 어데를……."

어르신은 눈물을 흘리며 시장에게 호소했다. 그러나 시장은 원론적인 말만 되풀이했다.

"거주인 자립 지원 계획 등을 철저히 수립할 계획입니다. 장애인들께 피해가 최소화될 수 있도록 최선의 노력을 다하겠습니다."

보호자들의 눈물 젖은 시설 폐쇄 철회 호소에도 시장은 원아웃 복지 법령 앞에서 요지부동이었다.

"우리 내일부터 시위라도 하자고요. 한 달 내내 시위하면 폐쇄를 철회할지도 모르잖아요?"

"맞아요. 시장님도 사람인데 우리 마음을 모르겠어요?"

은빛거주시설의 50명이 뿔뿔이 흩어질 것을 걱정하는 10명의 부모들은 시청 앞에서 시위를 벌였다.

"시장님! 제발 부탁합니다. 우리 자식들이 지금처럼 서로 의지하면서 살아가게 해주세요?"

"50명의 중증장애인들은 어디로 가라는 말입니까?"

"시장님! 불쌍한 중증장애인들을 시장님께서 품어주십시오!"

10여 일 시위를 벌였으나 시장을 만날 수는 없었다. 시에서는 은빛거주시설 이용자 중증장애인들 개개인들의 욕구조사를 실시했다. 자립으로 가고 싶은 사람이 7명이었고, 6명은 은빛에서 살고 싶다는 의사 표현을 했고, 의사 표현을 못하는 37명은 다른 거주시설로 전원한다는 통보를 부모대표인 은지 엄마한테 보내왔다.

은혜와 영훈 부부는 얘기를 나눴다.

"여보, 선우는 우리가 돌보다가 나중에 좋은 시설 있을 때 보냅시다."

"정부가 거주시설 신규 설치를 금지하고 있지만 혹시 알아? 중증장애인들에게는 거주시설이 더 안전하고 평생학교라는 인식을 한다면 정부가 신규 거주시설 설치를 할지도 모르는 거잖아. 그때까지 선우를 우리가 돌봅시다!"

은혜와 영훈 부부는 선우를 원가정 복귀자로 집으로 데려왔다.

3
소망

영훈은 행복동에서도 고급아파트라고 소문난 행복아파트 110동 지하주차장으로 들어서며 잔뜩 긴장했다. 차로가 좁아 자칫 잘못하다가는 고급 승용차를 벽에 긁을 수도 있고 그러면 대리로 한 달 번 돈을 다 물어주고도 모자랄 것이다. 서행운전을 하며 빈자리를 찾느라 좌우를 살폈다.

"사장님, 110동이라고 하셨죠?"

"안마! 108동! 108동이라고 했잖아!"

"죄송합니다. 제가 잘못 알아들은 거 같습니다. 죄송합니다."

영훈은 108동으로 이동했다. 마침 1, 2라인 앞에 빈자리가 하나 있었다. 반가운 마음에 얼른 주차하고 차에서 내렸다.

"사장님, 요금은 2만 원입니다."

"2만 원? 108동 앞에 세워 놓고 2만 원을 달라고?"

"사장님께서 108동이라고 하셨잖습니까?"

"대리하는 놈이 똑바로 알아들어야지? 110동이라고 했잖아 110동!"

양복을 차려입은 손님은 영훈에게 삿대질을 해대며 1만 5,000원밖에 줄 수 없다고 했다. 영훈은 기름기 흐르는 고객의 얼굴을 물끄러미 바라보았다.

"110동이나 108동이나 요금은 2만 원입니다."

"못 줘. 대리면 대리답게 손님이 원하는 위치까지 모셔야지, 안 그래?"

손님은 똥 씹은 표정으로 1만 5,000원을 영훈에게 내밀었다. 영훈은 그가 내민 돈을 받아 주머니에 구겨 넣었다. 마음 같아서는 바닥에 패대기치며 그의 뺨이라도 후려 갈기고 싶은 마음이 굴뚝같았다.

"다음부터는 대리 부르지 마시고 걸어 다니세요."

"이봐, 대리! 지금 아니꼽다는 거야? 대리주제에! 내가 누군지 알아? 직원 20명 거느린 사장이야 사장님이라고!"

'야 개새끼야! 직원 20명이나 거느린 사장이라는 새끼가 기본요금에서 5,000원을 깎냐? 쪼잔한 새끼!'

영훈은 자칭 사장님이라는 자에게 욕지거리라도 한 바가지 퍼붓고 싶은 걸 꾹 참았다.

"사장님, 그럼 조심히 들어가십시오."

자칭 사장님에게 인사를 하고는 돌아섰다.

"뭐 저런 거지 같은 새끼가 다 있어. 저러니까 대리나 해 처먹지!"

손님의 악담이 영훈의 등 뒤로 떨어졌다.

"기사님! 행복동 2단지 콜이요."

아파트 단지를 빠져나오는데 콜이 들어왔다. 새벽 2시. 대리 몇 개는 더할 수도 있었다. 콜 장소로 갈까 잠시 생각하다가 거절했다. 오늘은 초저녁부터 일이 꼬였다. 콜 부른 장소로 헐레벌떡 갔더니 다른 차를 타고 갔다고 했고, 한 곳에서는 면전에서 미안한 기색 없이 거절하는 손님도 있었다. 게다가 자칭 사장이라는 자의 진상까지. 오늘은 이만 접고 집으로 가리라.

영훈은 아파트가 숲을 이룬 차로를 따라 10여 분 걸어가 육교를 건넜다. 같은 행복동인데도 대로 하나를 사이에 두고 한 곳은 고급아파트단지, 한 곳은 낡은 주택가였다. 그 주택가가 영훈이 사는 동네였다.

"오늘은 일찍 퇴근하시네요?"

집으로 들어가는 골목 입구 치킨가게 사장이 아는 척을 했다. 장사를 마치고 문을 닫으려는 모양이었다.

"술 한 잔 할 수 있을까요?"

"웬일로 술을 다 하시게? 들어오세요."

"한 마리는 제가 먹고 한 마리는 우리 아들 주게요. 두 마리 부탁합니다."

"네, 세상에서 제일 맛있게 튀겨 드릴게요."

치킨집 사장은 문을 닫으려다 말고 싱긋 웃으며 주방으로 갔다.

"오늘은 일진이 안 좋아서 술이라도 진탕 먹으려고요."

"진상 손님을 태우셨나 보네요?"

치킨집 사장은 영훈의 마음속에 들어갔다 나온 듯 장단을 맞추었다. 한마디 말에 위로가 되고 콧잔등이 시큰했다.

"세상이 말입니다, 정말 뜻대로 안 되는 게 인생인가 봅니다."

치킨집 사장은 치킨을 튀기면서 어둠이 깔린 밖을 내다보며 읊조리듯 말했다.

"소주는 제가 가져다 먹겠습니다."

영훈은 벌떡 일어나 냉장고에서 소주 한 병을 꺼냈다. 빨리 취해 오늘 일을 잊고 싶었다. 무절임을 안주 삼아 연거푸 소주를 비웠다.

"아니 뭔 술을 그렇게 들이부어요? 조금만 기다리세요. 곧 후라이드 나와요."

"술맛이 참 좋습니다."

"아드님 치킨 포장했어요. 오늘은 그만 가시는 게 좋겠습니다……."

"나 돈 있어요. 하하하. 대리한다고 무시하는 겁니까?"

"에이구~ 저는 뭐 잘났나요? 달랑 콧구멍만 한 가게 하나가 전부인데. 그것도 월세."

사장님은 허허 웃으며 영훈 앞에 마주 앉더니 소주를 따라주었다.

"제가 말입니다, 장애인 아들 낳고 내가 죄를 많이 지어서 하늘이 나한테 장애인 자식을 주셨나? 죄짓지 말자. 욕심내지 말고 살자. 내 입에서 떨어진 말이 남의 가슴에 상처가 되면 어쩌나. 조심조심 살았습니다."

"……."

"장애인 아들이 교육을 받으면 머리가 정상으로 돌아올까? 특수교육비가 얼마나 비쌉니까? 특수교육비 모으려고 아등바등 살았죠."

"그렇죠. 특수교육비 비싸죠?"

"사장님, 저는 오늘부터 막 살 겁니다. 술도 진탕 마시고, 사람들이 비위 거슬리게 하면 욕도 해대며, 내일을 걱정하면서 오늘을 살지 않겠다는 말입니다!"

영훈은 자신과는 아무런 인과 관계없는 마음 좋은 치킨집 사장에게 왜 가슴에 쌓였던 한풀이를 꺼내 놓는지 이유를 몰랐다. 그럼에도 소주 한 병을 다 마시자 가슴에 있던 말이 막 쏟아졌다.

"정부에서 중증장애인들이 생활하는 거주시설을 폐쇄한다는 거 아시죠?"

"네, 압니다. 탈시설 로드맵을 발표했죠."

"탈시설 로드맵이 뭐냐 하면요, 한마디로 말해서 거주시설에 있는 중증장애인들을 자립하라는 겁니다."

"중증장애인들에게 자립을 하라고요? 웃기는 소리죠. 말은 번지르르 좋죠. 그런데 막상 장애인이 내가 사는 동네에 살아봐요. 이상한 소리지른다고 민원 빗발치고, 장애인 때문에 집값 떨어진다고 난리 납니다."

치킨집 사장이 쓸쓸하게 웃으며 자작을 해서 소주를 마셨다.

"천방지축인 장애인들이 무슨 일을 한다고 자립을 시킵니까? 정치인들이 중증장애인들의 속사정을 얼마나 알겠습니까?"

"제가 왜 직장을 그만뒀겠어요? 집사람이 혼수상태니 당장 아들 돌봐줄 사람이 없잖아요? 중증장애인들은 24시간을 돌봐야 하기 때문에 직장을 그만둔 건데……. 정치인들은 그런 것도 모르고 중증장애인들을 무조건 자립시키라니…… 환장할 노릇입니다."

치킨집 사장은 평소와 달리 거친 말투를 쏟아내는 영훈의 얼굴을 살폈다.

"그나저나 부인은 좀 어떠세요? 차도가 있으신가요?"

"어제도 오늘도 면회를 못 갔습니다. 아들 돌봐주는 활동지원사가 우리 아들이 돌발행동을 할 때 돌보는 게 힘들다면서 그만두었어요."

영훈은 한숨을 푹 내쉬며 술잔의 술을 입안에 쏟아부었다.

"내가 누구인지, 자기가 몇 살인지도 모르는 중증장애인들 보고 자립을 하라고요? 지나가는 개가 다 웃을 일이죠."

영훈은 끓어오르는 화를 참지 못하고 술잔을 바닥에 던졌다. 치킨집 사장은 처음 보는 영훈의 과격한 행동에 당황했다. 술 한 병을 시켜 딱 3잔만 마시던 사람이 2병을 넘게 먹는 것을 말리지 않은 걸 후회했다.

"오늘은 우리 이만 일어나자고요. 사실…… 친구가 자살했어요. 그래서 가봐야 해서……."

"……"

영훈은 치킨집 사장 얼굴을 건네다 보았다. 술이 확 깨는 기분이었다. 자살. 영훈에게 자살은 숙제요 소망이었다. 부인 은혜가 혼수상태에 빠진 후부터 가슴에 품고 살았던 소망. 영훈에게는 소망이었던 자살을 어느 누가 장엄하게 해내셨을까.

영훈은 탁자에 포장된 후라이드 봉지를 들고 가게를 나왔다.

"길을 걸었지. 누군가 옆에 있다고 느꼈을 때 나는 알아버렸네. 이미 그대 떠나 있다는 걸…… 나는 혼자 걸었지……."

영훈은 못 부르는 노래를 악을 써대며 휘청휘청 골목길을 걸었다. 5분여를 걸어가니 골목 맨 끝 집 앞에 이르렀다. 대문을 열고 안으로 들어가 왼쪽으로 돌아갔다. 현관문에 걸려있는 자물쇠를 보는데 눈시울이 뜨거워졌다. 영훈이 없는 사이에 아들이 집을 나와 밖으로 나가버리면 어쩌나, 현관문을 밖에서 잠근 거였다.

"선우야~ 선우야~"

자물쇠를 따고 집 안에 들어서자 퀴퀴한 냄새가 진동했다. 3평 거실에는 장난감 소방차, 비행기, 동물 그림책, 동물 장난감, 티라노사우루스, 과자봉지, 아이스크림 봉지와 막대, 입 벌어진 채 나자빠진 우유팩이며 콜라병에선 내용물이 줄줄 흐르다 멈추었고, 식탁에 있어야 할 밥

그릇, 수저가 널브러진 과자봉지에 뒤섞여 있었다. 어찌 이런 집 안 환경을 처음 맞닥뜨렸다고 할 수 있으랴. 선우가 태어나고 익숙하게 보아왔던 집 안 풍경. 새삼스러울 것은 없었다. 그런데 오늘은 난장판 집 안을 보는데 어쩐 일인지 부아가 치밀었다.

"선우야!"

활짝 열린 방 역시 난장판이었다. 텔레비전이 저 혼자 왕왕 떠들어대고 불룩한 배를 드러낸 뚱보 선우는 베개를 끌어안고 자고 있었다.

어제저녁 10시. 선우가 잠든 것을 확인하고 영훈은 대리 일을 나갔다. 먹을 것을 탐하는 선우는 잠에서 깨어 여기저기 뒤져 먹다가 또다시 잠을 자는 거였다. 사리분별 모르는 선우도 잠에서 깨어 아무도 없는 집 안에 혼자 있으면 무섭기도 했으리라. 그럼에도 불구하고 오늘은 애잔한 마음이 들지 않았다. 집 안을 난장판 만들어 놓고 얼굴이며 입 주변에 과자부스러기가 잔뜩 묻은 채 평화로운 얼굴로 잠들어 있는 선우를 들여다보는데 화가 났다.

"이선우! 일어나!"

잠자는 선우를 강하게 흔들어 깨우는 영훈의 목소리가 날이 서 있었다.

"이선우! 일어나라고!"

"아, 아빠! 피자, 치킨, 짜장면, 탕수육……."

선우가 비몽사몽 영훈을 바라보면서 단절음을 하더니 치킨 봉지를 보고는 벌떡 일어났다.

"치킨, 치킨."

선우는 언제 잠자던 사람이었냐는 듯 눈이 반짝반짝 빛났고, 웃음이 만연한 얼굴로 치킨 조각을 입안에 마구 집어넣었다.

"아빠가 이렇게 과자봉지랑 장난감이랑 바닥에 늘어놓으면 안 된다고 했지?"

"했지? 치킨 먹어. 치킨."

"이선우! 네가 몇 살이야?"

"몇 살이야?"

"너는 스물일곱 살이야. 스물일곱 살!"

"치킨 먹어요 치킨. 피자, 짜장면, 탕수육."

선우는 먹고 싶은 것을 열거하면서 치킨 뼛조각을 방바닥에 휙 내던졌다.

"뼛조각을 방바닥에 던져?"

영훈은 망설임 없이 선우의 뺨을 후려갈겼다.

"아빠가 말했지? 이렇게 방 안에 쓰레기를 막 버리면 안 된다고 했잖아?"

"했잖아……."

선우가 눈물을 뚝뚝 흘리며 영훈의 눈치를 보더니 치킨 박스를 뒤집어 방 안에 쏟았다.

"치킨. 피자……."

"이렇게 방에 쏟으면 안 된다고 했잖아?"

영훈은 말귀를 못 알아듣는 선우 뺨을 이리저리 후려갈겼다.

"아, 아빠……."

"바보 같은 놈! 바보 같은 놈! 바보 같은 너를 낳은 이 아비도 바보!"

선우를 때려놓고도 영훈은 화가 풀리지 않아 자신의 가슴을 후려쳤다.

"아빠! 바보! 바보! 아아아……."

선우가 자신의 가슴을 막 치며 방 안을 막 돌아다녔다. 심리가 불안하면 돌발행동을 하는 선우. 아빠한테 뺨을 얻어맞아 선우 심리가 불안한 상태라는 걸 영훈은 뻔히 알면서도 선우가 밉기만 했다.

'사실…… 친구가 자살했어요…….'

자괴감에 가슴을 후려치는데 어느 순간 치킨집 사장의 말이 쇼크처럼 떠올랐다.

"그래. 너 같은 바보는 죽어야 되고, 바보를 낳은 아비도 죽어야 돼!"

영훈은 장롱에서 넥타이를 꺼냈다.

"대한민국 정치인들은 너 같은 중증장애인들한테는 관심도 없어. 너 같은 사람이 자립이 말이나 돼?"

"피자, 치킨……. 아빠……."

"여보, 당신도 나를 이해할 거라고 생각해. 보건복지부에 거주시설 존치해 달라는 민원을 올렸는데 답변이 뭐라고 왔는지 알아?"

1. 귀하께서는 '탈시설 정책 반대' 의견을 주셨습니다.

2. 가. 정부는 제23차 장애인정책조정위원회(2021.8.2.)를 통해 발표한 '탈시설 장애인 지역사회 자립지원 로드맵'에 따라 시범사업 등을 거쳐 단계적으로 장애인의 지역사회 자립을 위한 지원을 추진해갈 계획입니다.

3. 나. 지난 2월 국무총리 간담회 등을 통해서도 관련 의견을 청취하였으며 관련하여 각계의 우려사항 등 다양한 의견들을 고려하여 장애인 가족의 더 나은 삶을 위한 자립지원 정책을 추진하도록 하겠습니다.

보건복지부에서 자립지원에만 최선을 다하겠다는 정책안 답변을 받고 영훈은 희망이 보이지 않았다. 어찌하여 정부는 자녀를 거주시설에 입소시킨 부모가 당사자인데, 당사자의 의견은 하나도 들어주지 않고 무조건 자립만 이야기하는지 그런 정부가 이해되지 않았다.

"아빠…… 치킨……"

영훈은 방 안을 돌아치다가 치킨을 보고는 먹고 싶다고 말하는 선우 목에 넥타이를 휘감았다. 정부의 탈시설 정책에 따라 선우가 자립으로 가게 된다면? 선우가 자립주택에서 제한적 돌봄을 받으며 혼자 살아갈 것을 생각하자니 견딜 수가 없었다. 차라리 선우와 함께 이승을 떠나리라.

"여보, 당신과 함께라면 나는 히말라야산맥도 넘어갈 수가 있어. 당신은 없고, 정부는 거주시설을 다 폐쇄하고 '탈시설 로드맵'대로 추진하겠다는데 일개 개인이 무슨 수로 정부를 막겠어. 어떡해⋯⋯."

영훈은 넥타이 양쪽 끝을 손에 말아 감아쥐고는 힘껏 당겼다. 등줄기에 땀이 흐르고 눈물이 두 뺨을 타고 흘러내렸다.

"아⋯⋯ 캑, 캑⋯⋯ 캑⋯⋯."

"이젠 나도 지쳤어. 지쳤다고! 나는 아버지 안 할 거야. 아버지 지긋지긋해!"

"아⋯ 아⋯"

얼굴이 파랗게 변하며 축 늘어지는 선우를 보고 영훈은 손에서 넥타이를 놓았다.

"후⋯⋯."

"선우야⋯⋯ 아빠 살기 싫어. 선우 아빠 그만하고 싶어⋯⋯."

"아, 아빠. 사, 사랑해요⋯ 목, 아파⋯"

선우가 벌떡 일어나 거실로 나가더니 난무한 잡동사니를 밟고 서서 바지를 내리고 그대로 쭈그려 앉아 똥을 누었다.

"똥, 똥."

선우는 손가락으로 똥을 가리켰다. 거실에 똥 싼 게 아주 잘한 일이라는 듯이 벙긋 웃으며 방으로 들어와 누웠다. 심리가 불안하면 대소변도 아무 데나 누는 선우. 똥을 누고 벙긋 웃음은 아빠한테 잘했다고 칭

찬받고 싶은 표현이었다. 선우를 보면서 영훈은 소망을 이룰 때가 온 거라는 생각이 확고하게 들었다.

"여보, 오늘 '바다마을, 해와달, 축복마을' 거주시설에 대기자로 올렸어."

각 시설에서는 대기자가 많아 더 이상 받지 않는다고 했는데 은혜는 이름이라도 올려 달라고 애원했다고 했다.

"당신은 희망을 꿈꿨잖아? 정부가 신규 거주시설 설치를 해줄 거라고. 근데 신규 설치가 아니라 아에 신규 설치를 영원히 하지 않겠다고 탈시설 로드맵을 선언했잖아? 나 혼자 선우를 감당할 수 없어. 자립으로 가면 그날 당장 밖으로 나올 게 뻔하잖아?"

선우는 24시간 돌봄을 받아야 하는 중증발달장애인이었다. 자립은 제한적 돌봄밖에 받을 수 없는 시스템이다. 자립으로 갔다가 돌봄사가 없을 때 선우가 밖으로 나왔다가 무슨 봉변을 당할지도 모르기 때문에 자립으로 보낼 수는 없었다.

정부는 탈시설 정책으로 일관하는데 영훈이 늙어 꼬부랑 할아버지가 되어도 선우가 거주시설에 입소할 가능성은 제로였다. 현존하는 거주시설에서 한 번의 인권사태가 발생하면 폐쇄조치가 내려지는 복지법. 그것도 기존 삼진아웃제에서 원아웃제로 바뀌었다. 그 말은 하루라도 빨리 거주시설을 없애겠다는 뜻이 아니던가.

"선생님들이 어쩌다 장애인 등을 한 번 때렸다고 시설 폐쇄가 되는 게 말이 되는 소리야? 집에서 부모들이 비장애인 자식들 등짝 정도는 때리잖아?"

은혜는 정부 정책 방향이 온갖 이유를 붙여 거주시설 폐쇄하는 데만 혈안인 것 같다고 성토했었다.

중증장애인 자녀를 돌보는 부모도 아무리 내 자식이라도 화가 날 때가 있고 등짝을 한 번씩 때릴 때가 있었다. 부모가 자식의 등짝 정도 때리는 게 어찌 장애인 자식에게만 국한되랴. 장애인 자녀는 오히려 불쌍해서 잔소리를 안 하지만, 비장애 자녀에게는 더 많은 잔소리를 늘어놓는 게 부모 아니던가.

돌발행동이 심한 중증장애인들은 집기를 집어던지는 행동을 할 때가 있고, 심지어는 교사들을 때리기도 한다. 선생님들은 돌발행동을 하는 중증장애인에게 얻어맞고 제지하다가 자기도 모르게 등짝 한 대를 때릴 수도 있겠지. 그런 경우도 원아웃제로 시설이 폐쇄되는 것이다. 신규 거주시설은 설치 불가하고, 기존 거주시설은 폐쇄가 되고, 신규로 입소할 거주시설이 없으니 전국적으로 대기자만 수백 명이었다.

"선우야, 아빠가 건강해서 아흔 살까지 살아도 선우가 입소할 거주시설은 없어. 대한민국은 중증장애인들에게는 희망이 없는 나라야."

"나라야… 희망이… 나라야."

"선우야, 우리는 오늘 떠나는 거야. 오늘……."

정부가 '탈시설 로드맵'을 발표한 후 은혜는 거주시설 이용자 부모들과 탈시설 반대집회를 이어오다가 쓰러져 혼수상태였다. 중증장애인들을 거주시설에서 내쫓겠다는 정부. 어린아이 같은 중증장애인들이 학대받을 확률이 높은 자립이라니. 영훈은 선우의 미래가 보이지 않아 수면제를 모아왔다.

"선우야, 우리 여기서 다 끝내자."

수면제가 들어 있는 서랍을 여는데 굵은 눈물이 후드득 떨어졌다. 삶에 대한 미련은 없었다. 그런데 왜 눈물이 나는지 몰랐다. 옷 맨 밑에 깊숙이 넣어두었던 수면제. 그 두 병에는 치사량이 넘는 양이 들어있었다.

"선우야, 아빠 소원이 뭔지 알아? 아빠는 우리 선우를 가슴에 꼭 안고 죽는 거였어. 사람들은 돈을 많이 벌거나, 사장님, 국회의원, 대통령이 되는 게 소원이겠지. 그런데 아빠는 그런 거 다 싫어. 우리 선우랑 같이 죽는 게 소원이었어."

영훈은 수면제 한 통을 설탕물에 쏟아붓고 숟가락으로 저어 녹였다.

"선우야, 물 마시고 아빠랑 자야지."

"마시써……"

55

선우는 설탕물이 달아서인지 큰 컵의 물을 단숨에 들이켰다.

"아, 아빠……"

"선우야, 무서워하지 마. 아빠는 언제 어디서든 어떤 위험에 처해 있을지라도 우리 아들 손은 절대로 놓지 않을 거야. 아빠가 우리 선우 손 꼭 잡고 저 먼 길을 같이 갈 거야. 선우야, 무서워하지 마."

선우가 모로 누워 있다가 반듯하게 누워 영훈을 올려다보며 벙긋 웃었다.

"선우야, 아빠가 때려서 미안해. 많이 아팠지? 많이 아팠지……"

"아, 아빠…… 사랑… 해…"

선우 눈이 스르륵 감겼다.

"선우야, 아빠가 때려서 미안해. 아프게 해서 미안해. 미안해……"

영훈은 수건에 물을 묻혀 잠든 선우 얼굴을 깨끗하게 닦고 또 닦아주었다. 지능 2세로 세상에 태어난 아들. 중증장애인 아들이지만 세상 사람들 앞에서 부끄럽다고 생각해 본 적이 단 한 번도 없었다.

"내 아들~ 선우야. 아빠는 말이야, 우리 선우가 집 안을 쓰레기장으로 만들고 똥을 여기저기 누어도 우리 아들 선우를 한없이 사랑했단다……"

영훈의 두 눈에서 굵은 눈물이 고이 잠든 선우 얼굴 위로 떨어졌다.

"선우야, 엄마도 아빠의 선택을 잘했다고 칭찬할 거라고 생각해."

영훈은 땀과 눈물로 얼룩진 선우 얼굴을 쓰다듬고 또 쓰다듬었다. 세상 사람들이 선우를 놀려도 영훈은 그 아들을 귀히 여겼다. 세상의 부와 명예를 다 준다 해도 바꿀 수 없을 만큼 소중했던 아들.

"선우야, 아빠는 수면제를 많이 먹으면 죽는 것도 모르고 설탕물 마시듯 꿀꺽꿀꺽 삼키는 중증장애인들에게 자립하라는 대한민국이 싫어. 이 아빠는 세상에서 가장 취약계층인 중증장애인들을 보호하지 않고 주거의 자유선택권을 박탈하는 나라에서 더는 살고 싶지 않아!"

영훈은 남아있는 한 병의 수면제를 입안에 털어 넣고 선우를 내려다보았다. 자식을 때린 아빠를 원망은커녕 벙긋 웃으며 아빠 얼굴을 올려다보며 잠든 아들. 미처 닦아내지 못한 아빠의 눈물로 얼룩진 아들 얼굴을 들여다보는 영훈의 눈에서 굵은 눈물이 뺨으로 흘러내렸다.

"선우야, 선우 곁에는 항상 이 아빠가 있다는 걸 잊지 마. 아빠 손잡고 이렇게 씩씩하게 가는 거야. 우리는 대통령, 국회의원이 세상에서 가장 취약계층인 중증장애인들을 보호하는 나라에서 아빠와 아들로 다시 만나기를 소망해. 아빠가, 이 못난 아빠가 꿈꾸는 그런 나라에서는 중증장애인 아들을 위해 사다새가 되어 우리 선우 꼭 지켜줄게……."

남들은 바보라고 놀렸지만 아빠에게 선우는 존재만으로도 자랑스러웠던 아들이었단다. 사랑하는 아들~ 아빠가 우리 선우를 아주 많이 사랑했었다는 걸 꼭 기억해다오.

영훈은 인생에 있어 슬픔이었고 눈물이었던 사랑하는 아들 선우를 팔베개하고는 꼭 끌어안았다. 아빠가 꿈꾸는 세상에서도 아빠의 아들로 다시 만날 수 있기를 소망하면서.

4

어느 날 갑자기

M 종합병원 중환자실 대기실에는 두 사람밖에 없었다. 코로나로 면회 인원이 제한된 까닭이었다. 두 사람은 무균가운을 입고 소독제를 손에 바른 후 일회용 비닐장갑을 끼고 중환자실 문이 열리기를 기다렸다.

"김희준 님! 이영훈 님!"

7시가 되자 중환자실 문이 열리며 이름을 호명했다. 영훈은 발걸음을 재촉해 중환자실로 들어가 은혜가 누워 있는 침대로 갔다. 은혜는 산소호흡기를 쓰고 눈을 감은 채 미동도 없었다.

"여보, 유은혜 씨! 남편이 왔는데 반겨주지도 않네?"

"……"

영훈은 아내의 손을 꼭 잡으며 손가락을 살폈다. 드라마에서 혼수상태에 있던 사람이 살아있음을 알릴 때 손끝이 가장 먼저 움직이는 걸 보았기 때문이었다. 행여 아내의 손끝이 움직일까, 움직여주기를 간절히 바랐다.

"여보······"

은혜의 손을 가져다 뺨에 대었다.

"은혜야, 미안해. 당신은 알았지? 그래 선우랑 같이······ 정말 그러면 안 되는 건데, 나만의 생각이었을까? 어쩌면 당신도 나와 같은 소망을 꿈꾸고 있을지도 모른다는 생각을 참 많이도 했었지. 우리 부부의 소망은 사랑하는 아들과 함께 이승과 작별하는 건데, 차마 말은 못 하고 마음속 소망이 행여 들킬까, 애써 아닌 척 웃으며 집 안에 똥을 누는 아들을 보듬어 안고 숨죽여 울었지."

은혜 손에 얼굴을 묻은 영훈의 어깨가 들먹거렸다.

"치킨집 사장님이······"

영훈은 치킨집 사장의 얼굴이 커다랗게 클로즈업되는 것을 꿈속에서 보았다.

"사람이 아니 아버지는 죽을 자격이 없는 겁니다. 돈이 있어도 쓸 줄도 모르고, 남들에게 속아도 속는 줄도 모르고, 때리면 맞아주는 세상에서 가장 착한 우리 자식들이 무슨 죄가 있습니까? ······ 집사람이 열 살 아들을 데리고 원천유원지에 놀러간다고 합디다. 오리배를 탔는데······ 유원지 호수 가장 깊은 곳에 오리배만 덩그러니 있더라고요······ 20년 전 일이네요······ 나는 전생에 무슨 죄를 많이 지었는지 아들딸이 다 장애입니다. 딸은 조금 나은 편인데 남자친구가 생겼다고 집을 나갔어요. 어디로 갔는지 연락을 딱 끊더니 요즘은 현금쿠폰을 보내달라고 합니다. 보나마나 옆에 누군가 있는 거 같은데 행여 내 딸한테 피해가 갈까 봐 한 달에 백만 원 쿠폰을 보내줍니다…… 남들에게 병신이라고 놀림받는 천덕꾸러기라도 눈에 넣어도 아프지 않은 자식 아닙니까? 자식을 끝까지 지켜주는 사람이 엄마이고 아버지입니다…… 아버지는요, 죽을 자격이 없는 겁니다."

치킨집 사장은 영훈의 손을 꼭 잡은 그 손에 이마를 대고 독백했다. 그리고 마주 잡은 손등 위로 뜨거운 눈물이 흘러내렸다.

"살았으니, 내가 목숨을 부지하고 있는 동안 전국 거주시설에 있는 중증발달장애인들의 인권과 행복한 삶을 위해 정부에 탈시설 반대를 더 크게 외치라는 거겠지? 대통령님께 중증발달장애인들이 생활하는 거주시설을 지켜달라고 호소하라는 거겠지?"

"……"

아내의 손을 자꾸만 쓰다듬는 영훈의 눈가엔 눈물이 고였다. 기적처럼 은혜가 일어난다면 얼마나 좋을까.

"우리 선우가 거주시설이 폐쇄되고 집으로 온 지 8개월이 되었네. 그동안 많은 일이 있었지. 그중에서도 당신이 혼수상태가 되었다는 게 나는 아직도 믿어지지 않아."

주치의로부터 은혜가 혼수상태가 되었다는 말을 들었을 때 영훈의 귀속에선 삐~~ 이명이 한동안 이어졌다. 사람들이 흔히 하는 말, 극한의 고통. 마른하늘에 날벼락. 절망은 느껴지지 않았다. 머릿속은 하얗고 이명소리만이 가득하고 그저 악몽 같았다.

은혜가 혼수상태가 되던 날 영훈에게 그날은 말로 설명할 수 없을 만큼 기쁜 날이었다. 그 기쁜 날, 은혜가 혼수상태가 된 날이었다.

"여보, 당신이 쓰러지던 그날 당신은 국회의사당 앞에서 탈시설 반대 시위를 했었지."

"하나. 시설은 감옥이 아니다!

하나. 정책수립 시 시설 이용 당사자와 그 부모들의 의견을 적극 반영하라!

하나. 시설은 행복한 제2의 집이다!

하나. 입소 대기자 죽어간다. 신규 입소 허용하라!

하나. 정부는 탈시설 로드맵을 즉각 폐기하라!"

전국거주시설이용자부모회 50여 명이 울분으로 제창했다. 오후 1시에 시작된 집회는 2시쯤 끝났다. 여러 사람들과 쓰레기를 치우던 은혜는 어지럼증을 호소하면서 그 자리에 털썩 주저앉았다.

"빈혈이 있나 봐요. 근래 자주 어지럽더라고요."

"병원 가야 하는 거 아닐까요?"

우진 엄마가 걱정스럽게 은혜 얼굴을 살피며 물었다.

"신경을 너무 많이 써서 그런가 봐요. 얼른 집으로 가고 싶어요."

두 사람은 버스정류장까지 걸어왔다.

"오늘은 머리도 심하게 아프고 토할 것처럼 울렁거려요."

"아이고 차멀미까지 하나 봅니다. 머리를 의자에 기대세요."

우진 엄마는 은혜 머리를 의자 뒤로 받쳐주면서 안색을 수시로 살폈다.

"크릉…… 크릉……"

고통스러운 표정이던 은혜는 어느 순간 간간이 코를 골더니 평온한 얼굴로 잠들었다. 정부에서 탈시설 로드맵을 발표한 후 거주시설 이용자 부모들은 울분으로 밤잠을 제대로 자지 못했다. 우진 엄마는 은혜가 잠든 것을 보면서 스트레스와 피곤이 누적되었거니 생각했다.

"선우 엄마 일어나요. 다음 정거장에서 우리 내려야 해요."

"……"

은혜는 아무런 대꾸가 없었다.

"선우 엄마!"

은혜를 흔들어 깨웠다. 그래도 은혜는 미동도 하지 않았다.

"기사님! 차 좀 세워 주세요. 선우 엄마가 이상해요."

운전기사가 차를 세우고 은혜가 앉아 있는 좌석으로 와서는 안색을 살폈다.

"의식을 잃은 거 같아요. 119에 전화할 테니 다시 깨워보세요."

"선우 엄마! 눈 좀 떠봐요. 왜 이러는 거예요. 네?"

은혜를 흔들었으나 미동도 하지 않았다. 앰뷸런스는 버스가 정차하고 있는 위치로 달려왔고, 은혜를 실은 앰뷸런스는 사이렌을 울리며 인근 대학병원으로 달려갔다.

"이영훈 차장님, 잠시 제 방으로 오시겠습니까?"

그 시간, 상무님 방으로 걸어가는 영훈의 발걸음은 천근만근이었다. 갑자기 무슨 일로 호출하는 걸까. 정년을 몇 년 앞두고 있으니 명예퇴직 권고를 받을 거 같은 불길함을 떨쳐버릴 수가 없었다.

"이영훈 차장님, 부장으로 승진되었습니다. 축하합니다."

상무님은 승진 소식을 알렸다. 사실 영훈은 승진을 꿈도 꾸지 않았다. 뜻밖의 승진에 영훈은 마치 꿈을 꾸고 있는 기분이었다.

"이영훈 부장님을 태국법인으로 발령을 냈습니다."

해외법인 현지 직원들의 코로나 감염이 급격하게 늘어나면서 한국 주재원들까지 감염되었다는 소식이 들려왔고, 코로나로 해외 근무를 기피하는 현상까지 일어나 승진시켜 해외파견을 보낸다는 말이 사내에 돌긴 했다. 모두가 해외 근무를 기피할지라도 영훈은 그 주인공이 되고 싶었다. 명예퇴직 권고를 심심찮게 강요받는데 해외파견을 나가면 정년까지는 회사생활을 할 수도 있을 거라는 계산에서였다. 그러나 유명 대학을 나온 사람들이 넘쳐나고, 지방대 출신으로서 더욱이 정년을 코

앞에 둔 영훈은 정말이지 꿈조차 꾸지 않았고, 명예퇴직 강요만 받지 않기를 바랄 뿐이었다.

"북한이라도 가겠습니다."

"가족이 다 함께 가도 주재원 가족은 회사에서 다 지원해줍니다."

"아들이 집에 왔습니다."

"아들이 시설에서 지내잖아요?"

"시설이 폐쇄되었습니다."

"아니 시설이 왜 폐쇄됩니까?"

상무님은 시설 폐쇄야말로 뜻밖의 소식이라며 눈이 휘둥그레졌다. 영훈은 회사 야유회나 송년 가족모임 때는 선우를 꼭 데리고 참석했다. 때문에 QC 부서 직원들은 선우의 장애를 잘 알고 있었고, 선우가 천방지축 돌아다니며 말썽을 부려도 상무님과 직원들은 이해해주고 살뜰히 챙겨주었다.

"거주시설에서 장애인 학대사건이 일어난대요. 우리 선우가 있던 시설에서 인권사태가 3번 일어났대요. 그래서 폐쇄조치가 내려졌습니다."

"그게 말이나 되는 소립니까? 장애인들이 사는 곳이 아니더라도 사람 사는 곳은 어디나 말썽이 있기 마련 아닙니까? 잘못한 부분이 있으면 시정하고 교육하면서 좋은 환경으로 만들어 가야지 3번 인권침해가 일어났다고 시설을 폐쇄하는 건 국가적 낭비 아니냐구요?"

"저도 상무님 생각하고 똑같습니다. 근데 정부가 자립 정책으로 가고 있어요. 중증장애인들은 인지가 낮아 자립할 수 없다는 걸 잘 모르는 거 같아요."

"엊그제 우리 아파트에서 무슨 사고가 일어났는지 아세요? 우리 아파트에 장애인분이 산다고 했었죠?"

"네."

"아저씨는 나이가 들어 돌아가시고, 할머니가 치매 초기가 온 거 같아요. 할머니가 아들을 잘 돌보셨는데 치매가 오니까 깜빡깜빡하시는 겁니다. 할머니가 정신줄을 놓고 있을 때 쉰 살 먹은 아들이 집을 나와서 층마다 엘리베이터 누르고 큰소리로 노래를 부르면서 돌아다니는데 솔직히 짜증은 나죠. 그런데 어떡하겠어요. 참아야죠."

상무님은 장애인의 특성에 대해서 아는 분들은 참아주는데 새로 이사 온 분들은 이해를 못 하고 경찰서에 민원을 넣는다고 말했다. 보통 사흘에 한 번씩은 경찰들이 온다고. 상무님의 이야기를 듣는데 장애인 자녀를 둔 부모들의 노후라는 생각이 들었다.

"경찰이 출동할 때마다 할머니가 힘들다고 하면서 탈시설이라 아들이 갈 데가 없다고 하더니 그 소리가 뭔 소린가 했는데 탈시설이었군요."

"거주시설은 이미 정원 만료입니다. 정부가 신규 거주시설 설치를 못 하게 하니까 시설이 부족한 거죠."

"참 안타까운 일이 있었는데, 그분이 창문을 열고 뛰어내렸어요. 할머니가 깜빡하는 사이 무작정 밖으로 나가니까 대문에 보조키를 설치했대요. 할머니가 자는 사이 아들이 자다 일어나 창문을 열고 무작정 나간 거죠. 창문에서 떨어지면 죽는다는 걸 모르고……."

"창문으로 나가면 죽는다는 걸 모르는 중증장애인들이 자립이 가능하냐는 거죠. 중증장애인들의 인지가 그렇게 낮다는 걸 국회의원들은 몰라요."

"정부가 장애인 정책을 잘못해도 한참 잘못하고 있네요."

"가족이 같이 가는 건 집사람이랑 의논해 보겠습니다."

영훈은 가족이 다 함께 가면 좋겠다는 생각은 했다. 그러나 특별한 아들 선우가 있었다.

"온종일 집에서 텔레비전이나 보게 하면서 좋아하는 음식만 먹일 수는 없어."

은혜는 선우를 집에 데려와 주말에는 장애인부모회에서 진행하는 탁구, 미술, 물감, 바리스타, 빵 만들기 등 교육에 선우를 참여시켰다. 은혜가 다니는 교회는 장애인들이 예배를 드리는 밀알부가 따로 있었다. 밀알부에서는 예배를 마친 후 핸드벨과 피아노를 가르쳤다. 선우에게 핸드벨을 가르쳤는데, 인지가 좋은 친구들은 혼자 프로그램을 수행하지만 혼자서 수행 못 하는 중증장애인들에게는 봉사자 선생님들이 도와주었다. 선우는 혼자 수행하지 못하기에 봉사자들의 도움을 받았는데, 선우가 교육을 받으면 좋아질 거라는 미련을 은혜는 버리지 못했다. 때문에 조금만 시간이 주어지면 선우에게 특수교육을 시켰다. 한국에서도 살기 힘든 선우가 말도 안 통하는 해외에서 살 수 없는 건 당연한 거였다.

"여보, 나는 정말 꿈을 꾸고 있는 것만 같았어. 세상 다 얻은 그런 기분이었지."

정년을 코앞에 두고 만년 차장에서 부장 승진을 하고 상무님 방을 나오는 영훈의 얼굴은 그 어느 때보다 환했다. 해외 근무하면 해외수당까지 받기 때문에 국내에서 받는 급여보다 훨씬 많았다. 급여를 생각하니 소풍을 앞둔 아이처럼 하늘에 붕 뜬 기분이었다.

"당신은 정년을 코앞에 두고 부장 승진이 뭐 그리 대단하냐고 하겠지만 그래도 나는 당신 앞에 목에 힘도 주고 으스대고 싶었어."

남들은 승진하고 급여 올라가면 아파트 평수도 늘려갔지만 영훈은 20평 아파트가 재산의 전부였다. 급여 절반이 넘는 돈을 선우 특수교육비로 지출했기 때문이었다. 생활비 절약하느라 검소하게 사는 은혜. 용돈을 모아 은혜한테 명품 백 하나 사주지 못한 게 못내 마음에 걸렸다. 해외수당 받으면 제일 먼저 은혜 명품 백도 사주면서 어깨에 힘도 주어보리라. 가족과 떨어져 지내는 외로움도 있지만 급여를 알뜰히 모으면 이번 기회에 32평으로 넓혀가는 기회가 될 수도 있을 것 같은 꿈은 저 멀리 앞서가고 있었다.

"우리 마누라님~ 생활비 많이 드릴게요."

은혜가 좋아할 것을 생각하니 벌써 입이 막 벌어졌다.

"승진을 축하합니다."

"이영훈 부장님, 한턱 내셔야죠."

"두 턱이라도 내겠습니다."

동료 직원들도 진심으로 축하해주며 박수까지 해주었다. 정년을 앞에 두고 승진이라니. 기분이 너무 좋아 참으려 해도 자꾸만 웃음이 났다. 직원들 얼굴 보기가 민망해 밖으로 나왔는데 영산홍이 사내 정원에 가득했다. 마음이 기쁨으로 가득한 때문일까. 눈길 닿은 곳마다 군무를 이룬 영산홍이 자신의 승진을 축하해주는 축복 같았다. 하늘이 나를 도와주셨구나. 영훈은 직원 휴게실에 들어가 은혜가 좋아하는 헤이즐넛을 사 들고 나왔다.

"여보, 쓰디쓴 커피 먹는 당신한테 면박 준 적이 많았지? 그런데 오늘은 그 쓰디쓴 커피가 얼마나 단지 몰라."

영훈은 하얀 상복을 입고 많은 부모님들과 탈시설 반대를 외칠 은혜 모습을 상상했다. 아침에 활동지원사한테 선우를 맡겨놓고 부랴부랴 버스를 타고 국회의사당으로 갔을 은혜. 지금쯤 시위를 마치고 집으로 돌아오리라.

"은혜야~ 나 부장 됐다~"

"정말? 꿈은 아니지?"

은혜가 좋아할 것을 생각하니 자꾸만 입이 벌어졌다. 반가운 소식을 은혜에게 빨리 알려주고 싶었다. 주머니를 뒤지니 휴대폰이 없었다. 사무실 서랍에 넣어놓은 게 그제야 생각났다.

'오늘은 퇴근하면 승진기념으로 오랜만에 가족끼리 외식이라도 하리라…….'

커피를 마시고 사무실로 들어갈 때까지만 해도 영훈은 세상 모든 것을 다 이룬 심정이었다.

"전화도 안 받고 어디 가셨었어요?"

"화장실에도 없고………."

영훈이 사무실로 들어오니 직원들이 한마디씩 했다.

"우진이 어머니라는 분이 전화를 하셨어요."

"사모님이 쓰러지셔서 병원에 실려 가셨대요."

직원들이 무슨 말을 하는지 영훈은 통 알아들을 수가 없었다. 아침에 시위하러 간 사람이 병원이라니. 허무맹랑 같았다.

"빨리 병원으로 가 보세요!"

사무실을 나오며 핸드폰을 열었다. 은혜가 보내온 부재중 전화가 5통 와 있었다. 급히 전화를 걸었다.

"선우 아버지시죠? 우진 엄마예요."

국회의사당 앞에서 '탈시설 반대' 시위하면서 알게 된 엄마인데 시위에 누구보다 적극적으로 참여하는 엄마라고 은혜가 말해 알고는 있었다. 더욱이 같은 수원에 살아서 함께 버스 타고 다닌다고 들었다.

"연락은 안 되고 워낙 위급한 상황이라 수술동의서에 제가 사인을 했어요."

"수술이라니요? 아니 어디를 얼마나 다쳤길래 수술을……."

"뇌출혈이래요."

삐~ 이명이 일고 정신은 진공상태가 되었다. 영훈은 무얼 어떻게 해야 하는지 생각이 떠오르지 않았다. 뇌출혈이라니. 주차장으로 뛰어가는데 무릎이 꺾이고 발걸음은 허방을 밟는 듯했다.

 - 울 낭군 이영훈 씨~ 승진에 연연해하지 말고 자괴감 또한 갖지 마시길. 우리는 열심히 살았고, 명예퇴직도 많이 하는데 아직까지 회사 다니는 것만도 축복 아닐까? 여보, 나는 만년 차장인 당신을 너무나도 사랑합니다. 이영훈! 파이팅! -

병원으로 가는 신호 대기 앞에서 은혜가 보낸 메시지를 확인하는데 갑자기 눈앞에 벌떼들이 날아다녔다. 유년 시절에 보았던 벌떼들이 왜 눈앞에 가득한지 영훈 자신도 모를 일이었다. 뒤에서 요란스레 울려대는 클랙슨 소리에 신호가 바뀌었다는 것을 뒤늦게 인지했다.

'은혜야, 당신은 우리 선우를 위해서 천년만년 살 거라고 했잖아?'

대학병원 수술실 앞으로 갔다. 어느 여성분이 수술실 앞에서 서성거렸다. 초조해하는 모습이 우진 엄마 같았다.

"우진 어머니신가요?"

"네. 제가 우진 엄마예요. 어떡해요……"

우진 엄마는 은혜가 쓰러진 경위를 소상하게 설명하면서 매우 안타까워했다.

"평소 아프다고 했나요?"

"머리가 아프고 토한 적은 몇 번 있었어요. 선우 엄마가 워낙 신경이 예민해서 잘 체해요. 토할 때 체해서 그런가 보다 했는데……"

"저도 밥을 잘 못 먹어요. 탈시설 발표 나고 우리 부모들 제대로 먹고 제대로 잠자는 사람 누가 있겠어요."

은혜가 토할 때마다 '탈시설' 때문에 너무 신경을 예민하게 쓰다 보니 체하는 거라고. 살펴볼 것을 그랬나. 신경 쓴 탓이라고만 치부해버렸다는 자괴감에 영훈은 괴로웠다.

"고생하셨어요."

"집에 가서 애들 밥 챙겨주고 다시 올게요."

수술 잔여 시간을 알리는 전광판에 '유** 1시간'으로 떴다.

- 신이시여~ 우리 선우 엄마를 꼭 살려주시옵소서. 우리한테는 선우가 있잖아요? 선우가…… 신이시여! 아무것도 모르는 선우를 생각해서

서 선우 엄마를 살려주십시오. -

　전광판만 올려다보면서 10년 같은 시간이 흘러가고 있는데 수술실 문이 열렸다. 영훈은 기립자세가 되었다. 초록색 가운에 초록색 수술 모자, 하늘색 마스크를 쓴 의사와 간호사가 수술실 문으로 나왔다.

　"수술은 잘 되었습니다."

　"뇌출혈······ 이라고 들었는데······"

　"조금만 더 일찍 오셨더라면······ 예후는 지켜봐야 합니다."

　"죄송합니다. 남편이라는 사람이 몰랐어요. 근데요, 우리 집사람 꼭 살려주셔야 합니다."

　영훈은 의사 선생님 앞에 무릎을 꿇었다. 의사 선생님 다리를 붙잡고 애원하는 영훈의 두 눈에서는 굵은 눈물이 막 떨어졌다.

　"병원비요? 걱정하지 마세요. 제가 집도 팔겠습니다. 어머니한테 전답도 있습니다. 병원비는 얼마든지 감당할 수 있습니다. 집사람만 살려주십시오."

　"아버님, 일어나세요."

　영훈을 일으켜 세우는 의사의 두 눈에도 눈물이 그렁그렁 매달렸다.

　"바보자식이 있는 이런 엄마는 살아야 하잖아요? 우리 집사람 살려주세요."

　"아버님, 최선을 다하겠습니다."

의사는 고개를 숙였다. 의사는 말하는 것 같았다. 의학적으로 소생의 기미가 없는 환자의 가족에게 예후를 말할 때가 가장 고통스런 순간이라고.

"……"

의사 선생님은 말없이 영훈의 팔을 툭툭 쳐주며 수술실로 들어갔다. 그로부터 두 달이 흘러갔다. 은혜는 아직도 혼수상태에 빠져있었다.

"여보, 나는 기적을 믿어. 믿을 거야. 우리에겐 보살펴 주어야 할 선우가 있잖아."

영훈은 아내의 손을 꼭 잡았다. 은혜에게 기적이 일어나 거짓말처럼 눈을 떴으면. 그러나 은혜가 이렇게 한평생 누워만 있어도 좋겠다고, 누워만 있는 은혜를 바라만 보고 살아도 좋겠다고.

5
장애의 유형

오후 6시. 면회하려면 아직도 1시간이나 남아있었다. 중환자 대기실 앞에서 면회 시간을 기다리는 영훈의 마음은 어느 때보다 초조했다. 은혜가 얼마나 좋아졌을까. 은혜가 혼수상태에서 깨어나면 얼마나 좋을까. 은혜에게 기적이 일어나기를…….

오늘은 은혜에게 중대한 말을 해야 할 것 같아서 일찍 온 것이었다.

"박미영 님! 이영훈 님!"

가슴 졸이던 시간이 지나고 중환자실 문이 열리며 간호사가 호명했다. 영훈은 빠른 걸음으로 은혜가 누워 있는 병상으로 다가갔다. 은혜는 언제나처럼 산소호흡기를 쓴 채 미동도 하지 않았다.

"여보, 그동안 잘 지냈어? 일주일 만에 왔네. 미안해."

영훈은 두 손으로 은혜 한쪽 손을 마주 모아 꼭 잡았다.

"당신 잘 있었어? 나는 어떻게 지냈냐고? 선우 돌보면서 '탈시설 반대'

집회도 참여하고, 선우가 일찍 잠드는 날은 간간이 대리운전 일도 하면서 지냈지."

당신 면회 오지 않은 일주일 동안 마음이 힘들었어. 나를 추스를 수가 없어서 힘든 일주일이었지. 그 일주일 동안 신을 원망했어. 실컷 원망했지.

여보, 당신 그런 말 들어봤어? 무엇이든 완전한 것, 가장 귀하고 값진 것은 현실 속에 있지 않다고. 왜? 사람은 세상의 값지고 귀한 것을 다 얻으면 교만해져 신을 부정하기 때문이래나. 때문에 신은 우리 인간에게 완벽한 행복은 주지 않는 거래. 신이 보시기에 내가 승진을 함으로써 우리 가정이 세상 값진 것을 다 얻은 집이라고 생각하셨을까. 나를 완전한 행복을 취득한 복 터진 놈이라고 생각하셨을까. 하여 교만해질까 당신을 이렇게 혼수상태로 만들고 나는……

"여보, 당신은 신께 부귀영화를 소원한 적이 있었어?"

나는 정말이지 신께 부귀영화를 소원한 적이 단 한 번도 없었어. 사랑하는 당신과 중증발달장애를 앓고 있는 아들을 주어 단란한 가정을 갖게 해주신 신께 감사하며 살았어. 우리는 주어진 환경에 만족하며 살아왔잖아? 욕심내지 않았잖아? 얼마만큼 낮아지라고 나한테만 이렇게 가혹한지 신이 원망스러워. 원망은 어린아이나 하는 거라고 하지만 나는 정말 신이 원망스러워.

"여보, 내가 얼마 살지 못한데. 내가 암이래……"

영훈은 은혜 손을 꼭 잡고 이마에 대었다.

"중중장애인 선우를 두고 죽어야 하는 운명을 주신 신이 한없이 원망스러워. 우리 선우는 어떡하면 좋아? 내가 몸에 이상이 있다는 걸 감지한 날은 열흘 전이었어. 그날은 선우가 일찍 잠들어 대리 일을 나갔지. 콜을 받고 고객이 있는 행선지로 이동하는 중이었지. 갑자기 허리가 끊어질 것 같으면서 온몸에 통증이 동반되는데 그 통증은 내 생에 한 번도 경험해 보지 않은 거였어. 내 몸에 이상이 있구나. 감지가 느껴지는 통증에 나는 직감했지. 죽을병이 내게 왔구나. 후회가 산처럼 밀려왔지. 건강검진을 잘 받을걸. 그리고 보니 근래 체중이 많이 줄었었어. 물론 살 빠지는 거야 알았지. 당신 쓰러져 중환자실에 있고, 천방지축 선우를 돌보느라 정신이 하나도 없는데 어느 누구라도 살 안 빠진다면 그거야말로 정상적이지 않은 사람이겠지. 당신이 입원해 있는 이 병원에서 검사를 받았지."

영훈은 검사를 받고 간절히 바라고 바랐다. 그 어떤 병명이든지 수술하면 나을 수 있는 병이기를.

"가족은 없으신가요?"

의사 선생님은 차트를 보면서 물었다. 얼굴엔 많은 물음을 담고 있었다.

"제 집사람이 이 병원 중환자실에 혼수상태로 있습니다. 저는 형제도 없고 혈혈단신입니다. 사실을 말해 주십시오."

"위암 말기입니다. 이 정도면 증상을 느꼈을 텐데요?"

"가끔 구토 증상은 있었는데 어디가 아프거나 그러진 않았습니다."

"국가에서 지원해주는 암 검사도 있는데 왜 안 받으셨어요?"

"수술하면 살 수가 있나요?"

"가능성은 30%입니다."

"그럼 제가 죽나요?"

"간, 복막, 림프 등으로 전이가……"

의사 선생님은 말을 잇지 못했는데, 내 몸은 이미 수술할 수도 없는, 암이 온몸으로 전이돼 어디에 칼을 들이대야 하는지 모르는 상황이었던 거지.

'돌팔이.'

영훈은 의사 말을 받아들이고 싶지 않았다. 친구 병훈이는 미국에서 10년간 공부한 의학박사다. 돌팔이 진단을 믿을 수 없다. 병훈이한테 연락했지. 병훈이는 당장 오라고 했어. 급하게 검사를 받느라 병훈이는 근무시간 마치고 나를 별도로 검사를 했어. 몇몇 의사의 도움을 받았는데, 남들한테 신세 지는 걸 싫어하는 병훈이가 수고비는 줬겠지.

"영훈아, 이 지경이 되도록 뭐 했어? 무료 국가검진도 있는데 뭐 했냐고?"

병훈이가 어찌나 화를 내던지.

"병훈아, 나 좀 살려주라. 나는 살아야 하는 이유가 있잖아? 너는 의학박사잖아? 미국 가서 10년 동안이나 공부해서 박사된 놈이 나 하나 못 살리냐?"

"영훈아, 그게…… 바보 같은 놈! 바보 같은 놈!"

의학박사인 병훈이 눈물 앞에 무슨 긴 설명이 더 필요할까. 당신은 회복을 기약하지 않은 채 혼수상태인데…… 당신도 죽고 나도 죽는다면? 정부는 중증장애인들의 자립 정책을 펼치고 있는데 우리 선우는 어떻게 되는 걸까.

여보, 대한민국에서 장애인 자녀를 낳으면 오롯이 부모의 책임인데, 내가 낳은 자식이니 그래야겠지. 그래도 국가에서는 장애인들이 나이별로 어떤 교육을 받으면 좋을지에 대한 안내서 정도는 주민센터에 비치되어 있어야 하지 않을까? 장애인에 대한 교육지침서가 전무한 나라에서 우리 부부는 선우를 들쳐업고 일일이 특수교육기관들을 찾아 고액을 들여 특수교육을 받았는데, 정말 힘든 건 장애인에 대한 사회적 인식이었지. 또래 친구들은 선우 옆에서는 밥도 안 먹었고, 선우를 보면서 재수 없다고 바닥에 침까지 뱉는 사람도 있었는데, 그럴 때는 우리 세 식구 다 함께 죽어 버리고 싶었지. 그래도 우리가 살아야 하는 이유가 있다면 그건 선우 때문이었고, 내가 세상에 바로 서 있어야 내 자식도 떳떳하게 세상에 설 수 있는 것이라고, 선우를 위해서 세상을 더 열심히 살아내야 한다고, 힘들고 어렵지만 그래도 살다 보면 장애인에게 요람에서 무덤까지의 정책이 펼쳐지는 나라가 되겠지. 다시금 마음을 다잡고 한 가닥의 희망을 품고 숨 가쁘게 여기까지 달려왔는데 거주시설 폐쇄라니. 거기에 시한부 인생이라니. 이 기구한 운명을 주신 신께 고맙다는 말이 나오겠어.

"영훈아, 나와라."

병훈이 전화를 받고 카페에 갔더니 약을 한 보따리 건네주었다. 가끔 온몸을 송곳으로 찔러대는 고통이 찾아오면 진통제를 먹었다. 진통제를 먹으며 하루를 산다는 것은 사는 게 아니라 견뎌내는 일이었다. 영훈의 바람은 하루하루 견뎌내는 일상이 주어질지라도 일흔 살까지, 아니 선우가 거주시설에 입소하는 날까지만 살 수 있다면, 선우를 자립이 아닌 거주시설에 입소시켜만 놓는다면 편안한 죽음을 맞이할 수 있을 것 같았다.

"여보, 내가 암 진단을 받고 어디를 갔었는지 알아? 본가에 다녀왔어."

영훈에게 있어 고향집은 어머니, 아버지, 동생 영호와 아픔이 있는 부모님의 집이었다. 영호와 함께 유년을 보내고 영호를 떠나보낸 아픔이 아로새겨진 집이면서 동시에 부모님 인생이 배어있는 본가에 가면 마음의 치유를 받는 집이기도 했다.

여보, 시한부 선고를 받아서인지 고향집을 저만치 바라보는 것만으로도 가슴이 먹먹해지는데……. 어머니에게 치매가 찾아와 요양원에 모신 지 5년. 빈집을 둘러싸고 마당이며 뒤뜰엔 들풀들이 집을 뒤덮을 정도로 무성했지. 내가 다시 고향집에 올 수 있으려나. 우리 집이 마당 너른 집이었는데, 다시는 고향집에 올 수 없을 거 같아 마지막 의식처럼 그 넓은 마당 가득 메운 풀을 베면서 그저 목 놓아 울었지.

"신이시여! 은혜가 긴 병상에서 훌훌 털고 일어날 수 있도록 기적이 일어나게 해 주십시오. 원망만 해댔던 신이지만, 그래도 제가 마지막까지 기댈 수 있는 건 신밖에 없습니다. 원하건대 우리 선우가 거주시설에 입소하는 날까지 제게 생명을 허락하여 주옵소서!"

영훈은 은혜 손을 쓰다듬으며 산소호흡기 쓴 은혜 얼굴에서 시선을 떼지 못했다.

"선우는 주간보호센터를 다니게 되었어. 아침 9시에 복지관 차가 와서 선우를 픽업해 갔다가 오후 4시쯤에 돌아와. 선우가 복지관 프로그램을 잘 따라 하는 모양이야. 얼마나 다행인지 몰라."

영훈은 은혜 손을 쓰다듬고 또 쓰다듬으며 마음속으로 기도했다. 은혜에게 기적이 찾아오기를.

"여보, 당신이 얼른 일어나서 우리 선우 돌봐줬으면 좋겠어. 나는 아무래도 자꾸만 몸이 아파 와서…… 당신도 가고 나도 간다면…… 엄마 아빠도 없는 선우 불쌍해서 어떡해. 나는 의학적으로 판명된 시한부이고, 당신에겐 기적이라는 한 가닥의 희망이 남아 있잖아. 우리에겐 선우가 있잖아. 여보, 힘내. 혼자 남을 선우를 생각해서라도 당신 힘을 내서 기적처럼 일어날 거지? 나는 당신 믿어. 당신은 나보다 강단 있는 사람이었잖아."

영훈은 기원하고 기원했다. 강단 있는 은혜가 병상에서 일어나 주기를.

"여보, 내일 또 올게. 나하고 한 약속 꼭 지켜야 돼?"

"……"

병원을 나오는데 훈이 아버지 전화가 왔다.

"형님, 술 한 잔 하고 싶어서요. 선우는 주인집 아주머니께 돌봐달라고 부탁하고 오늘 저랑 술 한 잔 하시면 안 돼요?"

훈이 아버지는 영훈보다 5살 아래였다. 훈이는 이른둥이로 태어났다고 했다. 이른둥이에게 발병하는 뇌실주의 백질연화증이라는 병으로 훈이는 뇌성마비 증세가 있어 시력도 많이 떨어지고 청력장애, 인지발달장애가 있는 중증발달장애라고 했다.

"쌍둥이가 태어난 겁니다. 어떡하겠어요. 쌍둥이 양육을 위해서 우리

훈이를 거주시설에 입소시켰죠."

훈이네는 맞벌이 부부였는데, 훈이가 태어나면서 양육을 위해 부인이 직장을 그만두었다고 했다. 그런데 훈이 아버지는 1년 전에 명퇴를 당했다. 부인이 직장을 다니고 훈이 아버지는 대리 일을 하고 있었다.

"형님, 애들이 내년이면 대학생입니다. 형님도 아시다시피 대리해서 버는 게 몇 푼입니까? 사실 애들 엄마가 가장이죠. 두 애들 뒷바라지 생각하면 갑갑한데 시설을 폐쇄하라는 정부 정책에 꼭지가 돕니다. 돌아요."

"나도 요즘 맨정신이 아닙니다. 우리 중증장애인 자녀를 거주시설에 입소시킨 부모들이 똑바른 정신이 들겠습니까?"

"아니 시력도 떨어져, 잘 듣지도 못해, 말도 못 하는 스물세 살인데 인지는 두 살입니다. 그런 사람이 자립이 가능하냐고요?"

훈이 아버지 넋두리가 울분으로 바뀌었다.

"보건복지부는 장애유형에 대해서 잘 모르나 봐요?"

"내가 생각해도 보건복지부가 장애유형에 대해서 모르고 무조건 자립하라고 하는 거 같습니다."

"장애에 대해서 모르면 거주시설에 와보면 될 게 아니겠습니까? 거주시설에 있는 장애인들은 자폐와 발달복합성장애, 지적장애인들이 많잖아요?"

장애에는 여러 유형의 장애가 있다. 지적장애, 자폐성장애, 지체장애, 정신장애, 시각장애 등.

① 지적장애인

정신 발육이 항구적으로 지체되어 발달이 뒤져 있는 상태. 유전적 원인 또는 후천적 질병이나 뇌의 장애로 인하여 청년기 전에 지능 발달이 저지되어 자기 신변의 일을 처리하거나 환경에 적응하는 것이 상당히 곤란한 사람.

② 자폐성장애

자폐증이란 다른 사람과 상호관계가 형성되지 않고 정서적인 유대감도 일어나지 않는 아동기 증후군으로 '자신의 세계에 갇혀 지내는 것 같은 상태'이며 그 밖의 통상적인 발달이 나타나지 아니하거나 크게 지연되어 일상생활이나 사회생활에 상당히 제약을 받는 사람으로서 대통령령으로 정하는 사람.

자폐증과 관련된 것(전반적 발달장애/자폐 스펙트럼)을 아우르는 장애이다. 발달장애라고 하면 지적장애를 포함하지만 자폐성장애만을 가리키기도 한다.

자폐성장애의 증상은 매우 다양하지만, 기본적인 특징은 '자폐'라는 이름에서도 언급되는 폐쇄성이다. 타인과 상호작용하고 소통하는 데

의욕이 매우 떨어지며, 먼저 소통하려는 시도를 보여도 그 양상이 일반적인 사회 상식과 달라 원활히 이루어지지 않는 경우가 많다. 이의 일환으로 특정 관심사에 과도한 집착을 보이는 것과 함께 뇌 구조상의 특징으로 감각기관이 과민해 일반적인 수준의 자극에도 발작 수준의 공황을 일으키는 양상이 자주 보인다.

③ 정신장애

정신 기능에 이상을 나타내어 사회생활에 적응하지 못하고 일상생활에 지장을 초래하는 장애를 의미한다. 자세한 내용은 정신병 항목에 나와 있으며, 뒤죽박죽 섞여있는 것이 넓은 의미의 정신장애이다.

④ 시각장애

생리학 또는 신경학적인 원인으로 시각에 문제가 있는 상태를 말한다.

⑤ 청각장애

소리를 들을 수 있는 능력이 상당히 떨어져 있거나 전혀 들리지 않는 상태의 장애이다.

⑥ 발달장애

주로 발달기에 나타나기 시작하는 정신적 또는 신체적인 장애, 사회적 발달에 관한 장애를 통틀어 가리킨다.

지적장애, 뇌성마비, 염색체 장애(다운증후군 등), 전반적 발달장애, ADHD 등이 발달장애로 분류된다. 이 중에서 전반적 발달장애는 자폐증, 아스퍼거 증후군, 아동기 붕괴성 장애, 엔젤만 증후군, 레트 증후군 등으로 다시 나뉜다. 대한민국에서는 발달장애인 권리보장 및 지원에 관한 법률의 영향으로 지적장애와 자폐성장애 두 가지 장애를 발달장애의 유형으로 인정하고 있다.

분류

발달장애로는 다음과 같은 것들이 있다.

• 지적장애(Intellectual Disability): 지능의 발달이 지연된다. 현대의학에서는 낮은 지능지수(70 이하)와 적응문제가 있는 경우 진단한다.

• 뇌성마비(CP): 아동기부터 나타나는 운동능력의 장애를 말한다.

• 전반적 발달장애(PDD)

• 주의력 결핍 과다행동장애(ADHD): 전반적인 주의력 결핍과 충동적 행동을 보인다.

"우리 훈이가 지적능력 측정기준 20항목 검사를 받았는데 20개 항목 전부 해당되더라고요."

1. 불러도 대답이 없다.

2. 독립적으로 적절한 식사 불가능.

3. 대소변을 가리지 못한다.

4. 또래와 놀지 못한다.

5. 남의 말을 이해하지 못한다.

6. 표현 언어가 없다.

7. 자기방어를 하지 못한다.

8. 충동적인 행동을 한다.

9. 자해적인 행동을 한다.

10. 한 가지 장난감에 집착한다.

11. 가구의 위치를 옮기면 불안해한다.

12. 같은 길로만 가려고 한다.

13. TV에서 광고만 보려고 한다.

14. 밖으로 나가면 그냥 마음대로 가버린다.

15. 머리의 크기가 작다.

16. 눈을 맞추지 않는다.

17. 손을 비틀거나 씻는 것 같은 행동을 반복한다.

18. 모든 물건을 입에 집어넣는다.

19. 생후 1~2년까지는 정상적인 발달을 보인다.

20. 혼자서는 말을 하는데 대화를 하지 못한다.

"우리 선우도 지적능력 측정기준에 다 해당됩니다. 4~7개만 해당돼도 중증장애인입니다. 거주시설에서 생활하는 장애인들은 거의 20항목에 포함되는 사람들일걸요?"

"우리 훈이는 보행도 어려운 사지마비강직성 지체장애까지 있습니다."

• 지체장애

질병 또는 사고 후유증 등으로 인해 신체적인 활동을 하는데 제약을 받게 되는 장애이다. 여기서 '지체'는 '팔다리와 몸'을 뜻하며, 골격, 근육, 신경 계통 중 어느 부분에 질병이나 외상으로 인해 신체 기능 장애를 영구적으로 갖고 있는 사람이며, 인지는 비장애인과 같다.

여러 유형의 장애인들 인지측정기준 20항목에 해당되는 사람들을 통틀어 중증장애인으로 지칭한다.

"거주시설 입소자는 98%가 발달장애, 지적장애, 자폐성장애를 가진 장애인들이 대분이잖아요?"

"중증장애인은 자립할 정도의 인지가 되지 않는데 왜 자립으로 전환하는지 도저히 이해할 수가 없습니다."

"국회의원들은 중증장애인들 인지기능이 사회를 이해할 수 없는 정도라는 걸 모르는 게 틀림없습니다."

"국회의원들이 거주시설을 이용하는 장애인들이 인지측정 20항목에 해당되는 중증장애인이라는 걸 안다면 탈시설지원법을 발의하지 않았겠죠?"

"중증장애인들에게 자립과 거주시설을 선택하게만 해줘도 좋겠어요."

"자립지원 주택에서 사는 게 시설보다 낫고 행복하다면 왜 부모님들이 자립을 마다하겠습니까?"

중증장애인 자녀를 둔 부모님이나 형제자매들의 마음은 하나였다. 인지기능이 어린아이처럼 낮아 자립을 할 수 없다고. 자립은 제한적 돌봄으로 혼자 있어야 하는 시간이 많아 언제 어느 때 누군가에게 인권침해를 당할지 모른다고. 말도 못 하고 방어하기 어려운 중증장애인들을 어떻게 마음 놓고 자립으로 맡길 수 있느냐고.

"자녀를 거주시설에 입소시킨 부모님들 중에 단 한 사람이라도 자립을 찬성하는 부모들은 없습니다."

"자립이 그렇게 좋다면 부모님들이 왜 이렇게 결사반대를 할까요? 자립에서 인권탄압이 일어날 가능성이 더 많기 때문이잖아요?"

"내 자식이 자립할 정도 인지가 된다면 당연히 자립하라고 하죠."

"방어 능력이 없는 중증발달장애인들은 거주시설을 이용하도록 거주시설을 존치해 달라는 건데 모든 장애인들은 자립을 하라고 하니까 화가 나는 거죠."

정부가 대책도 없는 탈시설 정책을 밀어붙이면서 시설 문을 닫아걸고 입소를 원천 봉쇄하면서, 중증장애인들에게 돌봄을 제공해 주는 최후의 보루인 거주시설마저 폐쇄함으로써 장애인과 그 가족들을 죽음으로 내몰고 있다고 두 사람은 성토했다.

"우리 부모가 의사 표현을 못하는 자녀를 거주시설에 입소시킨 당사자잖아요? 그럼 정부가 당사자인 우리 의견을 반영해야 하는 거 아닌가요?"

"우리 부모가 거주시설을 선택한 것은 프로그램이 좋아 거주시설에 입소시킨 거잖아요."

"내 자식을 사랑하기 때문에, 내 자식이 거주시설에서 행복하게 살기를 간절히 바라는 마음으로 시설에 보낸 건데…… 국가가 내 자식을 나보다 더 사랑한다면서 자립하라니 귀가 막히고 코가 막힐 일이지요."

"세상에서 자식을 부모보다 더 사랑하는 사람이 있습니까? 자기 자식이 아니니까 거주시설을 폐쇄하는 정책을 들고나온 거죠."

정부의 탈시설 정책은 자기결정권이 배제되고 자립으로의 전환을 강제하고 있고, 중증장애인 자녀를 둔 부모들은 복지정책이 공급자 중심에서 이용자 중심으로 패러다임이 변화해야 한다고 성토해도 국가는 들어주지 않고 있다.

"형님, 정치인들 어느 누구도 탈시설에 대해 관심을 두질 않네요. 중증장애인들을 국회의원들이 보듬어 주지 않으면 누가 보듬어 줍니까? 누가?"

"그러게나 말입니다. 중증장애인들이 세상에서 가장 취약계층 아닙니까? 이분들을 정치인들이 보살펴 주어야 하는데……"

"국회의원님들! 현실에서 고통받는 장애인과 그 가족들의 의견을 들어주시고 우리 부모들이 참여하는 법안을 만들어 주십시오! 장애인의 선택권을 무시한 강제 탈시설은 자립이 아닌 폭력이자 또 다른 인권유린입니다!"

"원치 않게 시설 밖으로 내몰리고, 입소조차 막혀 갈 곳을 찾지 못하는 장애인과 그 가족들의 고통을 정부는 외면하지 말아 주십시오!"

중증발달장애인 자녀를 둔 부모, 보호자들은 간절히 바랐다. 정치인들이 제발 장애유형에 대해서 제대로 알고, 거주시설을 이용하는 장애인들은 인지측정기준 20항목을 다 가지고 있어 사회생활이 불가하므로 자립할 수 없는 중증장애인이라는 것을 알아주시길.

6

인수위에 보내는 편지

장애인거주시설이용자부모회는 경복궁 앞에서 대통령직인수위원회 측을 향해 탈시설 정책 수립 과정에서 당사자의 입장이 없었다면서 폐기를 요청하고, 장애노인 대상 요양병원을 포함한 복지시설을 확대해 달라는 집회를 가졌다.

"우리는 내가 죽고 나면 내 자녀가 거주시설에서 잘 지내리라 생각했습니다. 부모 사후 걱정을 내려놓았다고 생각했던 거죠. 우리가 아무 말도 안 하니까 정부가 중증발달장애인 당사자 동의 없이 탈시설 정책 지원법안을 발표한 거 같습니다. 이제부터라도 우리의 요구사항을 정부에 호소해야 합니다."

"전국적으로 탈시설 시범사업이 확대돼 정원을 축소해 나가고 장애 정도가 심한 중증장애인들의 보호받지 못하는 현실을 국민들께 알립시다!"

회견장에 참석한 장애인거주시설이용자부모회 회원들은 하얀 상복을 입고 있었다. 부모회 회원들은 거주시설에 있는 자녀를 일방적으로 지역사회로의 자립을 시키는 정부 정책은 중증장애인 자식을 그냥 죽으라는 소리와 같다는 의미로 상복을 입었다. 영훈도 은혜가 입던 하얀 상복을 입고 있었다.

"우리는 자녀를 거주시설에 입소시킨 후 나 몰라라 하지 않았고, 시설이라는 버팀목에 기대어 가정을 지켰습니다!"

"내 자식이 행복하게 살아갈 수만 있다면 불구덩이라도 마다하지 않고 들어가는 사람이 부모입니다. 자립을 할 수 없는 중증장애인들에게 자립정책만은 거두어 주십시오!"

"내 간을 떼어주고라도 자식이 행복하게 살 수만 있다면 자식에게 간을 떼어주는 사람이 부모입니다! 자립이 좋다면 간이라도 떼어주면서 찬성하겠습니다!"

"우리는 내 자녀가 행복하게 살기를 간절히 바라며 거주시설에 입소시킨 당사자입니다. 당사자 의견은 들어보지도 않고 탈시설 로드맵을 발표한 것은 중증장애인들을 사지로 내모는 또 다른 인권탄압입니다!"

"맞습니다. 아무것도 모르는 중증장애인들을 자립으로 내모는 정책이야말로 인권탄압입니다!"

집회 장소에 모인 부모들은 보건복지부 관계자를 포함해 인수위 분들께 비극적인 죽음이 발생하지 않도록 폐쇄적인 정책을 멈춰달라고 목소리를 높였다.

"우리 부모님들, 보호자님들! 우리는 내 사랑하는 자녀를 지키기 위해 힘을 내야 합니다. 힘내십시오! 오늘은 대통령인수위에 중증장애인들이 거주시설에서 질 좋은 서비스를 받으며 행복하게 살게 해달라는 염원을 담은 편지 낭독이 있겠습니다."

부모회 대표의 발언에 부모 및 보호자들은 우레와 같은 박수를 했다.

"인수위에 보내는 편지를 첫 번째로 낭독하실 어머니는, 중증발달장애인 아들과 외출 시 도망가지 못하도록 끈으로 서로 연결해 허리에 묶고 다니시는 어머니입니다. 오늘도 아드님을 허리에 묶고 오셨습니다. 힘찬 응원의 박수를 부탁합니다!"

어머니가 허리에 묶은 긴 끈 끝에는 아들이 묶여있었다. 어머니가 편지를 들고 마이크 앞에 섰고, 옆에 중증장애인 아들도 나란히 섰다. 상복을 입은 부모 및 보호자들이 힘찬 박수를 보냈다. 두 모자를 지켜보는 보호자들은 안타까움에 여기저기서 혀 차는 소리가 들려왔다.

"저는 64살이고요, 우리 아들은 32살인데 정신은 자라지 않는 2살 연령의 장애인입니다. 우리 아들은 2살이 넘을 때까지는 정상적으로 발육했습니다. 버스를 타거나 지나다니다 사람들이 우리 아들을 보면 꽃 같다, 밤톨 같다, 예쁘다, 귀엽다는 소리를 많이 했습니다. 그렇게 잘 자라던 아들이 어느 날 열감기를 앓았죠. 빨리 큰 병원으로 가야 했는데 그냥 감기려니 하고 집에 있는 진통제를 먹였지요. 그때 열이 심해 뇌가 멈춰버린 거 같습니다. 그때부터 하루에도 몇 번씩 경련을 일으키는 병이 생겼습니다."

어머니가 편지를 낭독하는데 아들은 자꾸만 달아나려 했다. 어느 어머니가 다가가 봉지 과자 하나를 손에 쥐여주었다.

"열감기를 앓기 전에는 엄마, 엄마 했습니다. 그런데 그 후로 말을 안 하고 가만히 있다가도 막 울고, 바닥에 뒹굴었습니다. 중학생이 되면서부터 화를 잘 내고 벽에다 머리를 찧는 자해를 하고 집안 집기를 막 부수고 아무나 막 물기 시작했습니다. 그래서 제가 밖에 나갈 때는 도망가지 못하도록 허리에 끈으로 묶어서 다녔습니다. 지나가는 사람들을 막 물고, 차가 오는 것도 모르고 무작정 앞으로 달려가니까요. 그런데요, 제가 암에 걸렸습니다."

편지를 든 어머니 손이 떨리고 눈에서 눈물이 흘렀다. 부모들도 여기저기서 눈물을 닦았다. 영훈은 자신의 처지와 너무나도 똑같은 어머니를 보면서 가슴이 너무나 아팠다. 저 어머니도 사망하게 된다면 아무것도 모르는 아들은 어찌 되는가. 저 아들이나 선우나 풍랑에 떠 있는 배였다.

"사실 저는 우리 아들이 발작증세가 심하면 집에서 가두기도 합니다. 자식을 학대한다고 하는 분도 계시겠지요. 그러나 아들이 집기를 집어 던지고 이 엄마를 막 물고, 동생들도 막 뭅니다. 집에 남아나는 물건이 없습니다. 장애인 자식만 자식은 아닙니다. 두 동생도 다 사랑하는 자식입니다. 두 자식을 보호하고 장애인 아들을 보호하는 게 가두는 겁니다. 창살에 갇혀 혼자 막 난동을 부리는 자식을 지켜볼 수밖에 없는 엄마 마음은 천 갈래로 찢어지지요. 지켜보다가 아들이 지쳐 잠이 들면 슬그머니 아들이 갇힌 칸막이로 들어가서 부둥켜안고 잠을 잡니다."

어머니는 눈물을 뚝뚝 흘리며 편지를 읽었다. 엄마 옆에 선 아들은 엄마가 흘리는 눈물의 의미를 아는지 모르는지 무표정한 표정으로 과자만 먹고 있었다.

"아들이 하루에 몇 번씩 경기를 할 때면, 주님께서 데려가 주세요. 우리 아들 더 고생시키지 말고 데려가 주세요. 주님, 제가 암에 걸려 사는 날까지만 우리 아들 경기 일으키지 않게 살다가 이 엄마랑 같이 한날한시에 죽게 해주세요. 기도합니다."

편지 낭독을 경청하는 보호자들은 숨죽여 눈물을 흘렸다. 엄마가 눈물 젖은 편지를 읽는 동안 과자 한 봉지를 다 먹은 아들은 자꾸만 달아나려 했다. 그럴 때마다 어머니가 힘에 달려 몸이 휘청거렸다. 어느 어머니가 과자 한 봉지를 더 주었다.

"아들이 난동을 부리고 싶어서 부리는 게 아니겠지요. 길을 가다가도, 텔레비전을 잘 보다가도, 잠을 자다가도 하루에도 몇 번씩 경기를 일으키는 게 어디 아들 마음일까요? 집기를 집어 던지고 머리를 벽에 찧는 행동은 자기도 모르게 몸이 제멋대로 움직여서 하는 행동입니다. 사람들은 돌발행동을 하는 우리 아들이 무섭다고 합니다. 네, 저도 무섭습니다. 이렇게 무서운 사람의 자립이 가능할까요? 왜 정부는 우리 아들처럼 이렇게 아무것도 모르고 하루에도 몇 번씩 경기를 일으키고, 집기를 집어 던지고, 부모 형제를 무는 중증장애인들을 자립하라고 하는 것인가요? 제가 죽고 난 다음에는 이 아들이 어떻게 될까요? 그렇다고 직장생활을 하는 동생들에게 직장 그만두게 하고 형을 돌보라고 할 수는 없지 않겠어요? 두 자녀도 그들만의 인생이 있는데 두 자녀에게 책임을 지울 수는 없지 않을까요? 대통령님! 이제 저는 언제 죽을지도 모릅니다. 저는 우리 아들을 거주시설에 입소시키고 죽는 게 소원입니다."

여기저기서 흐느껴 우는 소리가 들려왔다.

"대통령님~ 시간이 없으시겠지만, 혹여 시간이 되신다면 제 모습을 한번 봐주십시오. 제 허리에 매달린 끈을 풀면 아들은 그 길로 달려 나가 지나가는 사람을 물거나, 차로 뛰어 들어갑니다. 이런 아들에게 어찌 자립하란 말인가요? 자기 이름도 모르고, 말할 줄도 모르는 2살짜리 어린아이가 어떻게 자립을 할 수가 있을까요? 제가 죽은 다음에 우리 아들이 어딘가를 갈 텐데, 있는 시설도 없앤다 하니 제가 죽을 때 같이 죽고 싶은 마음도 있습니다. 그러나 저는 신앙을 가진 사람으로서 그렇게 할 수는 없지 않겠어요? 정부 정책이 거주시설 폐쇄하고 자립으로만 가라 하니 내가 죽고 나면 우리 아들은 자립으로 가겠지요. 임대아파트 임대료는 누가 낼 것이며, 제한적 돌봄을 받으면서는 살아갈 수가 없는 아들입니다. 저는 우리 아들이 자립으로 갔다가 돌보기 힘들어 정신병원으로 보내질까 걱정이 됩니다. 정신병원에서는 독한 약을 준다 하니 약에 취해 죽을까 걱정이 태산입니다. 인지가 어린아이 같은 중증장애인들이 거주시설에서 생활할 수 있게 거주시설만큼은 폐쇄하지 말아주십시오! 저는 제 자식을 거주시설에 입소시키면 편안하게 눈을 감을 수 있을 거 같습니다. 대통령님! 부디 제 소원을 들어주십시오! 감사합니다."

......

"저는 서른두 살 직장인입니다. 오래전에 엄마 아버지는 이혼을 하셨고, 어머니가 저와 오빠를 홀로 양육하셨습니다. 부부가 중증장애인 자녀를 양육하려면 한 사람은 일을 할 수가 없습니다. 장애인 자녀를 온종일 돌봐야 하기 때문이지요. 아빠랑 이혼한 엄마는 장애인 오빠를 돌보느라 생업에 종사할 수 없었고, 우리 가정형편이야 말을 안 해도 다 아시겠지요. 저는 중학교 때부터 아르바이트를 하였고, 아르바이하며 대학까지 졸업했습니다."

부모들의 박수가 울려 퍼졌다.

"열심히 살다 보니 제게 사랑하는 사람이 생겼습니다. 저 역시도 남자친구를 사랑했고 우리는 결혼을 약속했습니다. 양쪽 집안 상견례를 하려고 하는데 남자친구 부모님께서 제 오빠가 중증장애인이라는 걸 알고는 반대하셨습니다. 반대 이유는, 엄마가 돌아가시고 나면 우리 부부가 오빠를 돌봐야 하는 짐으로 생각했고, 오빠가 장애이므로 제가 장애인 자녀를 낳을까 하는 염려로 반대를 하신 거지요. 저는 두 번의 사랑을 했고, 두 번 다 오빠가 장애라는 이유로 이별을 하고 말았습니다.

저는 장애인 처남도 돌아보지 않는 남자는 필요 없다, 인간성이 쓰레기인 남성은 트럭으로 갖다줘도 싫다 하고 미련 없이 돌아섰습니다. 돌아섰지만 어디 그 마음이 마음이었을까요? 저는 두 번의 아픈 사랑을 하고 다시는 사랑 따위 하지 않기로 마음먹었습니다. 그런데요, 살다가 우연하게 정말로 인성이 좋은 멋진 남자를 만난다면, 그 남성이 장애인 손위 처남을 기꺼이 돌봐줄 수 있다고 하면서 결혼하자고 하면 저는 결혼할 거 같습니다. 내 인생에 놓치고 싶지 않은 멋진 남성이 나타나 결혼하여 아기를 낳는다면, 저는 제 자녀를 키우느라 정신이 없는데 나이먹은 장애인 오빠까지 돌보며 살아갈 자신이 없을 거 같습니다. 제 자식을 너무도 사랑한 나머지 장애인 오빠가 짐이 되어 미워하게 될까 봐 가장 두렵습니다.

대통령님! 부모님이 돌아가셨을 경우에 같이 나이 먹고 같이 늘어가는 장애인 형제자매를 돌봐야 할까요? 중증장애인들은 혼자서는 밖에 나갈 수 있는 인지기능이 되지 않습니다. 자립한다고 비장애인들처럼 밖으로 나가 친구를 만나거나, 카페, 술집, 음식점 등을 다니며 즐거움을 혼자서는 누릴 수 없는, 사회기능을 혼자서는 이뤄낼 수 없는 분들이 중증장애인들입니다. 혼자서는 아무것도 할 수 없는 중증장애인들에게 전문가 선생님들이 계시고, 동년배와 같이 어울려 지내는 거주시설은 중증장애인들의 제2의 집이 아닐까요?

작은 임대아파트에 살면 자립일까요? 혼자서는 외출도 못 하는 중증장애인에게는 활동지원사가 없는 시간에 홀로 생활한다는 것 자체가 감옥살이 아닐까요? 너무나 유명한 말처럼 사람은 사회적 동물이므로 사람을 떠나서는 살 수 없다고 하였습니다. 자립할 정도의 인지가 되면서 자립의 의지가 있는 사람은 자립하면 되는 것이고, 인지기능이 낮아 자립할 수 없는 장애인들은 거주시설에서 선생님들의 보호를 받으며 또래 친구들과 어울려 생활하는 것도 좋은 정책이 아닐까요? 꼭 자립만이 정답일까요? 국가정책이 어느 분야를 막론하고 모든 국민의 마음을 충족시킬 수 없다는 것을 대통령님은 아시겠지요? 하물며 자립이라는 획일적인 정책이야말로 더 많은 문제점을 야기하지 않을까요? 중증장애인들의 거주시설을 다 폐쇄하고 획일적인 자립정책만 고수한다면 후일 부작용이 많이 따를 것이라고 단언합니다.

대통령님! 중증장애인 형제자매가 있는 사람들도 사랑하고 자녀를 낳고 가정을 꾸려 행복하게 살아가는 대한민국을 만들어 주십시오. 감사합니다."

......

"제 딸은 중증발달장애인으로 서른세 살입니다. 제 나이가 예순일곱입니다. 아내는 오래전에 하늘나라로 갔고요, 제가 지금까지 딸을 돌보고 있습니다. 이제는 나이를 먹어 그런지 몸이 여기저기 아파 딸 돌보는 게 매우 힘듭니다. 제가 당뇨에 고혈압, 고지혈증으로 약을 먹고, 나이는 점점 먹어 늙어가고 딸을 24시간 돌볼 여력이 안 돼 10곳이 넘는 전국 거주시설을 돌아다녔습니다. 거주시설마다 정원이 만료이고 대기 명단까지 차서 아이를 정신병원에 보낸 적도 있었는데요. 정신병원에 있으면 더 나빠질까 봐 몸이 괜찮아지면 집으로 데려오곤 합니다. 그렇다고 자립을 시킬 수도 없습니다. 우리 딸은 누군가 초인종을 누르면 무조건 문을 열어주거든요. 자립해서 혼자 있을 때 마음 나쁜 사람이 초인종을 누르면 대문을 열어주고, 성폭행을 당하지 않을까 걱정이 태산입니다.

대통령님! 거주시설은 많이 늘어나야 합니다. 거주시설마다 정원은 만료이고, 한 거주시설 대기자만 50명입니다. 요즘 중증발달장애인 자녀를 둔 가족이 오갈 데가 없고, 혼자 돌보는 게 힘들어 자녀와 함께 동반 자살한 뉴스가 자주 나오는데요. 거주시설에 들어갈 자리가 없어서 돌봄의 한계를 느낀 부모님들이 극단적인 선택을 하는 것이지요.

대통령님! 자립이 지상천국이라면 왜 중증발달장애인 부모님들이 거주시설만 고집할까요? 거주시설은 전문가 선생님들이 장애인들에게 집중 돌봄과 교육을 병행하는 평생학교입니다. 거주시설을 폐쇄하는 게 아니라 더욱 많이 설치하여 주십시오. 거주시설 입소 대기자들이 거주시설에 입소할 수 있게 해 주십시오. 감사합니다."

......

"저는 마흔 살에 우리 아들을 늦둥이로 낳았습니다. 출산 때 잘못을 했는지 모르나 장애를 안고 태어났습니다. 부모가 자식을 사랑함에 있어 장애가 따로 있을까요? 어렸을 때부터 온갖 특수교육을 시켰지만 인지가 정상으로 돌아오지 않았습니다. 참 가슴 아픈 일은, 세상에 좋은 것은 다 아들 주면서 정성으로 양육했습니다. 정말이지 눈에 넣어도 아프지 않은 아들입니다. 그런데 이 아들이 스무 살이 되면서 이 엄마를 때리기 시작했습니다. 때리는 수준이 폭력입니다. 복지관에 가도 선생님이나 친구들한테는 손 하나 까딱하지 않는 순한 양인데 집에만 돌아오면 제게 주먹을 휘두르지요. 자식 하나 저지하지 못하냐고 하실 테지만, 스물여덟 살 아들 힘을 이겨낼 방도가 없어 맞기만 합니다. 아들한테 맞아 앰뷸런스를 불러 병원에 간 적도 많았고, 아들을 감당할 수 없어 거주시설 입소를 희망했으나 정원 만료였습니다. 입소할 거주시설이 없어서 사설 거주시설에 한 달에 200만 원씩 줘가며 1년을 맡겨본

적이 있었습니다. 전문가 선생님들의 교육을 받아서인지 아들이 많이 좋아지고 저만 보면 때리는 폭력성도 없어졌습니다. 시설에 더 있고 싶었지만 한 달에 200만 원이나 하는 시설이용료를 감당할 수가 없어 집으로 데려왔습니다. 그런데 집에 온 아들은 몇 개월이 지나자 또다시 폭력을 휘두릅니다.

사실 저도 거주시설이 인권침해를 하는 곳이라는 생각에 시설 입소를 꺼렸습니다. 그런데 입소 생활 1년을 해보니 제가 생각했던 것은 기우였고, 오히려 거주시설에서 각 프로그램에 참여하면서 좋아진다는 것을 알았습니다. 일찍 거주시설에 입소시키지 못한 게 한이고, 이제 시설에 입소하려 하니 시설마다 정원 만료이고 대기자만 수십 명에 이르렀습니다.

최근에는 아들한테 맞다가 정신병원에라도 보내려 사설 응급차를 불렀는데요. 한번 이용료가 100만 원이었습니다. 도둑놈이 따로 없었지만 당장 제가 아들한테 맞아 죽게 생겼는데 100만 원을 들여서라도 병원을 알아볼 수밖에 없었습니다. 정신병원에서도 돌발행동이 너무 심하다면서 한두 달 채우고는 내보냅니다.

대통령님! 저는 제 자식을 사랑합니다. 자식을 사랑한다고 그 자식한테 죽도록 맞아가며 돌볼 수는 없지 않습니까? 이런 아들이 자립주택에서 온전히 살아갈 수 있을까요? 저는 사설 거주시설을 이용해봐서 시설의 기능을 누구보다 잘 압니다. 거주시설은 인권탄압이 일어나는 곳이 아닙니다. 중증발달장애인들의 평생학교가 거주시설입니다.

　대통령님! 거주시설 입소를 희망하는 전국의 수백 명의 대기자는 물론 저 같은 처지의 부모님들이 거주시설에 입소할 수 있도록 거주시설을 많이 설치하여 주십시오. 거주시설은 인권탄압을 저지르는 곳이 아니라 전문가 선생님들에게 교육을 받으며 생활하는 평생학교입니다. 부디 거주시설 폐쇄 정책을 펴지 마시고 늘려주는 정책을 펼쳐주시기를 간절하게 부탁, 부탁 올립니다."

　......

　"엄마 아빠! 예솔이 보고 있는 거죠? 예솔이가 엄마랑 약속 지키려고 여기에 왔어. 여기에 계신 이모님들을 뵈니까 엄마 아빠가 너무 많이 보고 싶네. 엄마, 사실 나는 엄마 아빠가 내 곁에 있을 때는 두 분이 얼마나 소중한 분들인지 잘 몰랐어. 다른 사람들이 엄마 아빠가 있는 것처럼 나도 그렇게 엄마 아빠가 있구나 그렇게만 생각했거든. 그런데 엄마 아빠가 내 곁에 없는 지금에서야 엄마 아빠가 자식에게 얼마나 소중한 사람인지를 깨달았어. 엄마 아빠 미안해. 엄마 아빠가 동생한테만 잘해주는 거 같아 짜증만 내서 미안하고, 엄마 아빠 사랑을 독차지하는 장애인 동생 등짝을 때려서 미안해. 엄마 아빠한테 용돈 많이 받아 쓰면서도 엄마 아빠 생일에는 하다못해 손수건 하나 선물도 안 하고 '축하해.' 이모

티콘 하나만 덜렁 보낸 것도 지금에 와서 보니 미안하고 마음에 걸려.

　엄마가 동생 미워할 때마다 말했지. "제발 철 좀 들어라. 철 좀!" 엄마 아빠가 내 옆에 있을 때는 철도 들지 않더니, 엄마 아빠가 없으니까 철이 들었는지 장애인 동생이 너무나 불쌍해서 매일같이 눈물이 나. 엄마가 눈을 감으면서 나한테 부탁했지? 동생 미워하지 말고 거주시설에 입소시키라고. 엄마, 나는 동생 일은 다 엄마가 하는 것인 줄만 알았어. 그런데 엄마 아빠가 없으니까 당장 동생을 어떻게 해야 하는지 알 수가 없었어. 그런데 거주시설부모회가 있다는 것을 알았어. 이모님들이 거주시설과 자립에 대해서 상세하게 설명해 주셔서 이제는 동생이 어디로 가야 하는지 알게 됐어. 엄마, 거주시설이용자부모회가 있어서 얼마나 든든한지 몰라. 엄마와의 약속 꼭 지킬 거니까 동생 걱정하지 마.

　이모님, 이모부님들! 안녕하세요. 저는 스물일곱 살이고, 제 동생은 스물네 살 중증발달장애인입니다. 저희 가족은 2년 전까지만 해도 행복했습니다. 2년 전에 엄마 아빠는 교통사고로 돌아가셨습니다. 음주운전 차량의 피해자가 된 거지요. 아빠는 달려오는 차를 피할 길 없는 긴박한 상황에서도 아빠 자신은 죽더라도 동생을 돌봐줄 엄마를 살리겠다고 핸들을 틀어 운전석으로 부딪쳤습니다. 아빠는 그 자리에서 돌아가시고 엄마는 중환자실에서 한 달여 집중 치료를 받았습니다. 엄마가 기적처럼 눈을 떴는데요, 저는 엄마가 살아나는 줄 알았습니다. 그런데요, 엄마는 눈은 떴지만 성대를 다쳤는지 말을 못 했습니다. 엄마 눈을 보면 무슨 말인가를 하려고 하는 거 같은데 말이 나오지 않았습니다. 엄마가 말을 하지 못해도 저는 엄마가 무슨 말을 하려는지 알고도 남았습니다. 엄마는 아무것도 모르는 동생이 어떻게 살아가야 하나 걱정하면서 그 동생을 마지막으로 보고 싶었던 것이었습니다.

"엄마, 동생이 왔어. 동생아, 엄마 손 잡아봐. 엄마 해봐."

"엄마."

동생은 쉬운 단어는 한마디씩 하는데요, 동생이 엄마라고 하는 순간 말도 못 하는 엄마 두 눈에서 눈물이 주르르 흘러내렸습니다.

"엄마, 나한테 동생을 잘 부탁한다는 말을 하고 싶은 거지?"

"……"

말도 못 하는 엄마 눈에서는 또다시 눈물이 주르르 흘러내렸습니다. 엄마는 동생이 눈에 밟혀서 돌아가시지 못하고 마지막으로 동생 손을 한번 잡아보고 싶었던 것이었습니다.

"엄마, 걱정하지 마. 내가 동생을 거주시설에 입소시켜서 잘살게 해줄게."

저는 엄마 손을 꼭 잡고 약속했습니다. 저는 솔직히 동생을 예뻐하지는 않았습니다. 제가 어렸을 적에는 친구들한테 동생이 장애인이라고 놀림도 받았고, 이상한 행동을 하는 동생 때문에 창피를 당한 적이 많았으니까요. 엄마 아빠는 제 마음의 상처를 보듬어 주기보다는 동생을 저보다 많이 사랑했습니다. 좋은 것은 다 동생부터 주었습니다. 엄마 아빠 사랑을 독차지하는 동생이 미웠습니다. 그런데요, 엄마 아빠는 없고 나하고 동생만 덩그러니 남았는데 혼자 있는 동생을 보면 왜 그렇게 불쌍하고 눈물이 나는지 모르겠습니다.

제가 직장에 가 있는 동안에 동생은 활동지원사의 돌봄을 받습니다. 낮에는 활동지원사하고만 있는 것이지요. 동생이 아무것도 안 하고 우두커니 텔레비전 만화만 보며 지내는 게 너무나 안타까워 거주시설 운영시스템을 알아보았습니다. 거주시설에서는 여러 가지 프로그램이 있고, 무엇보다도 선생님들과 또래 친구들도 있다는 게 너무나 좋았습니다. 제 동생이 온종일 텔레비전 만화만 보는 것보다는 선생님들의 24시간 보호 아래 친구들과 어울려 지낼 수 있으면 좋겠다는 생각이 들었습니다. 당장이라도 시설에 입소하고 싶었으나 정원이 만료되어 대기자로 올려놓았습니다.

대통령님! 아무도 없는 집에서 온종일 외로이 텔레비전 만화만 보는 제 동생을 거주시설에 입소하게 해 주세요. 거주시설에서 선생님들의 보호와 교육을 받으며 누나, 동생, 형, 친구들과 어울려 지낼 수 있도록 거주시설을 많이 설치해 주세요.

이승을 떠날 때까지 동생이 밟혀, 그 동생의 행복한 삶을 제게 알려주려 쉬 눈을 감지 못했던 엄마. 동생을 거주시설에 입소시키겠다고 한 엄마와의 약속을 꼭 지키게 해주십시오. 감사합니다."

......

"낭독한 편지와 낭독하지 못한 수십 장의 편지를 인수위에 전달하겠습니다."

인수위 관계자는 정중한 자세로 부모 및 보호자들 앞에 섰고, 편지가 들어있는 큰 서류 봉투를 건네자 부모 및 보호자들을 향해 허리 굽혀 인사하고는 봉투를 받아들고 돌아서 갔다.

7
운명

삐리릭삐리릭~~~ 휴대폰 수신 벨 소리에 영훈은 깜짝 놀라 눈을 번쩍 떴다. 전화벨이 울리고 있었다. 발신번호를 보니 복지관 선생님이었다. 선생님이 전화를 한 걸 보니 보나마나 9시가 넘었으리라. 새벽녘에 통증으로 잠을 자지 못하다가 깜빡 잠이 든 모양이었다.

"선생님, 죄송합니다. 조금만 기다려주세요."

"걱정하지 마시고 선우 씨 데리고 나오세요. 기다리고 있을게요."

"선우야, 선우야!"

선우는 언제 일어났는지 식탁에 앉아 과자를 먹고 있었고, 거실은 어느새 난장판이었다.

"세수해야지."

세수를 시키고 옷을 갈아입혀 선우를 복지관에 보냈다. 집 안을 청소하고 나니 온몸에 힘이 다 빠져나가는 듯했다. 선우가 어질러 놓은 집

안을 청소한다는 게 보통 힘든 일이 아니었다. 원룸 청소하는 것도 힘든데 20평 공간을 은혜는 얼마나 힘들여 청소했을까. 미안하고 청소를 많이 도와주지 못한 게 마음에 걸렸다.

영훈은 장롱 안에 감춰놓은 가족사진을 꺼내 식탁에 놓았다. 선우가 집어 던지는 돌발행동이 있어 사진도 올려놓기가 조심스러워 감춰놓은 가족사진.

"선우가 오늘은 얌전하네. 사진 한 번 찍어요."

은혜 말대로 사진을 찍던 날 선우가 얌전해서 휴대폰으로 찍은 사진이었다. 은혜는 휴대폰으로 찍은 것들 중에 마음에 드는 사진은 사진관에서 인화해 짧은 글을 적어 앨범을 정리했다.

"요즘엔 사진 찍으면 컴퓨터에 저장해 놓는데 당신은 옛날 사람이네."

"선우가 나중에라도 좋아지면 앨범 보면서 성장기를 알 수 있지 않을까 해서."

은혜는 아직도 선우가 좋아지기를, 언젠가 좋아지면 사진을 보면서 지난날을 떠올리는 데 도움이 될 거라 여기며 앨범을 정리했다.

"우리 셋이 다 잘 나왔네."

은혜가 은은하게 웃고 있는 모습이 좋아 영훈이 좋아했던 가족사진이었다.

"여보, 당신 생각나? 우리가 처음 만났던 날 말이야?"

사진 속 은혜를 바라보자니 은혜를 처음 만났던 날이 어제인 양 떠올랐다.

영훈은 S전자회사에서 품질관리 업무를 맡고 있었다. 품질업무 부서이다 보니 여러 협력업체에 품질에 대한 지도점검을 나갔다.

어느 날 A 협력업체의 품질관리를 검사하려고 방문했다. 협력업체가 워낙 많다 보니 한 업체를 몇 달에 한 번씩 방문하게 되는데 담당자가 바뀌어 있었다.

"이영훈 주임님, 안녕하세요? 유은혜입니다."

"가끔 불량품이 나온다는 보고가 있습니다. 납품 날짜도 맞추지 못하고요. 품질관리를 제대로 하는 게 맞습니까?"

"주임님! 우리 회사에서 직원분들이 납품일자 맞추느라 야근을 얼마나 많이 하는 줄 아세요? 납품 날짜 어긴 적이 한 번도 없었습니다. 협력업체에 갑질하지 마시고 가공 단가를 올려주세요!"

영훈은 깜짝 놀랐다. 본사에서는 혹여 불량이나 납품 날짜가 미뤄질 것을 염두에 놓고 선제적으로 품질과 납품 날짜 클레임을 하곤 했다. 보통의 협력업체는 본사 직원이 쓴소리를 해도 참고 넘어갔다. 그런데 은혜가 대뜸 하는 소리가 단가를 올려달라는 거였다.

"갑질이라니요? 유은혜 씨라고 했습니까? 입사한 지 얼마 안 되어 잘 모르는 모양인데요, 부품 하나 불량이 나면 해외까지 나가서 수리해줘야 하는 거 알아요?"

"압니다. 부품에 불량이 나면 해외에 직원을 파견해 수리하는 제반 비용이 부품값의 곱절도 더 들고, 회사 이미지도 실추되고 거래가 끊어질 수도 있지요."

은혜는 품질관리는 아무리 강조해도 지나치지 않는다면서 덧붙였다.

"협력업체에 지나치게 간섭하는 게 사기진작에 전혀 도움이 안 된다는 것도 아시죠?"

본사 직원인 영훈 앞에서 일침을 가하는 은혜가 당당하게 보였다. 나중에 알았지만 은혜는 품질관리 자격증까지 보유하고 있었고, A 회사에 스카우트되어 입사한 사람이었다. 유은혜는 자격증을 취득할 만큼 품질에 대한 자존심이 남달랐다.

"여보, 나는 황당하게도 당신의 그 당당함에 푹 빠졌지. 당당한 당신에게 마음을 빼앗긴 나는 몇 달에 한 번씩 방문하는 당신 회사에 매월 당신을 보러 갔었는데⋯⋯"

영훈은 가족사진을 바라보면서 은혜가 옆에 있는 듯 말했다.

"솔직히 당신도 내가 자주 가서 싫지는 않았지?"

"⋯⋯"

"짜장면 좋아한다고 짜장면 사달라고 한 사람도 당신이잖아?"

"⋯⋯"

"당신 그때 짜장면이 입 주위에 얼마나 시커멓게 묻었는지 알아? 참 나도 바보지. 짜장면을 시커멓게 입에 묻히는 칠칠맞은 당신한테 푹 빠졌으니⋯⋯."

아침에 눈을 뜨면 은혜 생각이 제일 먼저 났다. 업무에 몰입할 때를 제외하면 온종일 머릿속은 은혜라는 여성으로 가득 들어차 있었다. 사랑을 고백했을 때 은혜도 영훈을 사랑하고 있음을 알았다. 하늘이 주신 인연.

"우리 선우가 건강한 아들로 태어났을 때 내가 무슨 꿈꿨는지 알아?"

목욕탕에서 고사리손으로 아빠 등을 밀어주는 아들, 그 아들이 초등학생이 되면 축구와 농구 시합을 하면서 골을 누가 더 많이 넣나 내기를 해야지. 일부러 슬쩍 져주며 용돈을 손에 쥐여주면 좋아서 환하게 웃을 아들 얼굴을 상상하기도 했었다.

"당신이 친구 같은 엄마가 되고 싶어 했잖아? 나도 친구 같은 아빠가 되고 싶었지."

"⋯⋯."

"당신 생각나? 감기로 열이 펄펄 끓던 선우가 쓰러져 혼수상태가 되었던 날?"

3.2kg로 건강하게 태어난 선우는 어쩐 일인지 자주 감기를 앓았다. 6개월이 막 지났을 때 감기를 앓던 선우가 쓰러졌다. 영훈과 은혜는 아들을 부랴부랴 대학병원으로 데려갔다. 여러 가지 검사를 하였지만 병

명이 나타나지 않았다.

"골수검사를 하고 '라이증후군'이라는 병명을 진단받았을 때 우리는 처음 들어보는 병명에 많이 놀라고 당황했지."

라이증후군이란 아스피린 과다복용으로 일어날 수 있는 희귀병.

"MRI 결과 뇌손상은 없습니다."

"라이증후군 후유증으로 아이가 성장하면서 어떤 영향을 받을까요? 일반 아기에 비해 제한적 성장이 있을까요?"

"똑같은 병명이라도 개인차가 있습니다."

의사 선생님은 집안의 환경과 교육에 따라 아이의 성장이 달라진다는 원론적인 이야기를 하면서 덧붙였다. 친구 아들이 라이증후군을 앓았었는데 또래 아동보다 조금 늦되는 정도였다고.

"우리는 안심했지. 그런데 선우는 돌이 지나도 말을 하지 않았고 15개월이 되어서야 걸었지. 그때까지만 해도 우리는 그저 늦되는 아이일 거라고만 생각했지."

선우는 장난감 하나를 들여다보며 온종일 앉아있을 정도로 얌전한 아이였다. 아주 특이한 것은 엄마 아빠는 물론 사람들 눈을 마주 보지 않았다. 얼굴을 돌려 눈을 강제로 마주치려 하면 얼른 시선을 내리깔았다.

"여보, 선우는 바퀴에 관심을 많이 가졌잖아? 자동차 장난감을 사주었는데 모로 누워 자동차를 굴리며 바퀴 굴러가는 걸 끊임없이 들여다보았어. 가만 놔두면 온종일 자동차 바퀴만 돌리고 있을 정도로 바퀴 굴러가는 걸 신기해하던 아이였지."

어느 날 외출 했을 때 선우는 주차되어 있는 자동차를 보더니 얼어버린 듯 가만히 서서 자동차를 한참 바라보았다. 그런데 자동차를 바라보던 선우가 느닷없이 맨바닥에 그대로 모로 누워 자동차 바퀴를 만지며 바라보았다. 집 안에서 장난감 바퀴를 굴리며 들여다보듯 커다란 승용차 바퀴를 보려고 맨바닥에 드러눕던 선우.

"우리 부부는 그제야 선우가 늦되는 정도의 아이가 아니라 이상이 있다는 걸 깨달았지. 당신이 다시 한번 뇌 검사를 해보자고 했었지?"

"선생님, 우리 아이가 말을 하지 않고 이상한 행동만 합니다."

"미세한 뇌손상은 MRI에 나타나지 않습니다. 라이증후군으로 고열을 앓으면서 미세하게 뇌손상이 되었을 수도 있습니다."

"미세한 뇌손상이면 아이가 성장하면서 어떤 영향을 받을까요?"

"워낙 미세해서 향후를 단정 지어 진단할 수는 없습니다."

MRI에는 나타나지 않지만 라이증후군을 앓아 뇌손상이 되었을 거라고 짐작하고, 부부는 절망했다. 장난감 하나를 들고 매만지고 바라보면서 온종일 한자리에 앉아만 있던 얌전한 선우. 두 돌이 지나면서 부부가 감당할 수 없을 만큼 산만해지기 시작했다.

"아침에 눈을 뜨는 순간부터 저녁에 잠드는 순간까지 선우는 한시도 앉아 있질 않아 우리를 애타게 했었지."

까치발로 방 안을 빙글빙글 돌고 돌았고, 5단 서랍장을 열어 밟으며 5층까지 올라가서는 무서움도 모르고 껑충 뛰어내리고, 다시 밟고 올라가 뛰어내리기를 반복했다. 틈만 나면 밖으로 나가 끝도 없이 어딘가로 걸어갔고, 자동차에 치이면 죽는다는 것도 모르고 자동차가 씽씽 달려가는 차로도 막 걸어갔다.

"야! 꼬맹이 너 죽으려고 환장했어!"

"죄송합니다! 죄송합니다!"

"애 교육 좀 똑바로 시키세요!"

운전자들은 차로로 뛰어드는 선우를 보고 식겁하며 급브레이크를 밟고는 소리를 질렀다. 놀이터에 가면 또래 아이들은 시소나 미끄럼틀을 타면서 즐거운 비명을 질러대지만 선우는 오직 한곳으로만 향했다. 높이 올라가는 기구가 있었는데 네모사다리를 밟고 높은 곳으로 올라가기만 했다.

"여보, 정신과 선생님에게 장난감이며 모래놀이, 색칠공부로 선우는 심리검사를 받았고, 자폐성 발달장애라는 진단을 받았을 때 나는 정말이지 하늘이 무너지는 기분이었어."

부부가 처음으로 들어본 자폐성발달장애. 영훈은 혹시 동생 영호와 같은 장애일까 생각했다.

"MRI 결과로는 뇌가 정상이라고 했습니다."

"MRI에도 자폐성장애를 앓는 사람들 뇌는 정상적으로 나옵니다. 의학적으로 설명할 수 없는 부분입니다."

"어떻게 치료를 해야 하나요?"

"자폐성발달장애는 약물 복용으로 치료되는 게 아닙니다. 교육을 받아야 합니다."

"교육이요? 두 돌 지난 아이가 무슨 교육을 받아야 할까요?"

"특수교육이요."

정신과 의사 선생님은 발달장애 아이들은 산만해서 어린이집에서는 받아주지 않을 거라면서 특수교육을 받아야 한다고 설명했다.

"특수교육을 받으면 정상적인 아이가 되나요?"

"정상적인 사람이 될 수는 없습니다. 다만 교육을 받고 안 받고 차이는 있습니다. 교육을 빨리 받으면 그만큼 좋아지겠죠?"

의사 선생님은 말했다. 분명한 건 정상적인 인지를 가진 어른이 될 수는 없다고. 한평생 장애를 앓는 사람이라 생각해야 한다고. 선생님은 장애인이라는 말은 하지 않았다.

"장애인?"

"네. 사회에서는 장애인이라 부르죠. 부모는 장애인 자녀를 평생 안고 가야 합니다. 우리 국민들이 장애인을 이해하고 보듬어 안아주어야 하는데 아직 우리 사회는 장애인들에게 너그럽지 않지요."

부부는 아들을 데리고 오는 내내 버스 안에서 소리 없이 울었다. 선우는 엄마 아빠가 슬픔을 아는지 모르는지 의자에 앉히면 소리를 질러 댔다.

"아이가 왔다 갔다 정신이 없어요! 의자에 좀 앉혀요!"

"아이 넘어지면 어떡하려고 가만 놔둡니까?"

승객들은 아이가 버스 통로를 왔다 갔다 한다고 불만을 토로했다.

"뭔 애가 잠시도 가만 있질 않네……"

"아이가 위험하니 의자에 앉히세요! 아이 넘어져도 책임 안 집니다!"

승객들 원성에 급기야 운전기사까지 소리를 질렀다.

"죄송합니다. 아이가 장애가 있어요. 의자에 앉히면 소리를 질러서. 시끄러워 하실까 봐……"

"애가 엄마 젖을 먹어야 얌전한데 소젖을 먹어 저렇게 산만한 거야."

한시도 앉아 있지 않는 선우를 강제로 의자에 앉히니 괴성을 질러대고, 괴성에 승객들이 스트레스를 받는 건 당연했다. 괴성을 듣게 하느니 돌아다니게 놔둔 건데 승객들은 부부의 마음을 알 리가 없었다.

"자식을 너무 오냐오냐 기르면 버릇 나빠집니다!"

버스가 터미널에 도착하니 노부부가 내리면서 한마디하고, 다른 사람들도 곱지 않은 시선으로 부부와 아이를 한 번씩 뒤돌아보며 차에서 내렸다.

"여보, 내가 말했었지. 세 살 터울의 동생이 교통사고로…… 당신한테 말 안 한 게 있는데, 사실은 그 동생이 장애가 있었어. 동생이 교통사고로 죽게 된 원인은 나 때문이었어. 동생이 장애가 있었다는 것을 사실대로 말하지 않아서 정말 미안해."

영훈은 동생 영호의 장애를 은혜한테 사실대로 말하려고 했었다. 그런데 어머니께서 극구 말리셨다. 그 이유가 집안에 형제나 자매가 장애가 있다고 하면 상대 집안 어른들이 결혼을 반대하는데, 태어날 2세가 장애인일지 몰라 반대한다는 거였다. 영훈은 은혜를 사랑했고 결혼하고 싶었다. 장애 동생이 창피한 것은 아니었다. 굳이 어른들 생각을 따르기보다는 동생이 사망했고, 그 동생 이야기를 언급하는 것 자체가 아픔이기에 가슴에 묻어두기로 한 것이다.

"여보, 장애도 대물림일까? 영호가 선천적 장애로 태어난 것은 아니었어."

시골 마을에는 여름철이면 천렵이라 하여 마을 사람들이 개울가에 모여 고기도 잡고 음식을 나누어 먹는 문화가 있었다. 영훈의 부모님은 개울가에서 마을 사람들과 천렵을 즐기고 있었다. 어머니들은 음식을 하고 아버지들은 고기를 잡았다. 아버지는 음식 만드는 아내를 위해 갓난아기 영호를 돌보았고, 흔들어주다가 실수로 돌멩이에 떨어뜨리는 사고가 난 것이었다. 그로 인해 영호는 뇌손상이 왔고 지적장애 3급이 되었다. 아버지는 당신의 실수로 아들이 지적장애가 된 것을 자책하시며 술만 드셨다.

"대학교 4학년 여름 방학 때 장애인복지관에서 아르바이트를 했었지."

영훈은 군 제대 후 복학을 앞두고 복지관에서 6개월여 장애인들 직업훈련을 도와주는 일을 했다. 자전거 뒷자리에 영호를 태우고 복지관으로 출퇴근하던 일들이 어제 일처럼 생생하게 떠올랐다. 3시에 훈련을 마치고 자전거를 타러 나왔는데 열쇠를 책상 서랍에 넣어둔 걸 잊은 거였다.

"열쇠를 놓고 왔네. 영호야, 잠깐만 기다려."

3층 복지관은 엘리베이터가 없었다. 영호를 3층까지 걸어 올라가게 하는 게 미안했다. 혼자 사무실에 올라가 자전거 열쇠를 가지고 1층에 내려오니 영호가 그사이 없어졌다.

"나는 동생을 잃어버린 자책감에 정말 괴로운 날들을 보냈어."

부모님과 마을 전체를 샅샅이 뒤져도 영호는 찾을 수가 없었다. 한 달여가 흘러간 어느 날, 경찰서에서 연락을 받았다.

"교통사고로 사망한 사람이 있는데 신원 파악이 안 되는 분이 계셔서…… 동생분인지 확인을 해보시라고……."

부모님과 경찰서로 달려가니 경찰은 뺑소니 사고였다고 하면서 사진 한 장을 보여주었다. 사망한 사람의 사진을 본 어머니도 아버지도 충격으로 넋을 놓았다. 사망자의 얼굴은 형체를 알아볼 수가 없었고 참담했다.

"읍내에 실종신고 하신 분은 없나요?"

"우리 군에서는 영호 씨 말고는 없었습니다."

경찰은 사망자 얼굴을 보면 충격을 더 받을 거라면서 보지 말 것을 권했다.

"영호야, 이 물을 타고 흘러 흘러 부디 좋은 세상으로 가거라. 그 세상에서는 정상으로 태어나 사람들한테 놀림 받지 말고 살아라."

아버지는 화장하여 한 줌 잿가루가 된 아들을 한 움큼 잡았다.

"우리 아들~ 아버지가 아들을 지켜주지 못해 미안하다~ 부디 좋은 세상으로 가서 멋진 사람으로 태어나거라……"

한 줌 재가 된 아들의 영혼을 조심스레 뿌리던 아버지 손은 떨리고 등은 흔들렸다. 어머니와 영훈은 들먹이는 아버지의 슬픈 등을 오래도록 바라보며 숨죽여 울었다. 식음을 전폐하고 술병을 손에 들고서 온종일 강가를 바라보던 아버지의 뒷모습. 영훈은 아버지 등에서 피가 뿜어져 나오는 것 같은 느낌을 받았다.

"아버지는 동생을 보내고 한 달여 만에 돌아가셨어."

한 달여가 지난 어느 날, 아버지는 강둑에 앉아서 강물을 붉게 물들이고 있는 노을을 바라보면서 앉은 그 모습 그대로 숨을 거두었다.

"여보, 그 시절에는 CCTV도 없었어. 당연히 범인은 잡을 수 없었지. 나는 동생을 잃어버린 죄책감으로 결혼도 하지 않으려고 했었지. 그런데 우연하게 당신을 만나 사랑에 빠졌고 선우를 낳았지."

선우가 장애인이라는 진단을 받았을 때 영훈은 동생이 환생한 것도 같았다. 장애가 있는 동생을 사망하게 한 죄를 받아 신께서 선우를 자식으로 주신 거라고.

"당신한테 말은 안 했지만 선우 행동이 내 동생 영호랑 너무 비슷해서 얼마나 불안했는지 몰라. 신께 기도했어. 내 아들을 위해 살리라. 동생을 지켜주지 못했지만 아들은 꼭 지켜 주리라."

"……"

"당신한테는 상처가 될까 봐 차마 말은 안 하셨는데, 어머니도 선우 행동이 영호랑 비슷하다고 걱정을 많이 하셨지."

어머니는 당신이 죄가 많아서 자식에 이어 손자까지 장애아를 낳았다며 한탄하셨다.

"여보, 우리 선우를 위해 최선을 다했고, 그동안 당신 고생 많았어. 당신이 고생을 많이 해서 잠시 쉬라고 신께서 쉼의 선물을 주신 거야."

영훈은 가족사진 속의 은혜 얼굴을 어루만져보았다. 목숨처럼 사랑해서 결혼했고 선우를 낳았고, 남몰래 수없이 울었던 지난날들이 주마등처럼 머릿속을 스치고 지나갔다.

"이제 쉼에서 일어났으면 좋겠어. 당신이 살아야 우리 선우를 지켜주잖아."

선우를 두고 부부가 다 죽을 수는 없는 일이라고. 은혜에게는 기적이 일어나기를.

"우리 부부가 다 죽으면 우리 선우는 지켜줄 사람이 아무도 없잖아……"

염원하는데 핸드폰이 울렸다. 병원이었다. 병원에서 면회시간이 아닌데 환자 보호자에게 전화를 한다는 건 위중함을 알리는 것밖에 뭐가 있을까.

"지금 급히 오셔야 할 거 같습니다."

영훈은 혼비백산 병원으로 달려갔다. 초록색 수술복을 입은 간호사가 말없이 영훈을 안내했다. 은혜는 여느 때처럼 산소호흡기를 쓰고 있었다.

"은혜야, 내가 왔어. 당신 남편이 왔다고. 힘내자! 선우가 엄마를 간절하게 기다리고 있어. 우리 선우가."

영훈은 은혜 손을 꼭 마주 잡고 이마에 대었다.

-신이시여! 우리 부부가 얼마나 겸손하게 살아왔는지 당신은 아시지 않습니까? 한 끼니 식사에도 감사하며 살아온 우리 부부였잖습니까? 은혜가 가버리면 당신이 선물로 주신 선우를 돌볼 사람이 아무도 없습니다.-

"여보, 당신 이렇게 가면 안 되는 거잖아. 나도 곧 가야 한데. 나도

가야 하는데 우리 선우는 어떡하라고…… 우리한테는 선우가 있는
데……"

삐삐삐…………삐………… 영훈의 심장이 쿵쿵댔다. 모니터를 바라
보았다. 심장박동 그래프선이 0으로 떨어지고 있었다.

"씨피알!"

의사 선생님이 전기충격기를 은혜 가슴에 댔다. 텔레비전에서 보았
던 장면이 눈앞에서 그대로 연출되고 있었는데 꼭 꿈을 꾸고 있는 것만
같았다. 삐………… 모니터 0에 머물러 있는 숫자는 움직이지 않았다.

"운명하셨습니다."

간호사가 은혜 얼굴을 감싸고 있던 산호호흡기를 떼고 하얀 천으로
은혜를 덮으려 했다.

"잠깐만요. 잠깐만……"

영훈은 산소호흡기를 뗀 은혜 얼굴을 바라보았다. 은혜는 아무 일도
없었다는 듯 평화로운 얼굴로 잠을 자고 있었다. 너무나 고귀해 함부로
만질 수 없는 은혜.

"선생님, 우리 집사람이 얼마나 훌륭한 엄마였는지 아세요? 자신의
인생을 버리고 오직 자식을 위해 헌신한 엄마였습니다. 바보라고 놀림
받는 천덕꾸러기 자식이 행여나 비장애인으로 돌아올까. 교육시키면
남들이 놀리지 않는 아들이 될까. 비가 오나 눈이 오나 자식 특수교육만
시켰던 엄마였습니다. 바보자식이 불쌍해서 맛있는 음식은 목에서 넘

어가지 않는 엄마였습니다…… 자나 깨나 자식 걱정만 했던 은혜가 나를 두고, 우리 선우를 두고 간다는 게 믿어지십니까?"

영훈은 은혜 얼굴을 정성으로 쓰다듬고 또 쓰다듬어 주었다.

"여보…… 나는 당신을 떠나보낼 아무런 준비가 되어 있지 않은데…… 당신이 나를, 우리 선우를 놓고 가버리면 나는 어쩌라고. 우리한테는 선우가 있잖아. 우리 선우 눈에 밟혀서 어떻게 떠나려고 이렇게 가는 거야…… 당신은 선우 혼자 놔두고 발걸음이 떨어질 수 있겠어? 어찌 선우를 혼자 놔두고 그 먼 길을 혼자 가려는 거야? 엉? ……"

영훈은 은혜 얼굴을 쓰다듬다가 보았다. 귀밑머리며 이마에 흰머리가 가득한 것을. 무심히 흘려버렸던 흰머리를 바라보는데 너무도 마음이 아팠다.

"나야 아무럼 어때. 우리 선우만 행복하면 되는 거지."

옷이며 신발, 브랜드 옷 하나 입어보지 않은 은혜. 자신을 위해서 가꾸지 않고 오직 시선은 선우에게만 향해 있었다. '당신 고생했어.'라는 따뜻한 말 한마디 건네지 못한 게 뼈 마디마디에 사무쳤다.

"여보, 나는 말이야 당신이 한평생 이렇게 병상에서 누워만 있어도 좋으니 살게만 해달라고 기도했어. 병상에 있는 당신을 그저 바라볼 수만 있어도 감사하고 또 감사할 거라 기도했다고……"

은혜의 얼굴을 쓰다듬는 영훈의 등이 들먹거렸다.

"내가 당신을 얼마나 많이 사랑했는지 알지?"

사랑하는 아내였고, 장애인 자식을 양육하는 엄마 아빠요 동지였고, 연인이었던 마음이 따뜻했던 사람. 은혜는 숨이 멎기 전에 영훈의 비통한 심정을 읽었을까. 숨이 멎은 은혜 눈가에서 마지막 인사처럼 눈물이 주르르 흘러내렸다.

"은혜야…… 여보, 못난 나를 만나서 고생 많았어. 나는 당신을 만나 행복을 알았고, 당신 때문에 나는 행복한 인생을 살 수가 있었어. 당신이 나의 아내여서 정말 좋았어. 당신과 함께한 모든 시간이 내게는 행복이었어. 우리 바보아들과 당신과 함께한 시간, 당신과 말싸움하던 그 시간조차 내게는 모두 다 소중하고 소중한 시간이었어. 여보, 당신을 사랑했고 얼마나 많이 아꼈는지 알지?"

영훈은 은혜의 손을 꼭 잡았다. 아직 따뜻한 온기가 느껴졌다. 금방이라도 눈을 번쩍 뜨고 아무 일도 없었다는 듯 환하게 웃을 것만 같은 은혜.

여보, 우리 잠시 헤어지지만 곧 다시 만날 수 있는 부부잖아. 당신 나 잊으면 안 돼. 나는 당신을 다시 만나 부부로 살고 싶어. 그때는 더 성숙한 남편이 될게. 여보, 우리 꼭 다시 만나자. 조심히 잘 가기를. 부디 나를 잊지 말기를…… 다시 만날 수 있기를…….

영훈은 은혜 얼굴을 가슴에 오래도록 품어 안았다.

8
중증장애인에게
탈시설은 사형선고다

보건복지부가 2021년 8월 2일 '탈시설 로드맵'을 발표한 후 부모회는 '탈시설 로드맵'은 거주시설에 자녀를 입소시킨 당사자인 보호자를 배제하고 만들어진 법안이기에 국회의사당, 보건복지부, 서울시청, 명동성당, 인권위원회, 경기도청, 경기누림홈 등에서 '탈시설' 반대집회를 100여 번 이어왔다. 그럼에도 불구하고 정부는 부모회의 호소에 귀를 닫고 있었다.

"집회 참석자가 많지 않으니까 정부가 우리 부모회 목소리를 들어주지 않는 거 같습니다."

"대규모 집회를 열면 정부가 우리 부모회 목소리를 들어주지 않을까요?"

집회에 참석하는 부모님들은 많아야 50여 명이었다. 생업에 매달려야 하는 가정에, 부모가 연로한 분들이 많으니 집회 참석률이 낮았다. 부모님들이 대규모로 집회를 하자는 의견이 모아졌다.

"부모님, 보호자님들! 우리의 의견을 정부에서 받아들일 때까지 호소하고 또 호소해야 합니다. 28일에는 부모님들 모두 집회에 참석하셔서 정부에 호소합시다!"

정부에 탈시설 반대를 강력하게 알리려 중증장애인 자녀를 둔 전국의 모든 부모님, 보호자, 형제자매, 삼촌, 이모에게 광장으로 올 것을 호소했다.

제주도에 사는 부모님은 비행기를 타고 오고, 전라도, 경상도 쪽에서는 부모님들이 중증장애인 자녀와 동행하느라 십시일반으로 버스를 대절해 시청으로 모였다.

햇볕이 작열하게 내리쬐는 시청 광장에는 하얀 상복을 입은 사람들 500여 명이 가득했다.

영훈도 선우와 같이 동참하고 싶었다. 그러나 몸이 하루가 다르게 쇠약해져 갔다. 선우랑 집회 현장에 갔다가 아프기라도 한다면 선우는 누가 돌볼 것인가.

"우리 선우를 돌봐주실 수 있을까요?"

"주말에는 일 안 합니다."

활동지원사는 냉정하게 거절했다. 선우가 자꾸만 밖으로 나가려 하니 활동지원사들이 돌봄을 꺼려 벌써 3번째 바뀌었다.

"사모님, 우리 선우를 오늘 돌봐주실 수 있을까요?"

"걱정하지 마세요. 다행히 선우가 나를 엄마처럼 잘 따르네요. 세상에 선우 같은 장애인이 무슨 자립을 한다고 하는지 도저히 이해할 수가 없습니다. 나라도 집회에 참석해서 탈시설 반대를 목이 터져라 외치고 싶네요."

전후 사정을 들은 주인집 아주머니는 기꺼이 선우를 돌봐주신다고 했다. 은혜가 혼수상태가 되어 병원비 마련하려고 집을 급하게 매도하고 제일 싼 전셋집을 구했는데 집주인이 좋은 분이어서 얼마나 고마운지 몰랐다.

"훈이 아버지, 어디쯤에 계세요?"

"형님, 저는 집행부 쪽에 있습니다. 이쪽으로 오세요. 앞에서 목이 터져라 외쳐야 하지 않겠습니까?"

영훈은 아침에 한바탕 통증으로 사경을 헤매다 정신 차리고 오느라 늦게 도착했다. 영훈은 사람들 속을 비집고 앞쪽으로 가서 훈이 아버지를 찾았다.

훈이 아버지는 '탈시설로 가족을 죽음으로 내몰지 마라!' 피켓을 들고 앉아 있었다.

"형님도 피켓 하나 드시죠?"

훈이 아버지는 '중중발달장애인 탈시설은 사형선고다!'라고 쓴 피켓을 건네주면서 중중장애인들이 모여 있는 곳을 바라보았다. 장애인들이 한곳에 있고, 보호자들은 자녀를 돌보느라 같이 모여 있었다.

"참 가슴 아픕니다."

"우리가 자식들을 이 뙤약볕에 왜 데리고 왔겠습니까?"

"장애인들을 고생시켜서 미안하네요."

중중장애인들을 고생시킬 수밖에 없는 단 하나의 이유는, 내가 누구인지, 여기가 어디인지, 이 더위에 왜 이곳에 있어야 하는지 그 이유를 모르는 인지 1~3세 어린아이 같은 중중장애인들은 자립할 수 없다는 것을 세상에 알리기 위함이었다.

"그래도 여기에 온 장애인들은 어느 정도 보행이라도 할 수 있지요. 시설에 있는 중중장애인들은 여기에 온 분들보다 더 심한 장애인들이 많습니다."

"여기에 온 장애인들은 한눈에 보아도 자립 못 한다는 걸 알지 않겠습니까?"

"정부 고위관계자들이 장애인들의 모습을 봤으면 좋겠습니다. 장애인들을 보면 탈시설을 철회할까요?"

"모르죠. 국회의원 속을 어떻게 다 알겠어요. 장애인들이 고생하는 모습을 눈앞에서 보니까 마음 아프고 미안하네요."

"우리 훈이도 데려오고 싶었어요. 근데 부축해 줘야 한 걸음 두 걸음

걷는 아이라 데려올 수 없었어요."

훈이 아버지는 땡볕 아래 누워 고생하는 중증장애인들에게 무척이나 미안해했다.

"여러분, 전국거주시설이용자부모회가 탈시설 반대집회를 100번은 이어왔습니다. 그러나 정부는 우리의 목소리에는 귀를 닫고 있습니다!"

부모회 대표가 힘찬 목소리로 포문을 열었다.

하나. 정부는 탈시설 정책을 즉각 철회하고 다양한 거주 서비스를 보장하라!

하나. 정책수립 시 시설이용 당사자와 그 부모들의 의견을 적극 반영하라!

하나. 장애 당사자와 그 부모의 결정권과 선택권을 보장하라!

하나. 중증장애인 입소 대기자 죽어간다. 신규 입소 허용하라!

하나. 정부는 탈시설 로드맵을 즉각 폐기하라!

하나. 중증발달장애인에게 탈시설은 당사자와 가족에게 사형선고다!

서울시청 광장에 모인 500여 명의 부모님, 보호자, 형제자매들은 시청 광장이 떠나가도록 구호를 외쳤다.

"대통령님! 국회의원님! 저기 저 땡볕에 계신 분들을 보십시오. 오늘 집회에 오신 중증장애인들은 76분입니다. 땡볕에 왜 있어야 하는지도 모르는 저분들에게 어떻게 자립하라고 하시는 겁니까? 말도 못 하고, 누가 때려도 맞았다고 경찰에 신고도 못 하는 중증장애인들이라고 설마하니 대통령님, 국회의원님들께서 무시하는 것인가요? 의사 표현도 못 하고 자기변호도 할 줄 모르는 중증장애인들이 인권을 보호받는 곳은 자립이 아니라 거주시설입니다."

"탈시설 당사자는 거주시설 장애인과 그 보호자다! 탈시설지원법을 즉각 폐지하라!"

"탈시설지원법은 거주시설 장애인의 80%에 해당하는 발달장애인과 그 보호자의 의견을 수렴하지 않았다!"

"약자를 보호해야 하는 법이 오히려 중증발달장애인들에게 심각한 인권침해를 초래한다면 이 법안은 마땅히 폐지돼야 한다!"

"시설 이용 희망자와 대기자가 넘쳐나는데도 시설 폐지에만 혈안이 된 정책과 법안 때문에 정작 보호받아야 할 중증발달장애인들은 사지로 내몰리는 탈시설 정책을 즉각 철회하라!"

"정부는 우리 자식들의 생존권을 위협하는 주장을 하지 마라!"

부모님들은 중증장애인이 자립을 한다는 건 기적과도 같은 것이라고 한목소리로 울부짖었다.

"날씨는 왜 이렇게 덥대요?"

"그러게요. 장애인들이 힘들어하네요."

그늘 하나 없는 땡볕 아래 누워있다가 더위를 참지 못하고 머리를 쥐어뜯으며 자신을 학대하는 분, 덥다는 표현을 못 하니 자신의 가슴을 마구 때리는 분, 벌떡 일어나 빙글빙글 도는 분, 옷을 훌러덩 벗어던지는 분, 물병의 물을 온몸에 부으며 겅중겅중 뛰는 중증장애인들을 눈앞에서 보자니 영훈도 안쓰럽고 미안하고 미안했다.

"제 아들은 중증발달장애인입니다."

어느 엄마가 한 손에는 마이크를 잡고 다른 한 손에는 사진을 몇 장 들고 있었다.

"제 아들은 18년째 시설에서 생활하고 있는데요, 가위로 옷이며 이불을 닥치는 대로 잘라 늘 너덜너덜한 옷을 입고 있습니다. 손발톱을 물어뜯어 성한 곳이 없습니다. 특히 우리 아들은 과일상자 싸는 노란 보자기에 집착하는데요, 노란 보자기를 온종일 들고 있고 잘 때는 침대에 깔고 잡니다. 이런 아들이 시설에서 나가게 되면 행복해진다고 장담할 수 있을까요?"

어머니는 제발 국회의원들이 현장에 나와 조사를 해달라고 호소했다.

"저의 아들은 31살입니다. 가만히 잘 있다가도 옆 사람을 공격하기도 하고, 집을 무작정 나가기도 하고, 아들의 돌발행동을 예측할 수 없어 늘 걱정만 하다가 시설에 입소했습니다. 그런데 정부에서 탈시설 정책을 목표로 하니 시설 측에서는 탈시설 움직임이 빨라지고 있습니다. 돌봄이 까다로운 중증발달장애인들은 가장 먼저 퇴소 대상이 되니 저의 아들이 퇴소 대상이 될까 봐 매일같이 걱정입니다."

한 어머니는 중증발달장애인에게 자립은 위험천만한 것이라면서 절규했다.

"안녕하세요? 거주시설에 종사하는 생활관 선생님입니다. 현재 저희 시설에는 생활지원 직원이 20명이 근무하십니다. 장애인 2명을 직원 1명이 24시간 3교대로 밀착케어를 하는데요, 우리 생활지원 선생님들은 장애인들에게 정말 지극정성으로 대하고 있습니다. 거주시설이 인권탄압이 발생하는 집단수용시설이라는 소리를 들을 때면 자존심 상하고 화가 납니다."

"선생님! 힘내세요. 정부가 시설을 폐쇄하려고 호도하고 있습니다. 우리 부모들은 거주시설 안에 영양사, 간호사, 물리치료사, 언어치료사가 중증장애인들 교육을 병행하며 돌본다는 걸 다 압니다. 선생님의 헌신적인 노고에 감사드립니다."

"중증장애인들이 전문가에게 둘러싸여 있는 거주시설을 우리 부모들은 안심합니다. 선생님! 사랑합니다."

광장에 모여든 부모님, 보호자들의 뜨거운 박수 소리가 광장에 울려 퍼졌다.

"저기에 계신 중증장애인들을 보십시오. 어떻게 저분들이 자립이 가능하다고 하십니까? 저분들은 스스로 밥을 해 먹는 것을 모릅니다. 빨래하는 것도 모릅니다. 전철을 타는 것도, 버스를 타는 것도 모릅니다. 저런 분들에게 자립하라니요? 정부는 왜 우리 중증장애인들을 인권의 사각지대로 내모는 건가요? 저분들이 불쌍하지도 않은가요? 제발 부탁드립니다. 거주시설 폐쇄 말고 중증장애인들이 거주시설에서 24시간 보호를 받으며 생활할 수만 있게 해주십시오!"

"탈시설 당사자는 거주시설 장애인과 그 보호자다."

"탈시설은 국가에서 중증장애인들에게 필요한 서비스 이용료를 짊어지게 하는 것은 물론 인권의 사각지대로 내모는 정책입니다. 우리는 탈시설을 반대합니다."

"최근 2년 동안 자기 손으로 자식을 죽이고 스스로 목숨을 끊은 비극이 18건이 일어났습니다. 정부가 탈시설을 계속 진행한다면 자녀와 동반자살을 하는 비극이 줄지어 일어날 겁니다!"

부모님, 보호자, 형제자매들이 눈물로 호소했고, 서울시청 광장은 부모님들의 애끓는 절규가 널리 널리 메아리쳤다.

"발달장애 자녀를 자기 손으로 죽이고 그 뒤를 따라 죽음을 선택한 어머니를 어느 누가 감히 비난할 수 있겠습니까?"

"맞습니다. 다 우리의 일입니다. 시설이 없었다면 우리 역시 자녀와 동반자살을 했을 것입니다."

"우리가 지금껏 살아있는 것은 시설에 자식을 맡길 수 있었기 때문이고, 남은 가족을 위해 생업에 종사할 수 있었습니다."

중증발달장애인 당사자와 가정의 실상을 묵살하고 장애의 다양성과 의사결정권을 짓밟는 '장애인 탈시설' 지원 등에 관한 법률안과 장애인 복지법 개정안의 부당성을 알리면서 폐지를 요청한다고 목소리를 높였다.

"중증발달장애인들의 탈시설은 사형선고다!"

영훈은 목숨이 붙어 있는 동안 탈시설 반대집회에 열심히 참여하고, 거주시설은 부모가 죽고 나면 무연고자들이 마지막 기댈 요람이라고 외치리라, 정부에 외치고 또 외치리라 다짐했다.

......

"형님, 밥은 형님이 사셨으니 커피는 제가 사겠습니다."

"좋습니다. 커피 마시면서 정부 욕이나 실컷 합시다."

영훈과 훈이 아버지는 집회를 마치고 근처 카페로 갔다.

"오늘 날이 좀 더웠습니까? 그 땡볕 아래 있던 중증장애인들을 보는데 가슴이 막 찢어지는 거 같더라고요."

"몸만 성년이지 인지는 2살인데 그런 사람이 무슨 자립을 하겠습니

까?"

"인지가 어린아이 같은 중증발달장애인들을 위해서 거주시설의 기능
은 기능대로, 자립할 수 있는 장애인들을 위해서 자립을 위한 정책으로
가면 되는데 왜 거주시설을 깡그리 폐쇄하려는 거냐구요? 왜요?"

훈이 아버지는 답답해 미치겠다며 자신의 가슴을 막 쳐댔다.

"국회의원들이 오늘 서울시청 광장에 나온 중증장애인들을 봤다면
자립하라는 말이 나올까요?"

"어느 어머니가 국회의원들이 중증장애인들이 생활하는 거주시설을
방문해서 직접 눈으로 보았으면 좋겠다고 했던 말처럼 정말 국회의원
들은 왜 거주시설을 둘러보지 않을까요?"

"나도 궁금합니다. 거주시설에 와서 중증장애인들은 보면 자립할 수
있는 인지가 안 된다는 걸 금방 알 텐데요……"

두 사람의 대화는 탈시설 반대로 이어졌다.

"아들이 도망갈까 봐 외출할 때 아들을 허리에 묶고 다니시는 어머니
와 아들이 나온 유튜브 방송을 봤어요. 정말 마음이 아프더라고요."

"저도 우리 선우가 막 돌아칠 때는 허리에 끈을 묶고 다니고 싶더라
니까요. 그 어머니 아들 같은 경우 아들이 경기를 하니 약도 챙겨주어야
하고, 물고 집기를 집어던지는 행동까지 하는데 그런 장애인이 어떻게
자립을 하겠어요?"

"아까 생활관에 근무하신다는 선생님도 말했잖아요. 자립하게 되면

시설처럼 장애인 2명에 1명이 24시간 3교대 밀착케어가 가능하지 않다고요."

"24시간 돌봄을 받아야만 하는 중증장애인들에게 자립은 정말 위험합니다."

"중증장애인들의 자립이 위험하다는 걸 우리 부모님들만 아는 게 억장이 무너집니다."

"국회의원들이 탈시설지원법을 무조건 밀어붙일 게 아니라 중증장애인들 인지기능을 먼저 알아야 하는데 큰일입니다."

"아니 멀쩡히 잘 운영되고 있는 거주시설을 왜 폐쇄합니까? 시설은 시설대로 놔두고, 자립하고 싶은 사람은 자립하면 되는 건데 왜 정부는 모든 장애인을 자립하라는 건지 그 이유를 모르겠습니다."

"우리 자식이 자립할 정도의 인지가 되면 왜 거주시설에 입소시키겠냐고요?"

"아무래도 정치인들은 중증장애들의 인지기능을 모르는 게 분명합니다. 그러니까 탈시설을 하라고 하는 거지요. 안 그런가요?"

"그러게요. 중증발달장애인들은 성년이 되어도 인지가 어린아이 같은 3세 미만인 분들이라는 걸 알면서도 탈시설 정책으로 일관하지는 않겠죠?"

훈이 아버지는 거주시설 생활관 선생님이 시설 직원들을 장애인들에게 인권침해를 하는 악마로 불리는 게 화가 난다고 하던 말이 생각난다며 물었다.

"정부는 중증장애인들이 자립하면 인권침해를 당하지 않는다고 생각하는 걸까요?"

"거주시설에 종사하는 분들은 사회복지를 전공한 전문가입니다. 어쩌다 한두 명 인권침해를 하는 사람들도 있겠죠. 그렇다고 자립을 하라는 논리는 말이 안 되는 거죠? 그럼 거주시설 선생님들은 악마이고, 자립을 지원하는 활동지원사는 천사라는 건가요?"

"최근 뉴스에서도 나왔잖아요? 혼자 사는 뇌성마비 중증장애인이 자신을 도와주던 활동지원사에게 수차례 성폭행을 당했다고요. 그 피해자가 석 달 동안 범행을 당하면서 노트북을 이용해 사진을 찍어 증거를 모았다 하더라고요."

의사소통이 어렵고, 누워서 생활할 수밖에 없는 김 씨는 식사와 목욕, 대소변 처리까지 온종일 지원사의 도움을 받았다고 했다. 그런데 어느 날부터 지원사가 김 씨를 성추행하기 시작했고, 유사성행위를 하려다 김 씨가 저항하면 뺨을 때리거나 몸을 발로 차고 엉덩이를 깔고 앉는 등 폭행까지 했다는 뉴스가 나왔다.

"활동지원사와 단둘이 있는 공간에서 활동지원사로부터 어떤 인권탄압을 받을지 모르는 게 자립인데…… 우리 자식들이 맞았다고 신고를 하겠습니까? 성폭행을 당했다고 신고를 하겠습니까? 정말 인권의 사각지대로 내몰리는 게 자립이죠."

"장애인 인권침해는 어디서나 일어나잖아요? 거주시설에서만 인권침해가 일어난다는 이유를 들이대면서 탈시설, 탈시설 하잖아요?"

"국가가 거주시설에서 인권침해가 일어난다는 프레임을 씌워 거주시설을 폐쇄하라는 게 국가정책입니까? 무조건 자립하라는 정책이야말로 선택을 강요하는 획일적 정책이잖아요? 왜 우리의 선택을 박탈하는 거냐고요? 왜요?"

훈이 아버지는 도리질을 하면서 국가정책이 어린애 장난하는 거 같다고 했다.

"국회의원들은 자립이 인간다운 삶이라고 하는데요, 어린아이를 혼자 살라고 하는 게 인간다운 삶입니까? 인지기능은 고려하지 않고 혼자 살라고 하는 자립이야말로 난센스죠."

"원룸이나 10평 남짓한 임대아파트에서 혼자 사는 거야말로 감옥살이 아니겠습니까? 게다가 취업해서 돈을 벌어야 임대료, 생활비를 감당할 게 아니겠습니까?"

"자신을 변호할 줄도 모르는 중증장애인들이 무슨 취업을 합니까?"

선우의 인지는 2, 3세이다. 취업은커녕 제 한 몸도 보호하지 못하는 인지를 가진 사람이 어찌 취업을 하여 돈을 벌어 임대비며 생활비를 감당할까. 부모회가 중증장애인들은 자립이 안 되는 인지기능을 가진 사람들이라고 호소해도 정부는 귀를 닫고, 탈시설 로드맵대로 자립정책을 시행하고 있으니 부모님들은 애가 타는 것이었다.

"자립에서야말로 제한적 돌봄 서비스밖에 이뤄지지 않는데, 우리 훈이는 자립으로 갔다가는 굶어 죽거나 물리치료를 받지 못해서 한 달도 못 살고 죽을 겁니다."

"우리 선우는 무작정 밖으로 나가서 직진으로 걸어갑니다. 가다가 가게가 보이면 들어가서 과자를 막 먹습니다."

영훈은 자신이 죽고 나면 선우는 자립으로 갈 수밖에 없을 거 같다는 생각에 불안한 거였다. 무작정 밖으로만 나가려는 선우. 선우가 아무도 없는 집안이 무서워 무작정 밖으로 나가 길을 잃고 헤맨다면? 생각만으로도 아찔했다.

"육체가 건강한 발달장애인들은 집을 뛰쳐나갔다가 길 잃고 나쁜 놈들한테 끌려가거나 팔려 가서 노동착취나 당할 게 뻔하지 않겠어요?"

"그렇지요. 끌려갔다고 경찰에 신고할 줄이나 알겠어요. 시키면 시키는 대로, 때리면 그저 맞으면서 죽어라 일만 할 중증발달장애인들을 국민들이 어떻게 알겠어요."

"거주시설에서는 간호사가 상주하면서 건강 체크하고, 영양사의 식단으로 식사가 제공되고, 친구들과 어울려 공부도 하고, 노래방기기에서 노래도 하고, 캠프, 여행 프로그램으로 진행되는데 이 좋은 거주시설이 왜 폐쇄되어야 하느냐고요?"

전국적으로 거주시설 대기자만 수백 명이었다. 대기자들이 하루라도 빨리 거주시설에 입소하게 하려면 신규 거주시설을 많이 설치해야 한다고 두 사람은 성토했다.

"어머니와 아들이 허리에 끈을 묶어 다니는 그 어머니가 하루라도 빨리 시설에 입소했으면 좋겠는데……"

"우리 그 어머니와 아들을 위해서라도 거주시설 존치를 위해 신규 거주시설 설치를 많이 해달라고 정부에 호소합시다!"

"그래야지요. 부모가 죽고 나면 아무것도 모르는 자식이 어디를 갑니까? 거주시설밖에 더 있어요? 거주시설은 부모 사후에 장애인들이 살아갈 제2의 집이 맞습니다."

"무연고자들의 요람이죠, 요람."

영훈과 훈이 아버지는 오래도록 카페에 앉아서 정부의 탈시설 정책 비판 대화를 오래도록 나누었다.

9
중증장애인들의
거주시설과 자립생활

영훈은 수첩을 펼쳤다. 요즘 들어 통증으로 시달리다 보니 해야 할 문제들을 깜빡 잊고 지나칠 때가 있었다. 계획을 세우고 하나씩 해결해야 할 것 같았다. 은혜가 살아있다면 선우 입소가 시급한 문제는 아니었다. 이제 선우는 엄마 아빠가 없는 세상에서 살아가야만 했다. 시한부 인생을 사는 아버지로서 부모도 없는 선우가 행복한 삶을 살아가는 곳을 선택해야만 하는 절체절명의 순간. 단기보호센터가 있다는 것을 알았고, 우선은 단기보호센터에라도 선우를 입소시키려 마음먹었다.

"장애인 자녀를 둔 아버진데요, 상담을 받을까 합니다."

"오전에는 제가 거주시설 지도점검을 나갑니다. 오후 1시쯤 괜찮으신지요?"

"그럼 제가 그 시간에 가겠습니다."

시청 장애인복지과에 전화를 하니 팀장이라는 사람이 친절하게 응대했다. 은혜는 장애인복지 정책에 대해 정부며 시청에 민원도 올리고, 시청에 직접 가서 복지과 담당자들과 상담도 했다는 이야기를 간간이 했었다. 영훈은 담당자를 만나면 탈시설 문제를 따지리라 단단히 별렀다.

집 안을 청소하고 옷을 빨려고 세탁기에 넣고 세제를 한 스푼 넣었다. 한두 번 하는 일도 아닌데 처음인 듯 어설펐다. 라면으로 점심을 때우고 양치를 하는데 속이 울렁거렸다. 상담 중에 쓰러질까 걱정이 되어 진통제를 미리 먹었다.

"오전에 전화했던 이영훈입니다."

"제가 거주시설 팀장입니다. 이쪽으로 오세요."

팀장이라는 사람이 안쪽 빈 테이블로 안내했다. 장애인 자식을 두고서도 처음 가 보는 장애인복지과였다.

"팀장님, 우리 아들 거주시설 입소 좀 하게 해주세요."

"모르셨군요. 순번 대기가 있어요. 거주시설에 입소 대기자로 이름을 올려서 순번을 기다리셔야 합니다."

"우리 아들이 시설 입소를 해야 하는 사정이 생겼습니다."

"대기자분들도 사정이 다 절박합니다."

팀장은 원칙을 위반할 수 없다고 하면서 선을 딱 그었다.

"아버님, 정부 정책이 자립으로 전환돼 가는 건 아시죠?"

"아니 자기가 누구인지도 모르는 천방지축 어린애의 자립이 가능하다는 말입니까?"

"커피! 커피! 커피!"

그때였다. 키 큰 청년이 사무실로 들어오더니 자동커피기계가 있는 곳으로 갔다. 영훈은 청년의 행동을 보면서 선우와 같은 중증발달장애인이라는 걸 금방 알아차렸다.

"최민 씨, 잠깐만요. 커피 타 줄게요."

사무를 보던 사람 한 명이 얼른 장애인에게 커피를 타 주며 밖으로 데리고 나갔다.

"저 아들과 어머니도 일주일이 멀다 하고 오셔서 시설에 입소시켜 달라고 하시는데 저희도 참 난감합니다."

"팀장님, 거주시설에 입소해야 하는 장애인들이 저렇게 많잖습니까? 신규 설치도 못 하게 하고, 거주시설은 폐쇄하고 자립만 하라는 정책이 맞다고 생각하십니까?"

"저희도 답답합니다."

"아까 그 청년은 한눈에 봐도 천방지축이던데 그런 분들이 자립이 가능하다고 생각하세요?"

"거주시설 담당자로서 뭐라 드릴 말씀이 없습니다."

"자립을 무조건 반대하는 게 아닙니다. 자립이 가능한 인지를 가진 분들은 자립을 하고 그렇지 못한 분들은 거주시설에서 지내야 하는 거 아닙니까?"

장애인 정책에 있어 거주시설의 기능이 있고, 자립의 기능이 있는 것이 아니냐고 영훈이 성토하자 팀장은 고개만 끄덕였다.

"저희는 정부 정책에 따를 수밖에 없어서……"

"탈요양원도 있나요? 중증장애인들에게 자립하라고 하는데요, 그렇다면 치매 노인들도 다 자립해야 하는 겁니다."

"아버님 심정 충분히 이해합니다."

"제 아들이 아까 그 청년 같습니다. 산만하기는 더 하고요. 자립해서 살 수 있을까요?"

"우선은 시설에 대기자로 올려놓으시죠?"

"대기자에 올려놓으면 뭐 합니까? 정부에서 거주시설을 단계적으로 폐쇄해 간다고 하질 않습니까? 거주시설에서 인권탄압이 일어난다고 하는데요, 장애인들은 어디서나 인권탄압을 받습니다. 정부도 중증장애인이 아무것도 모르는 바보니까 무시하고 무조건 자립으로 가라는 거잖아요?"

"아이고 아버님~"

팀장은 애써 웃으며 말을 아꼈다.

"거주시설 선생님들 정말 잘합니다. 비양심적인 한두 사람 때문에 모든 종사자들을 범죄자 낙인찍어 탈시설 정책을 한다는 건 말이 안 되는 겁니다."

"……"

"스물일곱 살 먹은 우리 아들 거주시설에 입소 좀 시켜주십시오."

"아까 말씀드렸다시피 시설은 정원 만료라서 입소할 수 있는 곳이 없습니다."

영훈은 암 진단서를 팀장 앞에 내밀었다.

"집사람은 얼마 전에 하늘나라로 갔습니다. 나도 내 인생이 이렇게 될 줄은 몰랐습니다. 저는 아무것도 모르는 아들을 자립으로 내보내고 싶지는 않습니다."

"가연동에 단기보호센터가 있습니다. 입소 기간이 3개월이긴 합니다. 단기센터도 정원 만료이긴 한데 긴급한 상황을 맞은 분들은 한두 명 입소할 수 있습니다."

"계약기간이 끝나면 나와야 하잖아요?"

"그렇긴 하죠. 그래도 지금 몸이 아프시니……"

"3개월 후에는 어디로 가는 건가요?"

"계약기간이 끝나면…… 단기보호센터에 입소해 계신 분들의 부모님들이 연로하셨거나 돌아가셔서 무연고인 분들이 많으세요. 형제자매가 돌보시다가 결혼하면서 아무래도 돌보기 힘드니까 단기시설에 입소시키는 거죠. 사실 무연고인 분들이 많이……"

무연고라는 말에 영훈의 눈가에 눈물이 핑 돌았다.

"자립센터도 한번 가보시겠습니까?"

"자립지원주택이라는 곳을 꼭 한 번 가 보고 싶었습니다."

"안녕하세요. 거주시설 팀장입니다. 자립지원 라운딩 가 보고 싶다고 하시는 아버님이 계시는데 지금 방문해도 될까요?"

팀장은 어딘가로 전화를 걸었고, 방문해도 괜찮다는 답을 받았다면서 함께 가 보자고 했다.

"어서 오세요."

휠체어를 탄 지체장애인 여성분이 센터장이라고 자신을 소개했다.

"전화로 말씀드렸듯이 자립주택 라운딩을 해 보고 싶어서……"

"여기 옆에 교실도 한번 보세요."

센터장이 출입문 옆에 열린 교실로 안내했다. 장애인들 몇 명이 무슨 교육을 받고 있는 것 같았다.

"공부를 하는 건가 봐요?"

"사회로 나갈 준비를 하는 거죠. 밥과 빨래하는 방법, 은행 이용하는 방법, 지역탐방도 가고. 생활교육부터 취업을 위한 다양한 공부를 하고요, 영어 공부도 합니다."

"영어 공부도 할 만큼 똑똑한 분들인가 보네요."

장애인들이 사회로 나가기 위해 다양한 전인교육 받는 모습은 좋아 보였다.

"거주하는 곳을 가 보고 싶습니다."

"잠깐만요. 개인정보라서 이용자 허락을 받아야 하거든요. 선화 씨!

범순 씨!"

센터장이 교육장 안에서 교육받던 여성분 두 사람을 밖으로 불렀다.

"선화 씨, 범순 씨! 집에 가 봐도 되죠?"

"네."

한 여성분은 의사 표현을 똑바로 하고, 한 여성분은 고개를 끄덕이더니 곧바로 교육장 안으로 들어갔다. 선우가 여성분의 인지만큼만 된다면 얼마나 좋을까.

"그럼 다녀가십시오. 저는 보시다시피…… 과장님이 안내해 주세요."

센터장이 소개한 여성 과장을 따라 승용차를 타고 10분여 이동하자 한 빌라 단지가 나왔다. 엘리베이터를 타고 4층으로 올라가니 방 2개와 거실 겸 주방이 있는 투룸이었다.

"이 집은 전세인가요? 이용자들이 얻은 집인가요?"

"시와 도에서 지원되는 주택입니다."

"밥은 누가 해주나요? 빨래는요?"

"본인들이 밥해 먹고 빨래하고 다 하는 거죠."

"여기에 사시는 분들은 스스로 가정생활을 해나갈 만큼의 인지가 되시나요?"

"네. 자립에서 생활하시는 분들은 가정생활을 하실 정도의 인지기능이 됩니다."

"생활비는 정부에서 지원을 받는 건가요?"

"생활비, 관리비, 각종 공과금 모두 합해서 50만 원 정도는 거주인이 부담합니다. 용돈도 자기가 쓰는 만큼 들어간다고 보면 되고요."

취업해서 급여를 받으면 자립생활은 가능하다는 생각은 들었다.

"활동지원사들은 하루에 몇 시간 돌봄을 해주나요?"

"여기서 생활하시는 분들은 인지기능이 좋아서 한 달에 72시간 생활 코디가 옵니다."

영훈의 머릿속은 빠르게 회전했다. 한 달에 72시간이면 하루에 2시간이 조금 넘는 정도였다.

"인지가 되시는 분들은 이렇게 자립하는 것도 괜찮다고 생각합니다. 그런데 돈을 벌어야 생활비며 용돈을 쓰지 않겠어요? 취업은 할 수 있나요? 취업하기 어려워서요."

"그러니까 저희들이 자립을 위한 생활교육과 직업교육을 하는 거죠."

"자립 훈련 기간이 몇 년인가요?"

"2년 동안 자립으로 가기 위한 훈련기간이라고 생각하시면 됩니다. 훈련을 더 받아야 하는 사람들은 2년 더 받고, 최대 4년 훈련을 받으면 스스로 할 수 있는데요, 그래도 자립이 어려우면 훈련 기간을 더 갖는 거죠."

센터에서 만난 여성분들 경우 4년 훈련을 받으면 취업도 가능해 보였다.

"그럼 4년 후에는 완전 자립으로 가는 건가요? 집은 어떻게 마련하나요?"

"주택청약저축도 가입하고, 취업해서 월급 타면 저축도 하면서 자립을 준비하도록 해주고요, 자립주택으로 독립해갈 때 임대보증금 1,300만 원은 시에서 보조해줍니다. 시마다 지원금은 조금씩 다르고요."

"자립해서 직장을 다닐 때는 활동지원사가 픽업해 가는 건가요?"

"4년 훈련받았는데 직장은 얼마든지 혼자서도 왔다 갔다 할 수 있죠."

"자립했는데 취업을 못 하면 임대료, 생활비 등은 어떻게 감당을 하나요?"

"저희 센터는 자립을 위한 기반을, 즉 자립을 할 수 있도록 도와주는 역할까지만 합니다. 저희가 평생 책임을 질 수는 없죠. 장애인들이 자립하면 그다음은 장애인들이 스스로 알아서 해야 하는 거죠. 취업을 못하면 수급자나 영세민 신청을 하면 되지 않을까요?"

"그럼 4년 후에는 센터 관리에서 완전 독립으로 분리되네요?"

"센터에서 관리는 하죠. 각 상담도 받고, 취업도 알선해주고."

중증장애인들은 4년 교육을 받는다고 스스로 가정생활을 해나갈 수도 없을뿐더러 취업 자체가 불가능했다.

"인지가 되시는 분들은 이렇게 지역사회에 나와서 자립해서 사는 것도 좋다고 생각합니다. 중증장애인들이 자립해서 사는 모습을 보고 싶네요."

"저희 센터에 중증장애인들은 없습니다."

"아니 왜요? 정부는 모든 장애인들을 다 자립하라고 하질 않습니까? 혹시 관리하기 힘드니까 선별해서 자립을 받는 건 아닌가요?"

"인지가 되시는 분들은 자립해서 살아보는 것도 좋죠."

영훈의 날선 질문에 복지과 팀장이 얼른 끼어들었다.

"저도 자립을 무조건 반대하는 게 아닙니다. 인지가 좋은 분들은 지역사회에 나와서 사는 게 맞습니다."

은혜 말로는 거주시설에 인지가 좋은 장애인들이 몇 명씩은 있다고 했었는데, 조금 전에 보았던 여성분들을 말하는 거 같았다. 자립생활지원센터는 인지기능이 좋은 장애인들의 모태로서 자립생활을 하도록 서포트 해주는 역할을 담당하고 있으니 분명 좋은 기관이었다.

"한 인생을 사회로 복귀시키기 위해 애쓰는 센터에 진심으로 감사한 마음이 듭니다. 그런데요, 자신을 보호하지 못하는 어린아이 같은 중증장애인들은 거주시설에서 24시간 돌봄을 받아야 안전한 삶이 아닐까요?"

"아버님, 제가 다른 선약이 있어서……."

팀장은 여성 과장과 영훈 두 사람의 대화에서 혹시나 불편함이 초래될까 봐 그만 가자고 했다.

영훈의 입에서 한숨이 저절로 나왔다. 정부가 추진하는 탈시설의 실상을 열어보니, 거주시설에서 나온 중증장애인들에게 4년의 훈련 기간을 거쳐 자립주택으로 독립해 나가는 기간까지의 역할이었다.

"자립센터에 중증장애인들이 없다는 건 관리가 힘드니까 없는 거 아닙니까? 상황이 이런데도 정부는 거주시설을 다 폐쇄하고 중증장애인들 보고 자립하라는 겁니까?"

중증장애인들이 24시간 보호 아래 각 프로그램을 받으며 생활하는 원시스템인 이 좋은 거주시설을 폐쇄하고, 혼자 있으면 각종 범죄와 위험으로부터 노출될 확률이 높은 불안전한 자립시스템인 탈시설 정책만을 일관하는 정부. 실소가 저절로 흘러나왔다.

4년 후에는 집을 얻는 임대보증금을 찔끔 쥐어주며 모자라면 보태거나 알아서 집을 얻어 임대료, 생활비를 스스로 감당하라니. 취업을 못 하면 수급자나 영세민이 되라니.

수급자나 영세민이 되어 국가로부터 생활비를 받는다고 해도 활동지원사의 돌봄 서비스를 받을 경우 이용료를 재산에 따라 차등 지불해야 하는 시스템인 자립.

정부가 중증장애인들의 삶의 터전인 거주시설은 인권침해만 받는 감옥살이라 낙인하고, 자립으로 인간답게 살아야 한다는 거창한 슬로건 아래 탈시설이 유토피아나 되는 양 시설 폐쇄를 감행하면서 평생을 책임질 수 없으니 너희들이 알아서 살라는 정책이라니. 사회인지기능 3세 미만인 중증장애인들에게 죽든 말든 너희들이 알아서 살라는 정책이라니.

"중증장애인들은 자립할 인지기능이 안 됩니다. 우리의 목소리를 들어주십시오!"

부모님들의 호소에 귀 닫더니 중증장애인들을 거리로 쫓아내는 정책 정도일 줄은 몰랐다. '1+1'의 개념도 모르는 선우가 무슨 일을 해서 돈을 벌어 생활 전반에 지출되는 비용을 감당할 것인가. 취업 이전에 사회를 인지하는 인지기능 자체가 낮아 자립할 수조차 없는 중증장애인들에게 스스로 알아서 살라는 자립에 분노가 치밀어 올랐다.

"자립 시스템이 고작 중증장애인들에게 너희들이 알아서 살라는 거네요? 어린애 지능을 가진 중증장애인들은 혼자 살 수도 없거니와 혼자 있다가 밖으로 나가 교통사고 당하거나 실종될 게 뻔한데 교통사고가 나서 죽든 말든 너희들이 알아서 살아라? 나쁜 사람들한테 끌려가거나 팔려 가 얻어맞아 가면서 노동이나 하다가 죽어가도 너희들이 알아서 살라는 게 탈시설입니까?"

"……"

"4년 교육을 받으면 인지가 정상으로 돌아온다고요? 교육을 받으면 혼자 밥을 해 먹는다고요? 취업해 임대아파트에 살면서 직장에도 혼자서 왔다 갔다 한다고요? 훈련만 받으면 사회를 이해하고 살아가는 기능을 전부 익혀 혼자서도 잘한다고요? 정부가 지금 중증장애인들을 상대로 판타지 소설쯤으로 생각하는 모양인데요, 교육 4년 받아서 좋아질 거 같으면 이 세상에 장애인이 있을까요? 제 아들은요, 23년을 특수교육 받았습니다. 그래도 '1+1'의 개념을 모릅니다."

"죄송합니다. 공무원으로서 정부 정책에 사견을 말씀드릴 수가 없습니다."

자립이 불가한 장애인들을 강제로 자립하게 하고 4년 후에는 취업해서 돈을 벌어 임대아파트 임대료와 생활비를 감당하라는 탈시설 정책. 취업을 할 수 없으면 수급자나 영세민으로 신청하라는 탈시설 정책. 세상에 이런 정책은 없을 터였다.

"1+1이 뭔지도 모르는 장애인이 4년 교육받으면 스스로 가정생활을 해나간다고요? 취업을 한다고요?"

정부가 추진하는 탈시설은 중증장애인들을 자립으로 내몰아 인권의 사각지대로 놓이게 만드는 위험천만한 정책에 지나지 않았다.

"제 아들이 자립한다면 아무도 없는 집안이 무서워 무작정 뛰쳐나가 길을 잃고 교통사고로 죽을 겁니다. 아무것도 모르는 여성 장애인이 혼자 살고 있다는 걸 안다면 주변 남성들에게 성폭행당할 일이 다반사라고요. 인권침해 받을 확률이 높은 사각지대로 내던지는 탈시설 정책이 중증장애인들을 위한 탈시설 복지정책입니까?"

우리 부모님들이 원하는 건 자립할 수 있는 사람들은 자립하고, 자립이 어려운 사람은 거주시설을 이용하게 선택할 수 있게만 하면 되는 거였다. 그 간단한 정책을 놓고 정부는 지금 잘 운영되고 있는 거주시설을 폐쇄하면서 인권침해 확률이 높은 탈시설로 전환하고 있다. 정부의 탈시설 정책은 과연 누구를 위한 정책인가?

"아버님, 제가 가연동 단기보호센터에 전화해 놓겠습니다. 내일이라도 방문하시죠?"

"제 폰으로 메시지 주시면 면담하러 가겠습니다."

영훈의 가슴속에서는 거리로 내쫓는 것이나 다름없는 탈시설 정책으로 일관하는 정부를 향한 참을 수 없는 분노가 온몸으로 들끓었다. 술이라도 마시지 않으면 미쳐버릴 것만 같았다.

"감자탕 하나 주시고요, 소주도 주세요."

차로 옆으로 감자탕집이 눈에 들어와 차를 세우고 들어갔다. 감자탕집은 맛집으로 소문난 집인지 이른 저녁인데도 홀에는 손님으로 가득했다. 영훈은 구석진 빈자리에 앉아서 감자탕이 나오기도 전에 소주부터 마셨다.

"지난번에 서울시청 광장 지나가다가 하얀 상복 입고 탈시설 반대집회 하는 거 봤거든. 근데 거기에 있는 장애인들을 보니까 굉장히 심하던데? 우리처럼 성인인데 누워서 팔 장난처럼 막 휘두르는 사람, 손가락을 빨고 있는 사람, 부동자세로 하늘만 올려다보는 사람, 막 소리 지르면서 여기저기 뛰어다니니까 상복 입은 엄마들이 잡으러 다니더라고.

솔직히 까놓고 말해서 그런 사람들이 자립이 가능하냐?"

 "중학교 다닐 적에 특수반에 장애아이가 있었는데, 잘 걸어 다녀. 근데 생각이 그냥 어린아이야."

 "시청에 왔던 장애인들이 내가 중학교 때 본 장애인 같은데 그런 사람들이 어떻게 자립을 하냐? 그러니까 부모들이 탈시설 반대를 하는 거지."

 "정부는 중증장애인들에 대해서 제대로 알면서 자립하라고 하는 걸까?"

 "정치인들이 장애인들을 봤겠어? 자립이 좋은 건가 보다 하는 거겠지."

 "설마하니 정치인들이 중증장애인들은 자립이 안 된다는 거 뻔히 알면서도 자립하라고 하겠어?"

 "하여튼 정치하는 사람들은 문제가 많다니까. 어떤 정책을 만들려면 직접 그 당사자들을 만나 논의를 해보고 정책을 만들어야지 무조건 자립이 말이나 되는 소리냐?"

 젊은이 네 사람이 원탁에 둘러앉아 신랄하게 정부 정책을 비판하는데 영훈의 마음이 다 후련해지는 기분이었다.

 "중증장애인들이 지역사회에 나와서 산다는 건 말 자체가 안 되는 소리야. 대학교 때 동아리 활동을 하면서 거주시설에 봉사활동도 가봤거든. 중증장애인들은 인지기능이 낮아. 그런 사람들이 어떻게 자립을 해?"

"거주시설은 시스템도 잘되어 있다면서?"

"장애인 수준에 맞는 미술, 언어를 하는 시간도 있고, 간호사, 영양사도 있어. 그러니까 시설 안에서 원시스템으로 이루어지는 거지. 나도 맨 처음 갔을 때 놀랐다니까. 너무 잘돼 있어서."

"중증장애인들을 위한 인프라가 시설 내에 잘 갖춰있는데 폐쇄라니 국가적 낭비 아니냐?"

영훈은 술을 마시다 말고 고개를 들어 네 젊은이들을 넌지시 바라보았다. 젊은이들의 발언을 듣는 것만으로도 위로가 되고 가슴이 먹먹해지면서 콧등이 시큰거렸다.

"근데 너 사는 아파트에 중증장애인이 살면 어떨 거 같니?"

"나 어렸을 때 윗집에 장애인이 살았었어. 근데 이상한 소리를 내더라고. 또 쿵쿵대고 얼마나 뛰는지. 이상한 행동을 하는 장애인하고 같이 산다고 생각해봐라. 하루 이틀도 아니고 짜증 나는 일이야. 아무튼 라인 사람들이 다 싫어했어."

"텔레비전에서 잠시 보면 딱하고 안타깝지. 근데 막상 내가 사는 주변에 소리 지르는 장애인이 산다? 과연 좋아할 사람이 있을까?"

"그렇다고 거주시설에서만 살라는 건 자유를 억압하고 고립시킨다는 지적이 나올 수도 있어."

"네 말도 맞아. 내가 자원봉사를 다녀봐서 거주시설 시스템을 아는데, 거주시설에 산다고 자유를 억압하는 건 아니야. 24시간 보호를 받아야 하는 중증장애인들은 거주시설 안에서 프로그램 받으며 생활하는 게 더 안전하다는 거지."

한 젊은이가 거주시설의 장점을 조목조목 설명했다.

"자립은 말만 화려하지. 근데 자립으로 간다고 해서 우리처럼 혼자서 밖으로 나올 수가 없어."

"왜? 내 집에서 사는데 밖에 왜 못 나가? 저녁에 외출해서 친구도 만나 술도 한 잔 마시고, 여자친구도 사귀고 그게 인생 아니겠어?"

"얀마! 혼자서 외출할 정도의 인지가 되지 않는다고. 자립주택에 살아도 혼자서는 아무것도 못 하는 사람들이 중증장애인이야. 누군가 보호해주지 않으면 자립주택에서도 혼자 있어야 한다고. 혼자서는 아무것도 못 하는 장애인이 자립주택이라는 좁은 집에서 혼자 사는 것이야 말로 고립이고 억압이지."

"그래. 나는 장애인이라도 다 자립이 가능한 줄 알았지."

"혼자서는 살아갈 수가 없는 장애인 자식이니까 엄마들이 그 더위에 탈시설 반대집회를 하는 게 아니겠어?"

"그럼 인지가 좋은 장애인들은 자립하고 중증장애인들은 거주시설에서 프로그램 이용하면 되겠네."

"그럼 좋겠지? 그런데 정부가 시설을 다 폐쇄한다잖아?"

"아니 왜 멀쩡한 시설을 폐쇄하는 거야? 시설이 필요한 사람은 시설에 있으면 되고, 자립으로 가고 싶은 사람은 자립으로 가면 되는 거잖아?"

"이용자가 필요한 서비스를 선택적으로 이용할 수 있게 하는 게 국가정책이지 선택권을 없애는 게 뭔 국가정책이야? 무조건 거주시설을 폐쇄한다고 하는 게 탈시설이야? 탈시설 용어가 뭔 뜻인지 이제 알았네."

"선택할 권리가 있는 게 자유민주주의 사회지. 여기가 북한이냐? 무조건 자립하라고 하게?"

"정치인들이 중증장애인들한테 너무하네, 너무해."

"정치인들 아웃!"

네 명이 건배를 하려고 술잔을 공중에 치켜들 때였다.

"뭐가 아웃이야? 이마빡에 피도 안 마른 놈들이 어디서 시끄럽게 떠들고 난리야 난리가?"

흰머리가 희끗희끗한 50대쯤으로 보이는 한 남성이 몸을 휘청대며 갈지자걸음으로 젊은이들 테이블로 다가갔다. 한 손엔 술잔을 든 채였다.

"너희들이 세상 쓴맛을 알아?"

머리가 희끗희끗한 남성은 술잔을 젊은이들 테이블에 탁 내려놓으며 거칠게 말했다.

"아니 그럼 정치인들이 국민들 생각을 한다고요?"

"이놈이나 저놈이나 정치하는 놈들은 다 야바위꾼인데, 내가 그놈들을 알 바가 아니고 너희들이 시끄럽게 떠들어 대니까 내 비위가 상한다

이거야!"

"아버님, 술 드셨으면 곱게 집으로 가세요. 젊은이들한테 무조건 훈계하시는 게 어른입니까?"

젊은이 한 사람이 벌떡 일어서더니 두 손을 허리춤에 대고 소리를 질렀다.

"내가 너 같은 자식이 있어. 어디 아버지 같은 사람한테 목소리를 높여?"

난데없이 젊은이와 중년 남자 사이에 큰 싸움이 벌어질 판이었다.

"그만들 합시다. 우리 오늘도 먹고살려고 고생들 했잖아요? 젊은이들 생각이 얼마나 신선합니까? 나이 먹은 우리는 꼰대가 맞죠."

영훈은 동년배로 보이는 남자의 손을 슬그머니 잡았다.

"내일 아침에 일어나시면 후회하실 일을 왜 하세요. 저랑 술 한 잔 하십시다!"

중년 남성이 몸을 휘청거리며 게슴츠레 영훈을 바라보았다.

"자자 가십시다."

영훈은 씩씩대는 젊은이의 어깨를 툭툭 쳐주며 동년배로 보이는 남성의 손목을 잡고 그가 앉아있던 테이블로 걸어갔다.

10
무관심한 사회

온몸이 해체될 것 같은 통증에 영훈은 잠에서 깨었다. 통증 때문에 진통제를 먹고 새벽녘에야 겨우 잠이 들었는데 4시간 만에 또다시 통증이 오다니. 통증 주기가 점점 빨라지고 있다는 것은 예정된 시간이 가까워지고 있다는 뜻이리라. 선우가 가야 할 곳을 빨리 알아보아야 할 것 같았다.

진통제가 가득 들어 있는 약 봉투를 보는데 가슴이 자근자근 저몄다. 인생의 마지막을 앞둔 친구를 위해 최고로 좋은 약을 처방해 가져왔을 병훈. 병훈의 깊은 우정이 손에 잡히는 것만 같았다.

"선우야, 밥을 먹어야지 과자만 먹으면 안 돼."

선우는 어느새 일어나 식탁에 앉아 과자를 먹고 있었다. 과자를 좋아하는 선우. 집에 있는 시간이 많고 과자를 먹고 싶어 하니 안 사주는 것도 마음에 걸렸다. 천방지축인 선우를 교육시켜야 하는데 어떻게 해야 하는지 엄두가 나지 않았다. 짜증 낼 때마다 녀석 손을 꼭 붙잡고 슈퍼에 가서 좋아하는 것을 사주다 보니 살이 쪄서 걱정이었다.

진통제를 챙겨 먹는 사이 선우는 과자 한 봉지를 다 먹고 다시 한 봉지를 뜯었다.

"선우야, 아침에는 밥을 먹어야지. 과자는 나중에 먹자."

"감자칩! 감자칩!"

과자를 치우자 선우는 화가 났는지 식탁에 있던 컵을 벽을 향해 내던졌다. 컵은 문 앞에 걸려 있는 거울에 맞고 바닥에 떨어졌다.

"선우야, 만지면 안 돼!"

선우는 금이 쪽쪽 간 거울이 신기한지 다가가 만지려고 했다.

"이놈아, 이렇게 컵을 던지니까 거울이 깨졌잖아. 컵을 던지면 안 되는 거지?"

"안 되는 거지. 컵."

끝말만 따라 하는 선우는 말뜻을 알아듣지 못하고 다시 과자를 먹었다.

"선우야, 밥 먹고 복지관 가야지."

"가야지. 과자."

달걀프라이를 해서 밥에 비벼 주었다. 영훈이 어렸을 적에 어머니가 해주셨던 반찬이었다. 어머니는 어떻게 지내실까. 비대면에서 코로나 3차 예방접종한 사람은 대면 면회가 가능하다고 했다. 이승을 떠나기 전에 어머니를 뵈러 가야 할 것 같았다.

"복지관에 가서 친구들 막 때리면 안 되는 거야? 컵 집어던지면 안 돼?"

"안 돼."

"선생님~ 선우 잘 부탁드려요. 오후엔 활동지원사님께서 선우 데리러 올 겁니다."

"네. 걱정하지 마시고 잘 다녀오세요."

선우를 보내고 욕실에 들어가 머리를 감고 세수를 하는데 문득 거울에 스치는 사람이 있었다. 눈은 퀭하고 광대뼈가 튀어나온 처음 보는 사람이 거울 속에 있었다. 인생이라는 대명제 앞에 열심히, 재주부리지 않고 쉼 없이 달려왔건만 해골을 닮은 사람과 마주하자니 자기연민에 애잔해졌다.

자식도 알아보지 못하는 어머니. 그래도 아들의 마지막 모습은 멋지게 보여드리리라. 헐렁한 양복을 차려입고 요양원으로 갔다.

"저희 어머니 그동안 잘 지내셨지요?"

"그럼요. 우리 요양원에서 함창순 어르신이 제일 사랑을 많이 받아요. 어르신께서 참 곱게 늙으셨어요."

치매에도 여러 유형의 행동을 하시는데 욕을 하시는 어르신, 먹을 것만 찾으시는 어르신, 폭력적인 어르신이 있다고 한다. 어머니는 처음부터 말씀이 없으시고 웃기만 하셔서 요양보호사들이 제일 좋아한다는 말 속에는 영훈을 향한 애씀이 녹아 있었다.

"먼저 코로나 검사부터 하셔야……"

원장은 면회실에 마련되어 있는 일회용 검사키트를 건네주었고, 검사 결과는 다행히 음성이었다. 휠체어에 앉은 어머니를 원장님이 직접 밀고 면회실로 나왔다.

"엄마, 나 왔어. 엄마 아들 영훈이가 왔어."

휠체어에 앉아있는 어머니는 자식을 알아보지도 못했다. 앙상한 몸의 어머니가 허공을 응시하면서 엄지손가락을 빨고 있는 모습은 천상 어린아이였다.

"엄마가 좋아하던 요구르트."

영훈은 준비해간 떠먹는 요구르트를 어머니께 먹여드렸다. 어머니가 자신이 아기였을 때 이렇게 밥을 먹여 주셨으리라. 아기가 되어버린 어머니에게 요구르트를 떠먹이는 영훈의 눈에 눈물이 가득 고였다.

"엄마, 나 이제 엄마 보러 안 올 거야. 나도 살기 바빠. 엄마는 요양보호사 선생님들이 잘 해주시니까 걱정 안 해. 엄마는 나를 걱정하시겠지만 솔직히 나는 엄마보다 내 아들이 더 걱정돼."

"……"

"엄마, 나 이제 가야 해. 엄마는 알잖아. 자식은 부모 보러 갈 시간은 없어도 부모는 자식 보려고 천리 길을 나서는 걸 말이야. 엄마는 부모니까 이 불효한 자식이 오지 않더라도 섭섭해하거나 노여워하지 않을 거지?"

"……"

"엄마, 내가 바빠서 오지 않더라도 행여라도 나 기다리지 마세요."

자식의 흠이 혹시라도 남에게 비쳐질까, 자신은 죽어가면서도 자식을 빛나게 하는 사람은 세상에 부모밖에 없으리라. 어머니도 세상의 모든 부모님의 마음이니 당신을 찾아오지 않는 아들을 원망하지 않으시겠지.

"엄마, 아프지 마아~ 건강하시고 오래오래 살으셔야 돼."

"……"

"원장님, 제가 전화로 말씀드렸다시피……"

영훈은 소망했었다. 어느 날 노년이 불쑥 찾아와 이생을 마무리 짓는 날이 홀연히 찾아오거든 주위 사람들에게 민폐 끼치지 않기를. 조용히 그날을 맞이할 수 있기를. 어머니를 두고 자식이 먼저 가야 하는 불효한 상황을 원장님께 알리지 않을 수가 없었다. 조용한 죽음을 꿈꿨는데 요란한 죽음을 맞아야 하는 처지에 놓여 여기저기 민폐를 끼치니 그저 미안하고 부끄러웠다.

"아무도 찾아오지 않는 우리 어머니 잘 부탁드립니다."

"걱정하지 마시고 몸 관리 잘하세요."

원장님이 손수 엘리베이터 버튼을 눌러주었다. 13층. 엘리베이터 문이 열리고 영훈이 승차하고 다시 문이 닫힐 때까지 원장님은 시종 환하게 웃었는데, 시한부 인생에 대한 애씀이 그대로 보여 웃음조차도 슬퍼 보였다. 요양원을 나와 털털거리는 애마를 저속으로 운전하며 영동고속도로로 진입했다. 영훈의 유년 시절이 배어있는 아버지 어머니의 본가로 가는 길.

문막휴게소에서 점심을 먹고 1시간여를 달려가는데 운전대를 잡은 손이 부들부들 떨렸다. 곧 통증이 시작되리라. 온몸이 갈래갈래 찢어질 듯한 극한의 통증이 오기 전에 약을 먹고 휴식을 취해야 할 것 같았다.

고속도로를 나오니 조용한 농가로 이어졌다. 한적한 차로에는 은행나무 가로수가 저 끝으로 이어져 있고, 고요함은 마치 영훈의 고향을 닮아있었다. 은행나무 그늘 아래 차를 주차해 놓고 약을 먹었다. 잠시 눈을 붙인 거 같은데 눈을 뜨니 2시가 넘어 있었다. 잠을 잔 탓인지 몸이 한결 가벼웠다. 차 밖으로 나오니 불볕 햇살이 녹음으로 짙어진 농작물을 불태우듯 작열하게 내리쬐고 있었다. 바람이 불었을까. 저만치 바라보이는 푸른 잎이 파도를 탔다. 100여 미터 거리에 파도치는 이파리를 보는 것만으로도 감자밭이라는 걸 알 수 있었다. 감자밭을 바라보자니 동생 영호 생각이 났다.

"형아, 형아……"

어디선가 영호 목소리가 들려오는 것만 같았다. 형이라는 발음을 하지 못하고 '형아'라고 부르던 영호. 유난히 감자를 좋아했던 영호였다.

영훈은 미련처럼 감자밭을 바라보았다. 차로 맞은편에서 할머니 세 분이 길을 건너오는데 감자밭에서 한 남성이 구부정한 자세로 비척비척 걸어 나왔다. 영훈은 그 남성의 발걸음을 보면서 몸이 감전되는 거 같았다. 아버지가 농사일을 마치고 마당에 들어설 때 지친 걸음과 너무나 흡사한 사람. 영훈은 그 남성에게서 눈을 떼지 못했다. 남성은 밭을 나오더니 은행나무 그늘에 앉아서 감자밭을 바라보았다.

차로를 건너온 할머니들 세 명이 남성 옆에 앉았다. 할머니가 무언가를 남성에게 주면서 고개를 연신 끄덕거렸다.

"점심도 못 먹고 감자를 캤구나."

"물 마셔 가면서 천천히 먹어."

영훈은 자석에 끌리듯 할머니들이 앉아 있는 곳으로 천천히 걸어갔다.

"비는 안 오고 날은 왜 이렇게 뜨거워."

"영호야, 집에 들어가서 쉬어. 이러다 열사병으로 죽겠어."

영호라는 이름을 듣는데 심장이 얼어붙는 것만 같았다. 영호라니. 얼른 걸어가 아버지 걸음을 닮은 저 아저씨를, 영호라는 이름을 가진 사람의 얼굴을 보고 싶었다. 그런데 다리가 후들후들 떨려 빨리 걷지 못했다.

"영호야, 길 건널 때는 이리저리 살펴보다가 차 안 올 때 건너야 돼. 알았지?"

"여기 앉아 있다가 혼나지 말고 얼른 집으로 가!"

노인들이 자리에서 일어났다.

"잠시만요, 어, 어르신들 잠시만요."

다리가 후들후들, 온몸이 사시나무 떨리듯 떨렸다. 이마와 등에는 땀이 솟아나는데 몸은 왜 떨리는지 그 까닭을 알 수가 없었다.

영훈은 가까이 다가가 할머니 세 분과 아저씨 앞에 섰다. 눈이 자동으로 남성에게 쏠렸다. 영훈은 구부정한 남성 얼굴을 바라보다 쓰러질 듯 현기증을 느꼈다. 흰머리가 그득한 남성은 54살에 돌아가신 아버지 얼굴과 닮아있었다. 다른 것이라면 남성이 더 나이를 먹은 노인처럼 등이 굽어 있다는 거였다.

"저기, 저…… 성함이 영호세요? 이영호?"

"영……영호. 형아 빨리 와요."

영호. '형아'는 영호가 쓰던 말이었다. 영훈은 말문이 막혀 흰머리 그득한 노인을 멍하니 바라보면서 그 짧은 순간에 빌었다. 동생 영호가 30년 전 사망하지 않았다면 다른 모습이기를. 나보다 멋진 중년의 아저씨 모습으로 나와 마주하기를.

"어르신 이름이 영호 맞습니까?"

영훈은 할머니들에게 물었다.

"모르지, 영호, 영호 하니까 영호인 줄 아는 거지."

"남 사장네가 이름을 지어주려고 하는데 영호, 영호 하더래요."

그럼, 30년 전에 뺑소니차에 치여 사망한 사람은 누구인가?

"착하기만 한 영호 인생이 불쌍합니다. 불쌍해."

"형아, 영호……"

영호라는 이름의 노인은 멀뚱멀뚱 영훈을 올려다보더니 이내 시선을 돌렸다. 잠시 정면으로 스친 얼굴은 아버지 얼굴이었다. 가슴에서 큰북 쳐대는 소리가 쿵쿵 울렸다. 영훈은 아버지를 닮은 노인을 찬찬히 훑어 보았다. 마른 장작처럼 삐쩍 마른 몸에 얼굴은 햇볕에 노출돼 까맣고, 반팔과 반바지 밖으로 드러난 팔이며 다리도 오랜 시간 햇볕에 그을린 피부였다. 손은 거북손이요 맨발에는 흙이 잔뜩 묻어있었다.

"어르신, 이분 성함이 영호 맞아요? 가족은 있나요? 부모님은요? 형제 는요? 태어나면서부터 이 마을에서 쭉 사셨나요?"

"에고, 뭔 말을 숨도 안 쉬고 해요?"

"돌아다니는 사람 데려왔대요."

"부모가 장애인이라고 버린 거지 뭐. 자식을 버리고 밥이 목구멍으로 넘어가?"

노인들은 영훈이 기대하지 않는 이상한 말들을 하고 있었다.

"이 동네 사람 아니요. 남 사장네 알면 난리 난다. 입 다물고 갑시다!"

한 노인이 말하려는 노인의 팔을 툭 쳤다.

"갑시다."

"자세히 알려주세요. 저는 30년 전에 23살인 지적장애인 3급 동생을 잃어버렸습니다."

영훈의 두 눈에서 굵은 눈물이 후드득 떨어졌다.

"자세히 알려주시면 제가 사례를 하겠습니다."

영훈은 무릎을 꿇고는 한 할머니 치맛자락을 붙잡고 애원했다.

"남 사장 아버지가 아주 옛날에 영호를 데려왔어요."

"어디서 바보 데려다 감자, 옥수수에 벼농사까지 한평생을 머슴으로 살았지."

"한평생 농사일만 했지. 밥을 제대로 먹었나, 잠을 제대로 잤나."

"남 사장이 벌 받아서 일찍 죽은 거지."

"세상에 죄는 없다. 남 사장 아들 봐라, 아버지한테 대물림받은 영호를 일만 부려 먹으면서 교수 마누라 얻어 떵떵거리고 잘살잖아."

유전자 검사를 해보지 않아도 100% 영호가 맞았다.

"어르신들 너무 하십니다. 그 세월이 30년입니다. 경찰에 신고만 했어도 제 동생은 집을 찾았을 겁니다. 밥도 제대로 먹지 못하고 일만 하는 제 동생을 보면서 불쌍하지도 않았나요?"

"남 사장네가 이 동네 유지다. 성질도 얼마나 못됐다고. 경찰이고 군수고 형님 아우 하면서 지내는데…… 신고하면 우리 가족 죽인다고 난리나 피울 게 뻔한데……. 불쌍하게 생각하니까 빵도 주고 했지요."

"조금만 관심만 가져주어도 우리 영호는 이렇게 살지 않았을 겁니다."

"경찰에 신고하려고 했어요. 경찰에 불려 다니고 골치 아프니까 동네 사람들이 아예 신경을 끄고 산 거지."

"우리 영호는요, 바보라도 얼마나 귀한 아들이었는지 아세요? 우리 아버지는요, 저 아들 잃고 죄책감에 돌아가셨습니다."

"미안합니다. 남 사장 올 때 됐다. 어서 갑시다."

노인들이 쉬쉬하면서 주위를 두리번거리며 빠른 발걸음으로 도로를 건너갔다.

"영호야, 형아야, 형아. 형아가 너를 잃어버려서 미안해."

복지관에서 어떻게 여기까지 왔을까. 그 길에서 사람들로부터 얼마나 많은 고초를 겪으며 왔을까. 끼니도 제대로 먹지 못해 삐쩍 마른 몸에 허리가 굽은 노인이 되어버린 동생 영호.

"영호야, 형아가 잘못했다. 형아가 잘못했어. 용서해줘?"

동생이 너무나 가엽고 가여워 가슴이 너무 아팠다. 사망한 줄 알았던 영호. 자신의 실수로 동생을 잃은 죄책감을 가슴 한편에 묻었던 동생. 한평생을 노동착취로 희생되어 굽이굽이 살아오느라 너무도 빨리 노인이 되어버린 영호를 가슴에 끌어안는데 돼지똥 냄새가 났다.

"영호, 형아?"

영호가 정색하며 영훈의 손을 밀쳐냈다.

"형아? …… 형아?"

영호가 형의 얼굴을 한참 올려다보았다. 세상 때가 하나도 묻어있지 않은 눈사람 같은 영호의 눈망울. 진실이, 도덕이, 정의가 모양이 있다면 영호의 눈망울 같으리라.

"영호야, 형아야 형아."

"형아? 아냐. 형아 아냐."

영호는 벌떡 일어나더니 차로를 향해 막 뛰어 건너갔다. 영훈은 재빠르게 차로를 건너 영호를 뒤따라갔다.

영호는 막 뛰어가더니 푸른 잔디가 넓고 유리창이 드넓은 2층집으로 들어갔다. 텔레비전에서나 볼 만한 근사한 집이었다. 그런데 영호는 멋진 집의 현관문으로 들어가지 않고 집 왼쪽으로 돌아갔다. 뒤따라 가 보니 본채와 50여 미터 떨어진 곳에 돼지 축사가 있는데 영호가 축사 옆에 쪽문을 열고 들어갔다.

영훈의 발걸음이 딱 멈추었다. 지적장애인에게 20년, 30년 노동 착취, 임금 체불에 장애인수당 착취. 텔레비전 뉴스에서 보았던 돼지 축사 그 풍경이 눈앞에 펼쳐졌다. 영훈은 쪽문을 열었다. 영호가 문 앞 수돗가에서 발을 닦고 있었다. 방 안을 둘러보았다. 시멘트 바닥에 시멘트 벽에는 작업복 몇 개와 수건이 걸려 있었다. 저 안쪽으로 매트리스가 놓여있고, 5단 서랍장이 덩그러니 있고, 옆으로는 농기구가 줄을 맞춰 가지런히 놓여있었다. 드높은 천장에는 거미줄이 가득하고 군데군데 덧댄 스티로폼이 천장을 덮고 있었다.

"영호야, 형아가 이 죄를 어떻게 받아야 하는지 알 수가 없구나. 영호야, 당장 집으로 가자!"

"형아 아냐. 형아 아냐. 가!"

영호는 냉정한 표정으로 세수를 했다.

"영호야, 형아야, 형아."

"형아 아냐. 형아 아냐."

두 사람이 실랑이를 벌이고 있을 때였다. 쪽문이 벌컥 열렸다.

"영호야, 밥 먹어."

민트색 반팔 후드 추리닝 차림의 젊은 남자가 김치국물이 가득 담긴 찌그러진 양은대접을 들고 축사로 들어왔다. 추리닝 가슴엔 유명상표 로고가 새겨져 있었다. 그가 할머니들이 쉬쉬하는 남 사장인 모양이었다.

"누구십니까?"

남 사장이 기분 나쁘게 영훈의 위아래를 훑어보았다.

"내가 영호 형이다. 네 놈이 남 사장이냐?"

영호는 무작정 남 사장을 발길질로 걷어찼다. 남 사장 몸이 휘청대면서 손에 들려 있었던 밥그릇이 저만큼 나가떨어졌다.

"밥, 국물밥. 밥 먹어."

영호는 두 손바닥으로 시멘트 바닥에 쏟아진 밥을 쓸어 긁어모아 손에 담았다. 행여 밥알 한 알이라도 새어 나갈까 봐 손바닥에 담긴 밥을 허겁지겁 입으로 들이키는 영호. 너무나도 익숙한 영호의 행동을 바라보는 영훈의 가슴은 천 갈래로 찢어지고 눈에서는 불꽃이 일었다. 가슴에선 용광로 같은 한이 뿜어져 나왔다.

"개새끼! 인간쓰레기!"

참을 수 없는 분노가 온몸을 헤집고 돌아다니기는 인생을 통틀어 처음이었다. 힘이 없어 금방이라도 주저앉을 것만 같은 몸. 이 자리에서 죽을지라도 마지막 에너지를 총집결해 남 사장을 죽이고 내가 죽으리라. 영훈은 주위를 둘러보았다. 마침 낫이 수돗가 앞에 세워져 있었다. 낫을 집어 드는 순간 몸은 특전사 훈련을 받았던 그 시간으로 되돌아갔다.

"대한민국은 법치국가야. 외계인 같이 생긴 놈이 감히 어디라고 발길질이야?"

남 사장이 주머니 속 휴대전화를 빼내며 화면을 여는 순간이었다. 영훈은 민첩한 행동으로 핸드폰 든 남 사장의 오른손을 힘껏 내리쳤다.

"아악!"

핸드폰이 바닥에 떨어지고 낫에 베인 팔에서 선혈이 뚝뚝 떨어졌다.

"법치국가? 하하하하하……"

영훈의 입에서 실소가 터졌다. 재차 왼쪽 팔을 내리치면서 몸을 구부려 낫을 종아리에 걸고 힘껏 끌어당겼다.

"사람 살려! 사람 살려!"

남 사장은 그 자리에 쓰러져 발버둥 치면서 소리를 질렀다. 대한민국 국민 모두가 살인자라는 비난의 총알이 온몸 사이사이 박혀도 저 사악한 버러지를 살려 주지 않으리라.

"개나 소나 법치국가냐?"

영훈은 낫을 바닥에 던졌다. 저지른 죄를 뉘우치지 못하고 경찰에 신고하겠다고 나불대는 저놈의 입을 용서하지 않으리라. 영훈은 사지에 피를 흘리며 쓰러져 살려달라고 비명을 질러대는 남 사장의 입과 얼굴을 구둣발로 밟았다. 자신을 보호하지도 못하는 한 인생을 말살해 놓고도 양심의 가책조차 느끼지 않는 가슴이 없는 자의 가슴을 밟았다.

"바보 데려다 30년 노동 착취한 놈이 법치국가?"

"살려주세요."

"네 놈이 인두겁을 쓴 놈이냐? 사리분별 모르는 중증장애인의 삶을 말살하고 그래도 살아보겠다고? 경찰에 신고하겠다고?"

"살려만 주십시오! 이제라도 제가 다 보상해 드리겠습니다."

"개돼지보다도 못한 버러지! 신김치와 국물뿐인 밥 한 대접을 은혜를 베푸는 양 주면서 네놈은 기름진 음식이 목구멍으로 넘어갔는데 살려만 달라고? 내 동생이 네놈한테 온갖 고초를 겪으며 농사지은 쌀로 네 놈이 호의호식한 죄는 사법보다 상법인 신이 내린 죄! 죽어야 마땅한 죄! 버러지를 난도질해 죽이고 말겠어!"

영훈은 무슨 말들을 정신없이 쏟아내면서 쓰러진 남 사장을 짓밟았다.

"윤철아! 사장님, 사장님, 아저씨 나빠! 나빠!"

시멘트 바닥에 엎질러진 밥알을 손으로 쓸어 먹던 영호가 갑자기 빗자루를 들고 영훈을 때렸다. 영훈은 주저앉은 채로 영호가 지칠 때까지 맞아주었다. 한참 정신없이 영훈을 때리던 영호가 빗자루를 내던지더니 벽에 걸린 수건을 내렸다.

"피. 사장님 아파. 사장님 아파!"

영호가 피투성이 남 사장 얼굴을 수건으로 닦아주면서 꺼이꺼이 통곡했다.

"영호야, 집으로 가자. 내가 형아야. 내가 형아라구!"

"형아 아냐. 형아 아냐. 사장님 아파!"

영훈은 자신의 가슴을 후려치면서 형이라고, 영호 두 손을 붙잡고 집으로 가자고 호소했다. 그러나 영호는 도리질하면서 영훈의 손을 뿌리쳤다. 영호는 오직 피투성이가 돼 쓰러진 남 사장이 가슴 아프고 아팠다.

"사, 사장님 아파……"

영훈은 남 사장을 끌어안고 목 놓아 오열하는 동생 영호를 뒤로하고 남 사장 집을 나왔다. 차로를 건너 갓길에 세워둔 차 운전석에 올라앉았다. 문득 가슴이 시원해지던 건 무엇일까. 영호를 잃어버리고, 사망을 지켜보면서 가슴에 달려 있었던 납덩이가 남 사장을 피투성이로 만들어 놓으니 사라지다니. 가슴은 마냥 후련한데 눈에서는 무어라 설명할 수 없는 서러운 눈물이 하염없이 흘러내렸다.

영훈은 운전대를 잡았다. 이제 끝이 다다른 모양이었다. 인생의 마지막 길에서 동생을 만나다니. 신께서 정리하라고 주신 시간이라 믿고 싶었다.

시인과 나.

은혜가 유난히 좋아했던 시인과 나. 피아노 연주곡 CD에 플레이를 누르고 액셀러레이터를 밟았다. 감자밭 끝머리를 막 지나쳐 가는데 경찰차 두 대가 사이렌을 울리며 지나가고, 그 뒤를 이어 앰뷸런스가 사이렌을 울리며 빠르게 지나갔다.

3시간여를 운전해 고향마을 어귀에 이르렀다. 버스 정거장 앞에서부터 마을 진입로까지 이팝나무 가로수가 근사한 길. 이팝나무 꽃은 어느새 다 지고 푸른 잎만 무성했다. 이팝나무 가로수를 지나 동네 맨 끝에 자리 잡은 부모님 마당에 차를 세웠다. 얼마 전에 왔을 때 마당의 풀을 다 깎았는데 마당에는 어느새 자란 들풀이 가득했다. 마음 같아서는 마당의 풀을 다 깎고 싶었다. 그러나 힘이 없었다.

영훈은 뒷동산 아버지 묘소로 올라갔다. 아버지 묘소에도 풀이 강산이었다. 돈을 주고 인부를 사고 싶었다. 오늘 아버지 묘소를 떠나면 두 번 다시 못 올 아버지 묘소. 정성을 다해 벌초를 했다.

"아버지, 영호를 찾았어요."

아버지가 살아생전 좋아하시던 통조림을 상석에 올려놓고 막걸리 한 잔을 따라 놓았다. 6.25 사변으로 부모님을 다 잃은 아버지는 두 동생을 거느린 12살 가장이었다. 먹고사는 게 막막해 어린 두 동생은 고아원에 넣고 미군 부대에 청소부로 들어간 아버지. 미군들은 어린 꼬맹이가 청소하는 모습이 불쌍해 과자를 많이 주었고, 미군이 준 과자를 모아 자전거에 싣고 동생이 있는 고아원에 가져다줄 때가 가장 뿌듯했었다는 아버지. 12살 꼬마가 미군 부대에서 처음 먹었다는 통조림.

아버지는 그 통조림을 좋아하셨는데 지금으로 말하자면 햄이었다. 영훈이 아르바이트로 첫 급여를 받았을 때 아버지에게 햄을 한 세트 사다 드렸다.

"우리나라도 햄을 이렇게 잘 만드냐? 미군 부대서 먹었던 것보다 더 맛있다."

자식이 첫 급여를 받아 사 온 햄이 금방 없어질까 봐 아껴 잡수시던 아버지. 그 햄을 다 드시기도 전에 동생 사망 통보를 받았다.

"자식을 가슴에 묻은 아버지가 어찌 맛있는 음식이 목에 넘어가겠니."

햄을 절반은 남겨두고 돌아가신 아버지.

"아버지, 사람들은요 옆집에 장애인이 어떤 모습으로 살아도 관심도 없어요."

그 세월이 30년이었다. 그 모진 세월을 옆에서 지켜보았을 마을주민들. 영훈은 그들에게 말하고 싶었다. '30년을 노예로 살아도 경찰에 신고도 할 줄 모르는 사람들이 중증장애인들입니다. 말로만 더불어 함께 산다고 말하지 말고 주위를 둘러봐 주세요. 내 작은 관심 하나에도 중증장애인들이 따뜻한 삶을 살아갈 수가 있다고요.'

묘소에서 내려와 강가로 내려갔다. 하루 지친 해가 저물어가고 있었다. 술에 취한 아버지가 사망한 아들을 가슴에 품어 안고 앉았던 강둑 그 자리. 30년이 흘렀지만 아버지가 앉았던 자리에 돌 하나, 풀 한 포기를 어찌 잊을 수 있을까. 석양이 저 지평선을 핏빛으로 물들이고 있었다.

11
예정된 시간

'내일까지 전국적으로 예상되는 비의 양은 최고 300mm 이상, 그 밖의 충청과 경북 북부에도 최고 200mm의 폭우가 쏟아지겠고 내일은 비구름이 다시 올라오면서 서울 등 수도권에도 20~80mm의 비가 더 내리겠습니다. 이번 비의 특징은 밤사이에 더 강해진다는 점으로 오늘 밤부터 내일 아침까지 시간당 50~80mm의 물 폭탄이 쏟아질 수 있어 산사태, 저지대 침수와 하천 범람에 유의해야 합니다.'

기상청 일기예보를 들은 행복원 김회현 원장의 얼굴은 걱정이 가득했다. 행복원은 중증장애인들이 거주하고 있는 단기거주시설이다. 요즘 들어 소낙비가 많이 내려 지반이 약해져 있었다. 행복원 뒤가 바로 산이었는데, 폭우로 산사태가 나 토사가 행복원 건물로 쏟아질까 걱정이 앞선 까닭이었다.

"오늘 야간 근무하는 선생님들은 가끔씩 밖으로 나가 행복원을 잘 점검해 주기 바랍니다."

원장은 생활관 선생님들에게 철저한 점검을 부탁하며 밤 9시에 퇴근했다.

......

휴대폰 벨 소리가 아스라이 들려왔다. 늦잠을 잔 것일까. 김회현 원장은 부스스 눈을 뜨고 비몽사몽 전화기 화면을 들여다보았다. 8월 9일. 새벽 4시가 넘어 있었다. 발신인은 행복원 직원 김 선생이었다. 이 새벽 시간에 전화를 하다니. 행복원에 위급한 일이 발생하지 않으면 새벽에 전화할 리가 없었다. 토사가 흘러내려 행복원을 덮쳤나? 원장은 정신이 번쩍 들었다.

"워, 원장님……"

허둥지둥 전화를 받으니 김 선생의 흐느낌 소리가 들려왔다.

"김 선생, 무슨 일이에요?"

"원장님, 선우 씨 아, 아버님이…… 아무래도…… 비가 너무 많이 내리고 있어요. 선우 씨가 어젯밤 이상하게 잠을 안 자고 엄마를 부르며 자꾸만 우는 거예요…… 선우 씨를 달래서 새벽녘에 겨우 잠들었는데…… 천둥 번개가 치고 하도 비가 많이 내려서…… 토사가 흘러내려 배수로가 막히지는 않을까…… 건물을 돌다가 담벼락에 사람이 쓰러져 있는데…… 근데 선우 씨 아버님이…… 소주병이랑 있는데…… 아무래도 돌아가신 거……"

김 선생은 떨리는 목소리로 횡설수설하면서 선우 씨 아버지께서 사망한 것 같다고 말했다. 밖엔 김 선생 말대로 천둥 번개가 치고 창문을 때리는 빗소리가 요란했다.

'아버님…… 선우 씨는 어떡하라고요? 선우 씨는……'

원장은 절규하며 벌떡 일어났다.

"우리 선우 친구들과 선생님 드시라고……"

어제 낮에 빗속을 뚫고 피자 10판을 들고 왔던 선우 아버지 얼굴은 병색이 짙어 있었다. 실같이 야윈 몸으로 선우를 끌어안던 아버지는 금방이라도 쓰러질 것처럼 휘청거렸다.

"원장님, 마음이 너무 아파요. 근데요, 무, 무서워요. 어, 어떻게 해야 하는지 몰라서…… 원장님 빨리 오세요."

김 선생은 밤을 돌다가 사람을 발견하고 얼마나 놀랐을까. 더욱이 쓰러진 사람이 선우 아버님인 걸 확인하고 무척이나 놀랐으리라. 119, 경찰. 어디에 먼저 신고를 해야 하는지 얼른 떠오르지 않았다.

"119죠? 가연동 행복장애인단기거주시설에 사람이 쓰러졌습니다."

"연락받았습니다. 출동 중에 있습니다."

"경찰서죠? 가연동 행복원에 사람이 쓰러졌습니다."

"네. 바로 출동하겠습니다."

원장은 허둥지둥 우산을 들고 집을 나왔다. 장대비가 대지를 향해 질주하고 있었다. 바람은 얼마나 사나운지 뒤집어지려는 우산을 간신히 붙잡고 뛰다가 미끄러져 엉덩방아를 찧고 말았다. 발걸음을 떼어놓을 때마다 엉치뼈가 욱신거렸다. 다리를 절룩거리며 대로로 나와 택시를 잡았다.

"가연동 행복원이요. 빨리 좀 가주세요. 빨리!"

"비가 너무 많이 내려 사방천지가 교통지옥입니다."

택시 기사는 혀부터 찼다.

"죄송합니다. 급해서……"

"장애인 시설에서 응급상황이 발생했나 보죠?"

"네. 하필 이렇게 비가 내려서……"

택시 기사는 안절부절못하는 원장의 속내를 읽고 속도를 내려 애썼다. 새벽길인데도 워낙 비가 많이 내려 자동차들이 거북이걸음으로 가고 있어 끝도 없이 밀려 있었다. 한쪽에선 빗길에 미끄러져 접촉사고가 났는지 비상등을 켜 놓은 차들이 줄줄이 늘어섰고, 우산 속에서 사람들의 고성이 오갔다.

원장은 주머니에서 핸드폰을 꺼냈다. 김 선생에게 지금 가는 중이라고 카톡을 남기려 카카오톡 창을 열었다. 그런데 선우 씨 아버님께서 보낸 메시지 3개가 수신되어 있었다. 카톡을 클릭하는 원장의 손가락이 부르르 떨렸다.

　......

　원장님~ 선술집에서 원장님과 마주 앉아 술잔을 기울이던 그날처럼 술이라도 한 잔 마시고 싶습니다......

　......

　생명이 꺼져가는 절체절명의 이 순간에 진정 살아있음을 온몸으로 느끼다니. 소낙비를 맞으며 혼자 마시는 술이 왜 이리도 서럽게 단지 모르겠습니다......

　......

　원장님, 정부가 원망스럽습니다. 27살 어린아이가 어떻게 자립을 한다고 거주시설을 폐쇄한단 말인가요? 원장님, 우리 선우가 행복원에서 있을 시간은 단 3개월. 3개월이 지나면 우리 선우는 어디로 갈까요? 원장님, 우리 선우가 엄마 아빠가 없는 하늘 아래서 이리 치이고 저리 치이며 살아갈 것을 생각하면 숨을 쉴 수가 없습니다. 원장님, 우리 선우를 잘......

　......

　김희현 원장은 생명이 꺼져가는 마지막 순간에 보낸 선우 씨 아버님의 카톡을 보면서 뜨거운 눈물이 왈칵 쏟아졌다. 나와 술이라도 마시고 싶었다면 전화라도 주시지. 꺼져가는 생명 앞에서 지능이 3세인 자폐성중증장애 아들을 세상에 홀로 남겨 놓고 얼마나 아팠을까.

'아버님, 저는 이 현실을 믿을 수가 없습니다. 저와 할 이야기가 아직 남아 있잖아요? 제가 지금 가고 있으니 조금만 기다려 주세요. 조금만……'

원장은 선우 씨 아버지 모습을 두 눈으로 확인하기 전까지는 김 선생의 말을 믿지 않고 싶었다. 세상에는 기적이라는 것도 있지 않은가. 선우 아버님에게 기적이 일어나기를…….

"기사님, 갓길로라도 빨리 갈 수 없을까요?"

"저도 애쓰는데 길이 내 마음을 알아주질 않네요."

기사가 갓길로 진입을 시도하려는 그때였다. 저 멀리서 사이렌 소리가 들려왔다. 반대차선에서 119 응급차가 지붕의 경광등을 번쩍거리며 오더니 우회전하면서 교량을 건너갔다. 그 길은 30명의 중증장애인들이 생활하고 있는 단기거주시설 행복원으로 가는 길이었다.

"4658! 4658!"

택시가 교량으로 진입하려는데 뒤에서 확성기 소리가 들려왔다.

"길이 미끄러워 비켜주기도 힘드네요."

택시가 겨우 비켜나자 경찰차가 경광등을 번쩍거리며 좌회전하여 교량을 건너갔다. 뒤이어 앰뷸런스가 좌회전하는 경찰차를 뒤따라갔다. 119구급차, 경찰차, 앰뷸런스가 행복원을 향해 가고 있는 것을 바라보는데 심장박동이 마구 요동쳐댔다. 꿈이었으면. 한바탕 꿈이길.

"아이고~ 비도 경찰은 무서운가 봅니다. 경찰차가 지나가니 소강상태네요. 그나마 다행입니다."

택시 기사가 비상등을 켜고 앰뷸런스 뒤를 따라갔다. 원장은 차창 문을 열고 손을 내밀었다. 택시 기사 말처럼 사납게 몰아치던 장대비가 보슬비로 바뀌어 있었다.

-생명이 꺼져가는 절체절명의 이 순간에 진정 살아있음을 온몸으로 느끼다니. 소낙비를 맞으며 혼자 마시는 술이 왜 이리도 서럽게 단지 모르겠습니다……-

카톡을 다시금 읽는데 송곳으로 온몸을 들쑤셔대는 것만 같았다. 선우씨 아버님이 카톡을 보낸 시간은 새벽 1시. 그 시간 원장은 부인이 운영하는 치킨집에서 배달 전화를 기다리고 있었다.

"당신 피곤한데 먼저 들어가요."

"혹시 모르잖아. 배달이 들어올지?"

"배달하다가 미끄러지면 오토바이 망가지고, 몸 다치면 병원에 가야 하고……"

아내는 길이 미끄러워 배달 잘못하면 오히려 손해난다며 먼저 들어가라고 등을 떠밀었다.

"그럼 같이 들어갑시다."

"배달은 안 받아도 지나가는 사람은 있을 거잖아?"

아내는 빗길을 걸어오다가 치킨 사 가는 아빠가 있을 거라고 굳게 믿었다. 코로나 여파로 가게 월세도 내지 못했다. 거리두기 해제로 이제 장사가 조금씩 회복되어갔다. 그동안 빚진 것이 있으니 치킨 한 마리라도 더 팔려는 아내의 마음을 모르지 않았다.

"당신 거주인들 돌보느라 힘들었잖아?"

"시설이 장애인들을 탄압한다고 떠들어대는데 어느 누가 일하고 싶겠어."

"나 같아도 시설에 취업 안 할 거 같아."

장애인 4.7명에 2명의 생활교사가 법으로 명시되어 있지만 현실은 그렇지 못했다. 거주시설 종사자들은 잠재적 범죄자로 낙인이 찍혀 있어 취업을 안 하려 하고, 주 52시간까지 지켜야 하니 거주인 돌봄 일손은 부족했다. 때문에 원장은 외부업무가 없는 시간엔 거주인들을 돌보았다. 최근엔 선우까지 입소해 정원을 초과하고 있으니 더더욱 일손이 달렸다. 아내는 남편 업무를 훤히 알고 있어 먼저 들어가 쉬라고 성화였다.

"당신이 차 타고 와. 나는 택시 타고 갈게."

"비 많이 오면 골방에서 한숨 자고 갈 테니까 그리 알아요."

아내와 함께 집으로 오고 싶었지만 아침에 출근해야 하기에 원장은 먼저 가게를 나왔다.

'아버님, 오늘 같은 날은 대리운전 하시기 힘드시죠?'

집으로 오면서 잠깐 선우 씨 아버지 생각을 했었다. 전화를 드릴까 하다가 주무실지도 몰라 마음을 접은 것이 후회되었다.

'아버님…… 전화라도 주시지 그러셨어요. 아버님은 민폐가 될까 전화를 하지 않으셨지만 전화를 하셨다면 저는 어디라도 달려갔을 거예요. 어디라도…… 아니 제가 먼저 전화를 드렸더라면, 아버님을 만났더라면 지금 같은 상황은 일어나지 않았을까요?'

앰뷸런스가 빠른 속도로 가파른 차로를 올라갔다. 택시도 앰뷸런스를 뒤따라 올라갔다.

"뭔 놈의 비가 연 이틀씩 그치지도 않고 온데요?"

"전국적으로 피해가 많다고 하더라고요."

"제 조카가 31살인데 발달장애인이에요. 조카가 거주시설에서 잘 지내고 있는데 정부에서 중증발달장애인들을 자립시킨다고 한데요."

기사님이 장애인 정책까지 알고 있어 반가운 마음마저 들었다.

"저희도 요즘 탈시설 정책 때문에 골치를 썩고 있습니다. 단기시설도 거주시설이라 폐쇄하라고 하는 거죠."

"정말 너무 하네요. 사람이 살다 보면 사고나 질병에 걸려 죽지 않습니까? 부모도 없는 장애인들을 비상상황을 대비해 보호할 장치가 필요하지 않겠습니까?"

"그러게요. 국회의원들은 입으로는 민생 민생 하면서 머릿속에는 중증장애인들이 없나 봐요."

"그놈들은 민생은 뒷전이고 자리나 차지하려고 맨날 자기들끼리 쌈박질이나 해대니 다음부턴 투표를 안 하려고 합니다."

택시는 가까스로 언덕길을 올라와 행복원 입구에 멈추었고, 원장은 반사적으로 오른쪽 행복원을 바라보았다. 저만치 보이는 행복원 앞에는 가로등이 환하고 경찰차 경광등이 여명 속에서 빙글빙글 돌아가고 있었다.

"빗길 고생하셨습니다."

"장애인들이 마음 다치지 않고 행복하게 살았으면 좋겠네요."

"네. 노력하겠습니다. 조심히 가십시오."

택시에서 내려 행복원으로 뛰었다. 야근하는 선생님들 여러 얼굴이 보였는데, 박 선생은 쓰러져 있는 선우 씨 아버지 옆에서 우산을 씌워주고 있었다.

"원장님, 선우 씨 불쌍해서 어떡해요……"

김 선생이 눈물을 훔치며 다가왔다.

"중증발달장애인 자녀들 둔 부모님들은 사후를 제일 걱정하시는데……"

"추웠는지 몸을 잔뜩 웅크리고…… 참 가슴이 아픕니다."

김 선생 말대로 선우 씨 아버지는 비에 흠뻑 젖어 잔뜩 웅크린 채 모로 누워있었다. 경찰 두 명은 플래시를 번쩍번쩍 터뜨리며 웅크리고 있는 아버님을 사진 찍고 있었다.

"원장님! 웬 가방이 출입문 앞에 있어요."

"사진 찍어야 하니까 열지 마세요."

"가방 속에 유언을 남기신 거 아닐까요?"

경찰 한 명이 가방을 열더니 종이쪽지를 읽었다.

"원장님 계세요?"

"네, 제가 원장인데요."

"쪽지에 가방을 원장님 드리라고 쓰여 있네요."

경찰의 말을 듣는데 가슴이 옥죄여와 숨쉬기가 힘들었다.

"사망한 지 얼마 되지 않았나 봅니다. 경직상태는 아닌데요."

구급대원들의 말을 듣는데 원장은 더더욱 후회가 밀려왔다. 아내 치킨집에서 집으로 오면서 카톡을 한 번쯤 확인했더라면. 전화라도 해 볼 것을.

"아버님을 발견한 시간이 몇 시였나요?"

"4시 10분 정도 되었을 거예요."

"돌아가신 분을 계속 저렇게 놔둘 겁니까? 비가 내려서 춥다고요!"

원장은 경찰에게 화를 벌컥 내고 말았다.

"현장보존이 제일 중요합니다. 단순 사망인지 사건인지 최소한의 확인 작업은 해야 하질 않겠습니까?"

"선우 씨 아버님입니다. 아직 경직되지 않았다면서요? 그럼 편히 눕혀 주세요!"

"절차가 있습니다. 우리도 이러고 싶어서 이러는 게 아닙니다."

"왜 이렇게 화를 내십니까? 어젯밤부터 새벽까지 어디에 계셨습니

까?"

경찰은 격앙하는 원장을 의심스러운 눈초리로 쳐다보면서 알리바이를 물었다.

"어제 원장님이랑 저랑 사모님이 운영하시는 치킨집에 같이 갔었는데요."

차 선생이 가쁜 숨을 내쉬며 나섰다. 김 선생 전화를 받고 부랴부랴 막 도착하는 중이었다. 차 선생 뒤로 최 선생과 박 선생도 침통한 표정으로 서 있었다.

"장애인 아들이 여기에 있습니다. 아버님께서 위암 말기셨습니다. 꺼져가는 생명 앞에서 이 비를 맞아가며 끝까지 자식을 지켜주고 싶은 아버지 마음을 모르시겠습니까? 나를 의심해도 좋은데요, 아버님이 비를 그만 맞게 해 주세요. 부탁드립니다."

"부인은 없나요?"

"부인께서는 얼마 전에 돌아가셨습니다."

"네에? 그럼 자녀나 다른 가족은요?"

"익산에 아버님의 사촌 누님이 사시는데 제게 번호가 있습니다."

경찰은 선우 씨 어머니가 사망했고, 아버지가 시한부였다는 말을 듣더니 조사를 마쳤다.

"병원으로 가야 하니까 앰뷸런스에……"

구급대원이 이동침대를 가지고 오더니 이동침대 다리를 펴고 영훈을 들어 앰뷸런스에 실었다. 한 구급대원이 영훈의 몸을 어루만지더니 곧 게 눕히고 하얀 천을 씌우는데 숨쉬기가 힘들었다.

"이승을 떠나기 싫으신가 봐."

"엄마도 없는 자식을 남겨두고 가려니 영혼인들 떠날 수가 있을까 요?"

"참 가슴 아프네요. 아파."

응급대원 두 사람이 이동침대를 밀며 주고받는 말을 듣는데 김회현 원장은 무릎이 꺾이는 것만 같았다. 중증장애인 자식을 세상에 홀로 뚝 떼어 놓고 죽은 부모는 죽어서도 눈물이고 슬픔이리라.

"가방 안의 내용물은 사진 촬영을 마치고 드리겠습니다."

경찰이 가방의 지퍼를 열었다. 두꺼운 노트 한 권과 화장품 파우치 하나와 작은 앨범이 나왔다. 파우치 안에는 통장과 도장이 들어있었다. 경찰은 가방 안의 물품들을 일일이 사진 찍었다.

"고인께서 원장님께 하시고 싶은 말씀이 있었나 봅니다."

선우 씨 아버님의 가방을 건네받는 원장의 가슴에 쇳덩이 하나를 다 는 듯했다.

"온누리 병원 아시죠?"

"네 압니다."

"보호자한테 연락을 취해 주세요."

"네. 곧 연락을 취하겠습니다."

"보호자가 병원으로 오셔서 사망진단서도 발급받고 장례 절차를 밟아야 합니다."

경찰은 다시 한번 강조했다. 행복원 출입구 담벼락에서 경광등을 번쩍거리던 119 구급차, 앰뷸런스, 경찰차가 사이렌을 울리며 차례대로 빠져나갔다.

"원장님, 선우 씨는 어떻게 되는 거죠?"

"우리 단기센터에 있는 거주인들 다 3개월 넘었잖아요?"

"정부가 내일 당장 시설 폐쇄한다고 해도 거주인들 한 명이라도 자립이나 원가정 복귀는 없으니까 그리 알아요."

행복원 단기보호센터 거주인들은 모두 계약기간 3개월이 넘었다. 원장은 행복원 이용인들이 3개월 계약기간이 종료되어도 내보낼 수가 없었다. 집안 형편상 먹고사느라 생업에 종사해야 하는 분들의 자녀, 선우 씨처럼 부모가 없는 분들, 부모가 연로해 쉰이 넘은 자식을 돌보기 어려워 입소한 분들, 부모는 치매에 걸려 형제가 돌보다가 너무 힘들어 행복원에 온 분들이 대부분이었다. 시설마다 정원 만료이고 대기자는 넘쳐나는 상황이니 갈 곳 없는 분들을 계약기간 만료라고 강제로 내보낼 수는 없는 일이었다.

"선우 씨를 거주시설에 입소시켰다면 아버님께서 마음 편히 눈을 감으셨겠지?"

"정부가 신규 거주시설 설치도 못 하게 하니 대기자만 넘쳐나는 거지."

"거주시설에서 인권사태가 한두 건 일어나겠지. 그렇다고 거주시설을 폐쇄하는 정책이 말이나 되냐?"

"거주시설에서만 일어나냐? 작년에 주간보호센터에서는 장애인에게 김밥과 떡볶이를 억지로 먹여 기도가 막혀 질식사했잖아? 근데도 복지관은 폐쇄 안 하잖아?"

"장애인 인권침해는 거주시설보다 복지관 주간보호센터, 특수반이 있는 일반학교에서 더 많이 일어나잖아? 그런데도 거주시설은 인권침해가 발생하는 곳이라고 낙인이 찍혀버렸다니까."

거주시설 종사자들은 국가에서 받는 인권교육이 1년에 900시간, 분기별로 23시간이다. 인권교육을 받을 때마다 잠재적 범죄자 취급을 받아 자존심이 보통 상하는 게 아니라고 두 사람이 성토했다.

"준호 씨가 자립으로 간다고 생각해봐. 준호 씨는 중얼대면서 무작정 돌아다니는 특성이 있는데 누군가 제지하지 않으면 작은 공간에서 온종일 뱅글뱅글 돌아다니겠지?"

"돈을 벌어야 임대료도 내고 쌀을 살 거 아니냐고. 자립하면 모든 생활을 스스로 알아서 해야 하는 시스템인데 준호 씨가 그게 가능하냐고? 아마도 굶어 죽거나 밖으로 나가 실종되겠지."

"정말 국회의원들은 중증장애인들의 특성을 모르는 걸까? 스스로 가정생활을 이뤄내지 못한다는 걸 몰라서 '탈시설지원법'까지 발의한 걸

까?"

"그들의 속내를 알 수 없고, 나는 거주시설 종사자들이 잠재적 인권 범죄자 소리를 들을 때마다 정말 이 바닥을 떠나고 싶을 뿐이다."

양심 불량한 종사자 한두 명 때문에 모든 거주시설 종사자들이 도매 금으로 범죄자 소릴 듣는다고 푸념했다.

"우리가 그런 말 하루 이틀 들어봐요? 일단 생활실로 들어가요."

원장은 직원들을 생활실로 보내고 휴대폰을 꺼냈다. 5시 40분. 꿈을 꾸고 있는 것만 같은 현실 때문인지 머릿속이 텅 빈 듯했다.

선우 씨 고모님은 발신음이 몇 번 울리지 않아 전화를 받았다.

"고, 고모님, 이른 시간에 죄송합니다. 여기 행복원 단기보호센터인 데요."

"아, 행복원이요?"

"안, 안녕하세요? 저는 김회현이라고 합니다……"

"동생한테 이야기 많이 들었습니다. 그런데 원장님께서 무슨 일로 이 새벽에……"

선우 씨 고모님은 무언가 감지했는지 말끝을 흐렸다.

"선우 씨 아버님께서……"

"이렇게 비가 많이 내리는데…… 이 새벽에 어디서 발견됐대요?"

고모님의 흐느낌 소리가 들려왔다.

"행복원 담벼락에서……"

"마지막 순간까지 자식을 걱정하다가……"

"지금 막 병원으로 옮겨졌습니다. 보호자가 계셔야……"

"자식을 두고 어찌 눈을 감았을까요? 어찌……"

선우 씨 고모님은 흐느껴 울면서 곧 올라가겠노라고 했다.

"원장님, 선우 씨가 일어났어요. 선우 씨도 아버지가 돌아가신 걸 아는 걸까요?"

"선우 씨의 어제저녁 행동이 이상했어요. 괜히 떼쓰면서 승찬 씨 간식을 막 뺏고 그러더라고요."

"승찬 씨가 돌발행동을 하잖아요? 냉장고에 아이스크림 가지러 간 그 잠깐 사이에 승찬 씨가 달려오더니 선우 씨를 막 때리는 거예요. 얼마나 놀랐는지……"

"우리 거주인들 불안하면 돌발행동들을 더 많이 하니까 더욱 신경 써주세요."

원장은 콜택시를 불렀다. 선우 씨 아버님께서 문 앞에 놓았던 검은색 가방을 들고 행복원을 나섰다. 영훈의 사망을 슬퍼함인지 보슬비는 그치지 않고 내렸다. 택시를 타려고 행복원 입구 차로까지 걸어가는데 시청복지과 팀장의 전화를 받던 날이 떠올랐다.

"참 가슴이 너무 아파서……"

팀장은 전화해서는 밑도 끝도 없이 그렇게 말했다.

"이영훈 씨라는 분이 가시면 상담받고 입소시켜주세요. 비극입니다 비극."

영훈이 찾아왔고, 오늘 같은 날을 예견은 했다. 그래도 이렇게 빨리 예견된 날이 오리라고는 원장은 생각지 못했다.

"이영훈 님 보호자! 이영훈 님 보호자 안 계세요?"

병원에 들어서자 사람들로 북적거렸다. 코로나로 돌아가시는 분이 많다고 언론에서 들었는데 병원에 와보니 실감이 났다.

"네, 제가 이영훈 님의……"

"이영훈 님 보호자 되십니까? 아까부터 호명했는데 왜 이제야 오세요?"

안내데스크 남자는 짜증을 내면서 마른 하품을 해댔다.

"제가 보호자는 아니고요, 지금 오시는 중입니다."

"사망진단서를 받아야 하는데……"

사망. 가슴이 철렁 내려앉았다.

"보호자가 멀리 익산에서 오시는 중입니다. 오시면 제가 말씀드리겠습니다."

"이영훈 님은 영안실에 안치했습니다. 일단 여기에 사인해주세요."

남자는 사망자가 많아 사인하지 않으면 그나마 영안실 안치도 어렵다고 했다.

"네. 제가 사인을 하겠습니다."

"보호자가 오시면 즉시 알려주세요."

"네. 보호자가 오실 때까지 카페에 가 있어도 될까요? 멀리서 오셔서……"

"알아서 하세요."

원장은 허리를 굽혀 안내데스크 남자에게 정중하게 인사하고는 병원을 나왔다. 주변에 카페가 열려있었다. 새벽 시간임에도 사람이 많았는데, 병원 방문객 같았다.

"아메리카노 부탁합니다."

커피 한 잔을 들고 구석진 자리에 앉았다. 원장은 선우 씨 아버님이 세상에 남긴 가방을 테이블에 올려놓고 한참을 내려다보았다. 노트의 내용은 보지 않아도 엄마도 아빠도 없는 선우 씨를 부탁하는 내용일 거라는 짐작은 들었다.

'나한테 남기고 싶은 이야기가 무엇일까?'

원장은 가방을 한참 들여다보다가 지퍼를 열고 두꺼운 노트를 꺼냈다. 노트 첫 장을 열자 선우 씨 고모님에게 쓴 편지 봉투가 먼저 보였다. 가슴이 서늘했다. 편지로 보아 아버님께서 이승에서의 마지막 날을 대비하신 거라는 걸 알 수 있었다. 김회현 원장은 영훈이 누나한테 쓴 편지를 갈피에 끼워 넣고 노트의 첫 장을 열었다.

12
마음의 별

5월 29일

유은혜. 당신 이름을 참 오랜만에 불러보네. 은혜야! 내가 당신 이름 부르는 걸 얼마나 좋아했는지 당신은 아마 모를걸. 당신 이름이 주는 어감이 따뜻하고 좋아서 은혜야, 은혜야, 유은혜! 당신과 연애할 때 참 많이도 불렀던 그 이름 은혜를 부르며 소주 한 병을 다 마셨네.

나는 말이야, 언제가 가장 행복했는지 알아? 퇴근하고 집에 돌아와 집 안을 돌아다니는 선우를 지켜보면서 당신과 마주 앉아 저녁밥을 먹으며 곁들이는 소주 한 잔 마실 때가 참 행복했지.

"술이 얼마나 건강에 안 좋은지 알아?"

술은 건강에 치명상이라며 좋지 않은 술을 왜 실없이 마시냐고 당신은 쓴소리를 해댔지만, 당신의 쓴소리를 안주 삼아 마시던 그 시간이 내게는 가장 행복한 시간이었지.

오늘은 소주 한 병을 다 마시도록 당신의 쓴소리도 들려오지 않더군. 가끔은 당신의 잔소리가 듣기 싫은 적도 있었는데, 당신이 없는 지금은 당신의 잔소리마저도 얼마나 듣고 싶고 그리운지 모르겠어.

소주 한 병에 취기가 올라서일까. 당신이 너무도 보고 싶어서 당신 사진을 들여다보는데 나는 아직도 당신이 그 먼 길을 혼자 떠났다는 것이 믿어지지가 않아. 당장이라도 문을 열고 당신이 들어올 것만 같아서 괜스레 자꾸만 문을 쳐다보았지. 그리움이 폭풍처럼 밀려오는데, 돌이켜보니 당신에게 못다 한 말이 왜 그리도 많은지.

'있을 때 잘해. 후회하지 말고!'

신변잡기처럼 들리던 지나간 유행가마저도 나에게 하는 말처럼 뼈 마디마디 사무치며 알알이 박히는데, 당신한테 못다 한 말을, 아니 내가 살아있는 동안 우리 선우를 정말 잘 돌보았다고 당신한테 보고하려고 생각하니 일기를 쓰고 싶지 뭐야. 고등학교 1학년 때까지 쓰던 일기를 2학년이던 어느 날부터 쓰지 않았지. 일기를 쓴다는 것이 어린애 같아서. 일기 쓰는 게 어린애 같다고 생각했던 건 하루빨리 어른이 되고 싶어서였을까? 세월은 유수같이 흘러 어른이 되고도 환갑을 눈앞에 둔 지금, 당신을 그리워하면서 내 남아 있는 날들을 적으려 해.

여보, 우리가 살던 집을 정리했다고 말했던가? 나는 당신이 병상에 오래 있을 줄 알았어. 병원비 마련하느라 20평 아파트 매도하고 살림살이를 정리했지. 우리는 소박하게 살았다고 했는데 무슨 짐이 그리도 많던지. 20평 살림을 주방 하나에 방 한 칸으로 옮겨 왔으니 짐이 많을 수밖에. 웬만한 건 다 버리고 선우와 둘만의 최소 필요한 것만 챙겼는데 선우 앨범하고 노트 몇 권을 박스에 넣었다는 생각이 문득 났지. 장롱 위에 올려 두었던 박스를 내려 노트를 꺼내 펼쳤어. 내가 이 노트를 다 채울 수 있을까. 이 노트를 다 채울 때까지 살 수 있을까.

"나도 한때는 소설가가 되고 싶었는데……"

노트를 펼치니 당신이 소설을 읽으며 하던 말이 생각나네. 질풍노도 청춘의 언덕을 거슬러 올라가면서 시인이나 소설가가 되고 싶지 않은 사람이 어디 있었을까. 당신한테 말은 안 했지만 나도 한때는 시인이 되고 싶었지. 밤을 지새워 습작하기도 했었는데…… 그때만 해도 이 청년은 인생이 얼마나 많은 사건 사고로 이루어진 다리를 아슬아슬 건너가는 것이란 걸 몰랐지. 특히 당신과 결혼하고 나의 인생은 꽃길만 펼쳐져 있는 길을 걸어가는 줄만 알았었는데…….

"은혜야, 많이 보고 싶다. 잘 지내고 있는 거지?"

예순을 앞에 두고 보니 인생이란 상상하지 못했던 길을 가야만 하는 거라는 걸 몸소 깨달으면서 내 인생을, 이생에 남아 있는 시간을 적으려니 자기 연민의 애잔함으로 왜 이렇게 주책없이 눈물이 나는지…….

당신 생각나? 그날, 당신이 혼수상태가 되었던 날 아침 말이야. 그날은 승진 발표가 있던 날이었지.

"당신 오늘 국회로 집회 간다며? 탈시설을 하지 말아 달라고 국회의원님들 귀에 들리도록 크게 외치고 와!"

"내가 죽을힘을 다해서 국회가 쩌렁쩌렁 울리도록 외칠게."

출근길에 나서는 나를 보고 당신은 그 한마디를 하며 빙그레 웃었지. 27년을 살을 맞대고 살아온 부부여서일까. 당신의 웃음, 작은 몸짓에서도 당신이 나에게 무슨 말을 하고자 함인지 다 가늠할 수 있었지. 승진 발표가 있는 날이라는 걸 알고 있던 당신은 이번 승진에서도 행여 누락될지 모른다는 앞선 생각에 나에게 부담 덜어주려 손 흔들며 웃어주었지. 당신은 그렇게 아무런 말 없이 그저 따뜻한 웃음을 통해 마음을 전하곤 했었지. 당신의 그 조용한 웃음을 내가 얼마나 좋아했는지. 당신이 웃어주던 은은한 웃음에 마음이 놓여 발걸음이 얼마나 가벼웠는지 몰라. 기대도 하지 않았는데 승진 발표를 받았고 얼마나 좋았던지.

"여보, 나 부장으로 승진했어."

철없는 남편 소릴 듣더라도 그날만큼은 들뜬 목소리로 당신 앞에 우쭐대면서 자랑하려고 얼마나 마음속으로 별렀는데…… 내 기쁜 소식을 듣기도 전에 당신은 혼수상태가 된 거지. 인생은 그렇게 늘 끝과 끝을 내달리는 것일까.

혹자는 환갑을 앞에 두고 부장 승진이 뭔 자랑이냐고 하겠지만 당신은 축하해 줄 거라 믿어. 그 축하란 나 열심히 살아왔다고 당신한테 인정받고 싶은 거지.

부장 승진을 많이도 바랐던 건 사실이야. 직장생활을 하는 모든 사람의 바람이 아닐까. 그 바람을 이룬 날, 당신한테 축하 인사를 받기도 전에 탈시설 반대집회 갔던 당신이 뇌출혈로 혼수상태가 되다니. 지금 생각해보면 당신이 뇌출혈로 쓰러진 동기가 탈시설 때문에 너무 신경을 쓰고, 고혈압이 있던 당신은 중증장애인들의 인지기능은 고려하지 않은 탈시설 로드맵을 발표한 정부에 화가 나서, 정부를 향한 분노를 표출하려 목소리를 높이다 뇌압이 높아진 때문은 아닐까 하는 생각이 들면서 정부가 얼마나 원망스럽던지.

여보, 어제 무슨 날이었는지 알아? 전국거주시설이용자부모회에서 서울시청 앞에서 탈시설 반대집회를 열었어. 우리 선우 같은 중증장애인들이 76여 명 왔는데, 그늘 하나 없는 광장을 가마솥으로 달구어대던 뙤약볕을 맞아 지쳐 누워있거나, 더워서 땀을 뻘뻘 흘리며 가슴을 마구 치거나, 자신의 머리를 주먹으로 치는 자해를 하면서 막 뛰어다니는 장애인들을 지켜보는데 얼마나 마음이 아프고 눈물이 나던지.

정부 고위관계자와 국회의원들은 중증장애인들의 천방지축 모습을 보았을까? 중증장애인들은 자립할 수 없음을 인지했을까?

여보, 나는 탈시설 반대 구호를 당신의 목소리까지 더하여 크게 내고 싶었어. 그러나 마음뿐이고 구호 몇 마디에 몸은 벌써 지쳤지. 훈이 아버지와 정부를 실컷 욕하고 수원으로 내려왔는데도 가슴에 서린 한이 풀리지 않았어.

"선우 아버지, 어디 다녀오세요?"

집으로 가려는데 치킨집 사장님이 인사를 하더군. 사장님께 집회 이야기도 하면서 소주 한 잔 마시려고 가게 안으로 들어갔지.

"안녕하세요?"

젊은 여성이 환하게 웃으며 90도로 인사를 하는데 척 보아도 장애인이었지. 그녀 옆에는 두 돌쯤 되어 보이는 사내아이가 아이스크림을 먹으며 맑은 눈망울로 나를 바라보더군.

"우리 딸입니다. 손자고요. 쿠폰을 딱 끊으니까 어떤 놈인지 가버렸습니다."

"……"

"우리 딸 이쁘지요?"

"아주 예쁘고 인상도 좋고, 손주도 엄마를 닮아서 참 예쁘네요."

"우리 딸이 지적 3급입니다. 3급 장애인도 이용만 당하는데 자립이라뇨……"

"안녕, 아들!"

단풍 같은 치킨집 사장 손자 손을 잡아 주었어.

"희주야, 이제 준이 데리고 집으로 들어가. 손님이 오셨으니까 집으로 가는 거지?"

"아빠, 집에 올 때 치킨 갖고 와."

"밖으로 나가면 안 되는 거 알지?"

치킨집 사장님은 한 자녀의 엄마가 되어 있는 딸에게 밖으로 나가지 말라고 신신당부하더군. 사장님 딸은 고개를 몇 번이나 끄덕이면서 자신이 낳은 아들 손을 잡고 가게를 나가는데 내 일처럼 깜깜하더군. 저 따님이 자식을 제대로 양육할 수 있을까.

"국민 세금으로 호의호식하는 정치하는 놈들! 이놈이나 저놈이나 입으로만 민생 민생 하면서 중증장애인들에 대해서는 알려고 하지도 않는 놈들! 중증장애인들을 제대로 알면서 탈시설지원법을 발의한 거냐고? 중증장애인들은 자기가 누구인지도 몰라! '1+1'이 뭔지도 모른다고! 그런 사람들이 자립을 한다고? 원룸에 살면 자립이냐? 혼자 살면 자립이냐? 기껏해야 11평. 그 좁아터진 원룸에서 밥도 못 해 먹고 활동지원사 올 때만 목 빠지게 기다리는 게 자립이냐고? 민생 민생 나불대지 말고 중증장애인들이 어떻게 생활하고 있는지 거주시설을 가보란 말이야!"

나는 술 한 병에 취했을까. 세상 모두가 꼴도 보기 싫어 원망을 쏟아냈지.

"사장님 따님이 얼마나 이쁘냐? 마음은 얼마나 착하냐고? 세상 물정 모르고 꼬임에 넘어가 몸 주고 마음 준 곱디고운 아가씨 이용하다가 돈 떨어지니까 차버린 놈은 천벌을 받아야지 천벌을!"

"아이고, 선우 아버지가 오늘 화가 많이 나신 모양입니다. 벌써 취하셨네요."

"취했다고요? 나 하나도 취하지 않았습니다. 쌩쌩합니다. 소주 10병 은 끄떡없습니다. 국회의원 그놈들이 우리 중증장애인들에 대해서 뭘 압니까? 그 가족의 아픔을 압니까? 탈시설 로드맵 발표해놓은 정부에 탈시설 철회하라고 엄마들이 아버지들이 호소하는 소리에는 귀 처닫 고 자기들 권력욕에만 눈이 시뻘건 작자들! 탈시설 반대집회를 하다가 뇌출혈로 죽은 마누라에, 혼자서는 살아갈 수 없는 장애인 자식 놔두고 아비는 암에 걸려 죽어야 하는 중증장애인 가족의 비애를 그들이 아냐 고!"

여보, 나는 술의 힘을 빌려 세상을 욕해주고 싶었어. 정말 맨정신으 론 견딜 수 없는 날들. 자신이 누구인지도 모르는 사람들이 중증장애인 들이잖아. 그런 사람들 보고 자립하라니. 아무리 생각해봐도 우리 사는 세상에 진실은 소멸된 거 같았어. 진실이 있다면 단 한 명의 국회의원이 라도 탈시설지원법에 문제가 있다고 발언하는 자가 있지 않았을까.

취기가 점점 올라오면서 공기, 태양, 하물며 나뭇잎을 스치고 지나가 는 한 줄기 바람조차도 다 거짓으로 비쳤지. 거짓과 모순으로만 가득 찬 세상을 마음껏 조롱하며 술을 미친 듯 마셔댄 기억이 어렴풋한데 눈을 떴을 때는 묽어진 햇살이 낯선 방 안을 가득 메우고 있었지.

"일어나셨어요?"

치킨집 사장님이 정신없이 멍하니 앉아 있는 나를 바라보며 환하게 웃더라. 얼마나 낮술을 퍼마셨는지 집에도 가지 못하고 치킨집 쪽방에

곯아떨어진 거지. 사장님께 실수한 것이 있었을까. 기억을 더듬어보려 했지만 깨질 듯한 두통만이 온몸을 엄습할 뿐 희미한 기억 한 점조차도 남아 있질 않아.

"북엇국 먹고 가요."

"우리 선우는……"

"주인집 아주머니가 돌봐주신다고 했어요."

사장님이 나를 보고 벙긋벙긋 웃으시는데, 행여라도 미안해하지 말라고, 인생의 굴곡진 산을 꼿꼿하게 넘어온 사람만이 내어줄 수 있는 푸근함이 담긴 웃음을 마주 대하니 내 모습이 얼마나 부끄럽던지.

……

6월 10일

장모님이 전화를 하셨네. 보약을 택배로 보냈으니 잘 챙겨 먹으라고. 며칠 전에 고향집에 다녀오면서 장모님한테 잠시 들렀었지.

"은혜 그렇게 보내고 우리 사위가 맘고생이 너무 많았구나."

장모님께서 눈시울을 적시며 내 손을 마주 잡는데 어찌나 가슴이 저미던지.

"많이 먹게나. 선우 잘 돌보려면 자네가 건강해야 하네."

사위 사랑은 장모님이라고, 불시에 찾아갔는데도 내가 좋아하는 해

물탕을 단숨에 끓여내 오셨지. 맛있게 먹어야 하는데 목이 메어 몇 수저 먹질 못했어.

"선우 생각해서라도 건강 잘 챙겨야 하네."

장모님은 내가 당신 갑자기 보내고 밥도 제대로 못 챙겨 먹어 살이 빠진 것으로 아신 거지. 선우 돌보려면 내가 건강해야 한다면서 기어이 보약을 지어 보내신 장모님. 우리 엄마가 당신이 장모님을 닮았다고 장모님을 좋아하셨지.

당신 생각나? 당신이 어머니한테 인사하러 처음 왔을 때? 당신을 처음 본 엄마 얼굴은 보름달처럼 환했지.

"아가씨가 참 마음에 든다. 잘하고 살아."

엄마 입이 귀에 걸리는 걸 보면서 내 가슴이 얼마나 더웠는지. 자식을 가슴에 묻고 일찍 돌아가신 아버지, 홀로 남은 어머니 뒷모습을 바라보면서 나는 늘 삶이 무섭고 조심스러웠지. 내가 내딛는 길은 험악하고 항상 비가 내릴 것만 같았어.

당신을 마음에 들어 하는 어머니를 보면서 얼마나 세상이 푸르렀는지 몰라. 세상 부러운 것 하나 없이 부자가 된 듯했고, 내 가슴은 가을하늘이었지. 그러니까 당신을 만나면서 조심스럽고 험악할 것만 같은 내 삶에 볕이 들었던 거지. 우리 선우가 장애 진단을 받았지만 나는 하나도 겁나지 않았어. 왜? 당신이 옆에 있었으니까. 당신과 함께 걸어온 그 길은 쉬웠어. 당신이 떠난 지금 나는 발등에 떨어진 현실이 무섭고 어떻게 감당해야 하는지 모르겠어. 왜 나한테 이런 일들이 일어난 건지. 아직도 꿈을 꾸고 있는 기분이야.

......

6월 13일

여보, 선우는 행복원 단기보호센터로 입소하기로 결정했어. 단기시설에서 3개월밖에 있을 수 없지만 지금으로선 그게 최선이야. 그렇다고 자립주택에서 제한적 돌봄을 받으며 혼자 살아가게 할 수는 없었어. 더욱이 자립을 운영하는 센터에도 혼자 왔다가 혼자 집으로 돌아가야 한다는 소릴 듣는 것만으로도 기절할 것 같아. 센터에서는 교육받으면 자립이 가능하다고 하는데, 우리 선우 2살부터 24살까지 특수교육을 받았잖아. 그래도 자신이 누구인지 모르고 집을 나가면 찾아올 줄도 모르잖아. 당신 기억나? 선우가 특수학교 고등과정 1학년 때. 10시가 넘어 선우가 잠들어 우리 부부는 아파트 상가 치킨집에 가서 맥주나 한 잔 마시자며 집을 나왔지. 우리가 집을 비운 시간은 딱 1시간.

집에 들어가니 자고 있던 선우가 없어졌잖아. 아파트 단지 전체를 다 찾아다녔으나 선우는 없었고, 뒤늦게 경찰에 신고를 했지.

"가게에 들어와 과자를 훔쳐 먹는 학생이 있다는 신고가 들어왔는데요, 가보니 아무래도 이선우 군 같아서 파출소로 데려왔습니다."

선우는 자다 말고 일어났고, 엄마 아빠가 없고 텅 빈 집안이 무서워 무작정 집을 나온 거지. 여기저기 막 걸어 다니다 2단지 아파트 상가 가게로 들어가 진열돼 있던 과자를 무조건 뜯어 먹었던 사건.

"이런 자식을 잘 돌봐야지 혼자 놔두면 어떡합니까? 과자 값이나 주세요."

가게 주인에게 석고대죄하는 심정으로 거듭 사과를 드리고 과자 값을 배상해 드렸던 기억이 어제처럼 떠오르면서 아찔해지더군. 집 안에 혼자 있으면 무작정 밖으로 나가는 선우. 20년을 넘게 특수교육을 받아도 장애를 극복할 수가 없는데 4년 교육을 받으면 자립생활을 할 수 있다고 탈시설 정책을 밀어붙이는 정부.

"중증발달장애인들은 가정생활을 수행할 인지기능이 되지 않습니다."

전국거주시설이용자부모회가 아무리 외쳐도 정부가 귀를 닫고 있으니 선우의 미래가 암울할 뿐이지.

여보, 우리 선우가 단기시설에서 3개월 계약만료되면 어디로 갈까? 나는 정말이지 우리 선우를 거주시설에 입소시켜야 제대로 눈을 감을 수 있을 것만 같은데, 거주시설에는 입소할 수 없으니 하는 수 없이 단기센터에 입소하기로 결정은 했는데 불안하기만 하네.

이제 곧 나도 이 세상에 없는데 우리 선우는 3개월 후 어떻게 될까? 자립주택으로 가서 4년 후 완전 자립으로 분리된다면, 우리 선우는 어떻게 살아갈까?

여보, 미안해. 거주시설에 입소시켜보려고 애썼어. 당신도 잘 알고 있었잖아. 거주시설은 대기자로 넘쳐난다는 걸. 나도 선우를 거주시설에 입소시키고 편안하게 눈 감고 싶어. 당신한테 잘했다고 칭찬도 받고 싶었어. 자립을 유예한 시간은 겨우 3개월. 3개월 후 선우가 어디로 갈지 모른다는 게 얼마나 참담한지.

여보, 선우가 단기보호센터에서 3개월을 보낸 후에는 어딘가로 가겠지. 국회의원들이 거주시설은 중증장애인들이 사회복지사 선생님들의 24시간 보호를 받는 유일한 곳이라고, 중증장애인들의 마지막 보루인 행복한 삶의 터전인 거주시설을 존치해야 한다는 천명이 없는 한은 '탈시설지원법'은 국회에서 가결되겠지?

여보, 우리 선우는 집 안에 아무도 없으면 무조건 밖으로 나가는데, 자립으로 가서 아무도 없는 집 안에 혼자 있다가 밖으로 나가면 어쩌지? 집도 못 찾아오는 건 당연하고, 차로를 막 가다가 교통사고라도 난다면? 내 동생 영호처럼 나쁜 사람들한테 끌려가 노동 착취를 당한다면? 생각만으로도 가슴이 천 갈래 만 갈래 찢어지고 생피가 온몸을 뚫고 뿜어져 나오는 것만 같이 아프기만 해. 3개월 후에 선우가 자립센터로 보내질지도 모르는데…… 그 3개월 만이라도 사회복지사 선생님들의 24시간 따뜻한 보호를 받기를…….

......

6월 20일

오늘은 선우랑 같이 놀이공원에 다녀왔어. 당신도 알다시피 놀이공원이 얼마나 넓어. 그 거리를 걸어 다녀야 한다는 생각만으로도 힘이드는데 아빠가 숨이 붙어 있는 한은, 설령 놀이공원에서 쓰러져 죽을지라도 숨이 멎는 그 순간까지는, 아빠로서 선우한테 해줄 수 있는 건 뭐든 다 해주자. 더 아프기 전에 선우와 마지막 시간을 보내고 싶었지. 혹시라도 놀이공원에서 쓰러져 선우한테 흉측한 모습이라도 보이면 어쩌나. 약을 챙기려 주방 서랍을 열어 약봉지를 보는데 병훈이 생각에 눈물이 나네. 죽음을 앞에 두고 마음이 약해졌을까. 아주 작고 사소한 일에도 눈물이 나.

"많이 아플 때는 두 봉 먹어도 괜찮아."

병훈이가 처방한 약이니 얼마나 좋겠어. 약을 몇 봉지 챙겨 놀이공원에 갔지. 나 혼자 몸으로 선우를 감당하기 어려워 주인집 아주머니가 같이 가주셨어. 당신 병원비를 마련하려고 집을 매도하고 최대한 저렴한전셋집을 구했어. 5개 나와 있는 원룸 전세 중에 제일 저렴한 집을 낙점해 부랴부랴 이사를 했는데 우리 나이쯤으로 보이는 주인집 아저씨 아주머니가 얼마나 좋은 분들인지. 선우가 소리 지르고 막 돌아다녀도 다이해해주시고 챙겨주시는 분들이시지. 집주인 두 분이 선우한테 잘해

주셔서 그런지 몰라도 선우가 아주머니를 잘 따라. 혹시 엄마가 없어서 아주머니를 잘 따르나 하는 마음도 들더군.

"사모님, 오늘 놀이공원에 같이 가주시면 안 될까요?"

불시에 통증이 찾아들어 놀이공원에서 쓰러질까 봐 집주인 아주머니께 부탁을 드렸지. 아주머니는 흔쾌히 허락하셨고 아주머니가 손수 운전해서 놀이공원에 갔었어.

선우가 어렸을 적에 놀이기구 타는 걸 무척이나 좋아했지. 당신이 선우를 위해 수년을 연간회원권까지 끊어 선우와 자주 왔던 놀이공원. 입구부터 꽃동산으로 꾸며진 놀이공원은 눈길 닿은 곳곳마다 파라다이스였어. 오늘이 아빠와의 마지막 나들이란 것을 우리 선우는 아는지 모르는지 연신 좋아라 웃었어. 그런 아들을 바라보자니 놀이공원에 오길 잘했구나 생각되고 흐뭇했지. 선우가 성년이 되었는데도 놀이기구 타는 걸 이렇게 좋아하는 줄 알았더라면 자주 데려올걸. 후회마저 들더군.

"선우야~ 이모랑 같이 놀이기구 신나게 타자."

주인집 아주머니는 놀이기구 타는 곳으로 선우를 데려갔지. 힘들어하는 나를 위한 배려였지. 라이코스, 독수리요새, 바이킹, 범퍼카, 티익스프레스, 청룡열차 등 놀이공원에 있는 놀이기구를 모두 한 번씩 선우를 타게 해주셨지.

"선우야~ 이모는 티엑스프레스는 어지러워서 같이 못 타겠는데 어쩌지?"

집주인 아주머니는 대꾸 없는 선우에게 자꾸만 말을 걸어주면서 놀이기구를 같이 탔는데, 낙차가 심한 티익스프레스 앞에선 고개를 절레절레 흔들었지. 선우는 놀이공원에서 하이라이트인 티익스프레스를 타면서 얼마나 좋아하던지. 자꾸만 타고 싶어 해서 세 번이나 태워주었지. 신기한 것은 선우가 놀이기구 타는 재미에 빠져서인지 돌발행동도 하지 않았어. 즐겁게 놀이기구를 타고 점심도 먹고, 선우와 사진도 찍고 행복한 하루를 보냈지. 다행히 나도 통증이 없는 하루였지.

"아빠, 티익스프레스 타요. 티익스프레스……"

선우는 놀이기구 중에서도 티익스프레스가 가장 인상에 남는지 자꾸만 졸라대더군.

"선우야, 다음에 또 오자."

집주인 아주머니가 선우를 달래느라 다음을 약속하는데…… 다음에…… 우리에게 다음이 예약되어 있다면 얼마나 좋을까.

"오늘은 그만 타는 거야."

자꾸만 놀이기구 타는 곳으로 가려는 선우 손목을 붙잡고 끌다시피 주차장으로 왔지. 녀석은 이끌려오면서도 미련이 남아 자꾸만 뒤를 돌아보더군.

"선우야, 재밌었어?"

"재미…… 재미?"

승용차 타고 집으로 돌아오는데 선우는 피곤했는지 꾸벅꾸벅 졸았어. 그 넓은 놀이공원을 온종일 쏘다녔으니 피곤할 만도 하겠지. 오늘은 집에서 함께 자고 내일 행복원에 데려다주려고 했어. 집에 도착하니 밤 9시가 넘었더군.

"선우야, 피곤해도 세수는 하고 자야지."

집에 돌아오자마자 선우는 그대로 쓰러졌지. 세숫대야에 물을 받아와 선우 얼굴과 발을 씻겨주었어. 언제 다시 내가 우리 선우 발을 닦아줄까. 집에서 귀한 대접 받아야 밖에 나가서도 귀한 대접 받는다고, 엄마 아빠도 없이 세상에 혈혈단신으로 홀로 남겨질 우리 선우가 귀히 대접받기를 염원하면서 발을 씻겨주었어.

"선우야, 발 씻으니까 시원하지?"

"시원하지?"

선우는 끝말을 따라 하면서 꾸벅꾸벅 졸더군. 머리까지도 감겨주려 했는데 어쩌나 선우가 꾸벅꾸벅 조는지. 하루쯤 머리 감지 않는다고 큰일 나는 것도 아닌데. 나도 피곤이 몰려와 씻지도 않고 선우를 팔베개하고 잠들었지. 오랜만에 선우를 안고 깊은 잠을 잤어.

13
주홍글씨

7월 5일

고통의 주기가 점점 빨라져 오는데, 늙음인지 살고 싶다는 강한 열망인지 당신한테 어리광을 부리고 싶다니…… 생살이 갈기갈기 찢기는 고통에 잠에서 깼지. 엉금엉금 기어 주방으로 나와 서랍 안에 넣어둔 병훈이가 처방해준 약을 부랴부랴 삼켰어.

당신도 병훈이 알지? 우리 결혼식 때 하모니카로 축가를 불러주던 그 병훈이. 미국 유학까지 다녀온 병훈이가 지난달에 뭐라 했는지 알아?

"영훈아, 22일 오전 10시에 수술 날짜 잡혔다. 빨리 잡지 못해서 미안해."

수술 날짜가 잡혔다는 병훈이 말을 듣는데 눈물이 핑 고이더니 이내 주르르 흘러내리는 거야. 의학은 잘 모르지만, 암 말기라 함은 이미 손쓸 수 없는 상태를 일컬음이고, 수술을 해도 살 수 없다는 것쯤은 어린

아이도 다 아는 상식이잖아. 상식이라 할지라도 수술해서 나는 간절하게 살고 싶었어. 왜? 선우가 있잖아. 당신도 없는데 선우는 어떡하라고. 우리 선우 때문에라도 간절하게 살고 싶었어.

수원 대학병원에서 수술해도 살아날 가능성은 30%라 했지. 그런데도 병훈이한테 연락을 취한 건 간절하게 살고 싶었기 때문이었지. 병훈이가 어떤 놈이냐면, 그놈이 고등학교 3년 내내 전교 1등이었어. 수재 병훈이 꿈이 뭐였는지 알아? 방앗간 집 아들인 병훈이는 방앗간을 물려받아 떡방아 찧고 고춧가루 빻고 하면서 동네 주민들이 들려주는 자잘한 이야기에 박장대소하며 소탈하게 살고 싶다던 놈이었어. 나는 전교에서 3, 4등은 했는데, 내 꿈은 의학박사가 되는 거였지. 동생 영호가 머리를 다쳐 장애인이 되었잖아. 의학박사가 되어 손상된 뇌를 수술하여 장애인이 없는 세상을 만들고 싶었지. 그런데 방앗간 사장님이 되고 싶다는 병훈이는 의학박사가 되고, 나는 암 선고를 받은, 누군가에게 맞아도 맞았다고 표현도 못 하는 아들을 세상에 홀로 남겨 놓고 이승을 떠나가야만 하는 시한부가 된 거지.

"미국에서 박사학위 받았다는 놈이 수술도 하나 못하냐? 너야말로 돌팔이!"

나는 병훈이 병실을 박차고 나왔지. 지금 내 몸의 상태를 누구보다도 잘 알고 있을, 수술해도 살아날 가능성은 0퍼센트에 불과할진대, 선우를 두고 기적을 바라며 수술하고 싶었던 나의 소원을 들어주려고 최고의 명의를 동원했을 병훈이.

병훈이와 내가 고등학교 3년 내내 얼마나 붙어 다녔는지 쌍둥이냐고 할 정도였지. 게다가 이름도 훈 자 돌림이라고.

사실 솔직한 심정은 수술해보고 싶었어. 병훈이한테 매달리고 싶었어. 병훈아, 나 마지막으로 수술 한 번 해볼까? 어차피 죽을 목숨이잖아. 세상에는 기적이라는 게 있다잖아? 이래 죽으나 저래 죽으나 어차피 죽을 목숨. 기적을 바라면서 수술해볼까?…… 부질없는 내 모습에 내가 슬퍼서…….

"병훈아, 고마워. 내가 지금 손님이랑 같이 있거든. 나중에 전화할게."

병훈이 전화를 서둘러 끊었지. 인명은 하늘이 주신다고…… 병훈이 앞에 부끄러워서, 생에 대한 애착을 부렸던 내 연민에 슬퍼서, 누군가에게 한없이 부끄러우면서도 간절하게 살고 싶다는 부질없는 욕망이 덧없음에 하염없이 눈물만 흐르는데…… 나는 정처 없이 차를 몰고 어딘가로 끝도 없이 달려만 가고 싶었어. 그 끝이 어딘지 모르지만 그 끝에는 기적이 있을 거라 믿었을까. 털털거리는 애마를 타고 갔는데, 그런데 내가 간 곳은 당신과 함께 언젠가 갔던 보통리 저수지 앞 카페. 넓은 창 너머로 저수지가 훤히 내다보이는 카페는 언제나 손님들로 북적였지.

"여기는 우리가 주차하려고 했는데요?"

"우리가 먼저 왔거든요."

저녁이 가까워오는 시간인데도 카페 주차장은 차량으로 가득했어. 서로 주차하겠다고 시비를 하는데…… 지극히 살아 있는 사람들의 모습이었지. 나는 차로 옆에 불법 주차를 해놓고 걸어서 저수지로 올라갔어.

젊은 연인, 부부, 자녀 손을 잡고 저수지 둑을 거니는 사람들이 많은데, 그런 강둑이야 수억 드는 일도 아니니 누군들 걸을 수 있건만, 그들의 자잘한 일상마저 얼마나 부럽던지.

나는 초록 잎으로 뒤덮인 산 밑에 자리를 잡고 앉아 푸르른 산이며 강물을 우두망찰 바라다보았지. 지금은 푸른 나뭇잎들도 가을이 되면 열정으로 살아낸 한해살이를 마무리하며 낙엽이 되고 말겠지. 모든 만물은 섭리 앞에 속절없이 지고 마는 거겠지. 살고 죽고, 시작이 있으면 끝이 있는 법. 내 삶은 여기까지인 거겠지. 받아들이자. 은혜 삶이 거기까지였듯 내 삶도 여기까지라고. 미련이나 원망은 없었어. 그런데 선우를 생각하자니 아득하고 깜깜하고 죽음을 받아들일 수가 없었어. 그래도 죽음을 받아들여야 한다면 선우를 어떻게 해야 하는가? 어떤 대책을 세워야 하는지 앞이 보이지 않았지.

"여보, 우리 열심히 살았잖아? 강자한테는 강해도 약자한테는 낮아지려 애쓰며 살았잖아? 겸손하게 산다고 했지만 그분이 보시기에 미약했을까? 그래서 더 겸손하라고, 더 낮아지라고 하시는 것일까? 대체 무슨 잘못을 저질렀기에 이처럼 가혹한 벌을 주시는 걸까?"

그 푸르른 강물이 희뿌옇게 흐려지면서 어롱어롱 눈앞에 아롱지는데…… 나 죽는 거야 섭지 않지만…… 선우와 함께 죽자 했던 그날이 불현듯 떠오르면서…… 홀로 남겨질 선우를 생각하자니 그 도저한 슬픔이란 가히 생살이 천 갈래 만 갈래 찢기는 아픔이었어.

"강물이 더 깊고 푸르게 보이는 까닭은 무엇 때문일까요? 당신은 미물에 불과한 제게 대체 무얼 그리 바라시는 것입니까? 당신은 약속하셨잖습니까? 인간에게 벌을 주시되 그가 감당할 수 있는 만큼만 주신다고요? 그런데요, 제게 감당할 수 없는 벌을 주고 계신다는 걸 아십니까? 다시 한번 묻겠습니다. 저 같은 미물에게 감당할 수 없는 가혹한 벌을 주시는 이유가 도대체 뭡니까?"

삶에 대한 미련일까. 두 뺨을 타고 흐르는 눈물을 손등으로 닦으며 강물에 자꾸만 물었지. 강물은 무어라 말을 하는 것 같은데 그러나 내 귀에는 아무런 소리도 들리지 않았어. 우리 선우는…….

……

오늘이 며칠인지 날짜도 기억나질 않는데…… 오늘 내가 기분이 좋아 선우를 집으로 데려왔어. 하루를 같이 시간 보내고 같이 자려고. 집에 온 선우는 어쩐 일인지 온종일 누워서 티라노사우루스를 들고 쳐다보고만 있었지. 잠들 때까지 집 안을 종횡무진하는 선우의 오늘 행보에 나는 조금 당황스러웠지.

"엄마, 엄마 와요. 엄마……"

그런데 선우가 느닷없이 엄마를 찾는 거야. 온종일 힘없이 티라노사우루스를 손에 들고 멍하니 천장을 바라보았던 이유가 엄마를 기다렸다는 걸 알고 얼마나 가슴이 아프던지. 중증장애인들이 표현은 못 해도 마음속에 엄마 아빠는 안다고 하더군. 그렇지. 내 살을 깎아 내어주면서 자식을 알뜰살뜰 챙겨주는 사람은 세상에 부모밖에는 없는 거지. 아무리 지능이 낮아도 마음으로 느껴지는 엄마 아빠의 사랑을 왜 모를까. 부모가 사망한 중증장애인 같은 경우 우울증에 걸려 일찍 사망한다는 사례도 있다고 하더군. 우리도 어렸을 적에 엄마가 학교에 오신다면 왠지 목소리가 커지고 기세가 등등해지곤 했었잖아. 장애인이든 비장애인이든 그처럼이나 애틋한 부모님의 사랑을 가슴으로 느끼는 것은 인지상정이겠지. 말이 필요 없는 엄마 아빠가 자식을 향한 무한 직진 사랑을 우리 선우도 알았던 거지. 과자봉지며 장난감들을 발 디딜 틈 없이 늘어놓고, 집 안의 집기들을 던져도 늘 따뜻한 눈길로 자신을 바라보던 엄마. 그 엄마가 언젠가부터 나타나지 않는다는 걸 선우는 오늘 문득 느꼈던 거지. 온종일 엄마 생각을 하면서 힘없이 누워있었던 선우가 얼마나 가엽던지.

"선우야, 우리 선우가 좋아하는 치킨 먹자."

선우 기분을 전환시켜 주려고 치킨을 배달시켰지. 녀석은 언제 엄마 생각을 했었냐는 듯 냉큼 일어나 몇 조각 먹더니 다시 눕더라고. 치킨

한 마리도 거뜬하게 먹어 치우는 선우가 몇 조각밖에 먹지 않는 걸 보니 아무래도 오늘은 당신 생각을 많이 하는 거 같았어.

"아빠, 자요. 자요."

내 옆에 누워서 다시 티라노사우루스를 들고 멍하니 생각에 잠기더니 잠들더군. 그런데 마침 〈이상한 변호사 우영우〉 드라마가 방영되는 시간이었어. 여보, 요즘 〈이상한 변호사 우영우〉라는 드라마가 인기라고 하네. 하도 인기라 하길래 보고 싶었지. 다른 드라마 같으면 보지 않았을 텐데 주인공이 자폐성장애인이라는 말에 보고 싶었던 거지.

선우가 자니 마음 놓고 드라마에 몰입할 수 있었는데, 자폐성장애인을 캐릭터로 한 매우 특별한 드라마였지. 나도 웃음이 터져 나올 만큼 재미와 가슴 뭉클함까지, 시청자들이 장애인의 좌충우돌에 빠질 만큼 충분히 잘 만들어진 드라마였어. 드라마를 보다 말고 잠든 선우 얼굴을 얼마나 많이 들여다봤던지.

여보, 드라마 속 주인공처럼 자폐성장애인이 변호사로 활약할 만큼 현실에서도 자폐성장애인들이 고학력의 배움이 가능할까? 중증장애인은 인지가 2, 3세 정도로 자신을 보호하기는커녕 한평생을 타인으로부터 24시간 돌봄을 받아야 그나마 일상이 가능하잖아? 그런데 드라마 주인공은 고학력에 취업에, 변호사라니.

자폐성장애인이 드라마의 주인공처럼 되는 게 전 세계적으로도 0.001%는 될까? 이렇게 반문하면서 혹여 국민들이 중증장애인으로밖에 살 수 없는 이유가 교육을 받지 못해, 혹은 부모가 교육시키지 않아서 중증장애인으로밖에 살 수 없는 거라고 생각하면 어쩌지 하는 우려가 들더군.

그 예로, 당신이 오랜 친구와 선우 교육 문제로 싸우고 끝내는 절교를 선언했던 일이 떠올랐어.

"은혜야, 영화 〈말아톤〉, 장애인 피아니스트, 장애인 수영선수들을 보면 부모가 장애인 자식한테 교육을 어마어마하게 많이 시켰더라. 너는 하나밖에 없는 자식 교육을 시키지 않아서 선우가 장애를 벗어나지 못하는 거잖아?"

"경숙아, 장애가 교육을 많이 시킨다고 텔레비전에 나오는 장애인들처럼 좋아지는 병이 아니야."

"선우 교육에 최선을 다하지 않았으면서 무슨 변명이 그렇게 많냐?"

"교육만 받으면 좋아진다고? 그럼 너의 둘째 딸은 서울대 갔는데 큰딸은 대학도 못 들어간 이유는 뭐니? 큰딸한테는 교육을 아예 시키지 않았니?"

"장애인이랑 우리 애들이랑 똑같니?"

"뭐가 달라? 똑같은 자식을 똑같이 교육시켜도 명문대 가는 자녀가 있고 그렇지 않은 자식이 있는 거야?"

두 사람은 안부 인사로 통화하다가 자식 교육 이야기로 번지며 한참 실랑이를 벌이더니 20년 우정에 종지부를 찍었지.

여보, 장애가 교육해서 좋아지는 것이라면, 공부를 받아들이는 지능이라면, 배움을 통해 장애를 극복할 수 있는 병이라면, 수술해서 고칠 수 있는 병이라면 아마도 세상에 장애인은 없겠지? 장애는 아무리 수억을 들여 공부를 가르쳐도 받아들이지 못하는 지능을 가진 사람들인데 그걸 어떻게 비장애인들이 이해할까?

"나는 복직도 안 하기로 했어. 물론 둘째도 낳지 않을 거야."

당신은 선우가 자폐성장애 진단을 받고 복직은 물론 출산까지 포기 선언을 했지. 나는 첫째 자녀는 당신을 닮은 딸이었으면 좋겠다는 생각을 했는데 아들이었지. 자식의 성별을 마음대로 할 수는 없지만, 딸을 자녀로 두고 싶어서 둘째는 딸을 낳자고 약속까지 했었지.

정년까지 직장생활을 하고 싶었던 당신. 하나밖에 없는 자식 특수교육을 시켜 비장애인이 될 수만 있다면 그 무엇을 못하랴. 직장도 출산도 포기하고 자식한테 인생을 바치기로 선포한 거였지.

"여보, 그때만 해도 우리 부부는 선우가 교육을 받으면 어느 정도는 좋아지는 줄 알았던 거지."

24개월이 넘은 선우는 언어, 인지, 감각, 미술, 수영, 체육 등 매일매일 특수교육이라는 교육은 다 받았지. 지금도 생각하면 충격이고 황당한 일은, 어느 텔레비전에 장애인을 침으로 치료한다는 한의원을 방영했었지.

"우리 아이는 꾸준히 치료받고 좋아졌습니다."

어느 부모는 인터뷰에서 분명 좋아졌다고 했고, 그 방송을 본 부모들은 입에서 입으로 소문이 퍼졌는데, 전국에서 중증장애인 자녀를 데리고 그 한의원으로 몰려든다고. 우리도 그 소식을 듣고는 선우를 데리고 단숨에 부평까지 달려갔지.

한의원에 도착하니 새벽 5시. 병원 앞에는 벌써 줄 선 사람들이 50여 명은 되었고, 병원 문이 열리고 우리 차례가 되어 진료실에 들어가니 넓디넓은 내실에는 머리에 10여 개의 침이 꽂힌 채 누워있는 장애아이들로 가득했지. 침을 맞을 때 아파서 우는 아이, 침을 맞아 소리 지르는 아이, 침이 달린 채 소리치며 돌아다니는 아이. 정말이지 전쟁터가 따로 없을 지경이었지.

"선우야, 아픈 거 아니야. 우리 선우 착하지."

선우 입에 사탕을 물려주며 당신과 나는 선우 손과 발을 잡았고, 한의사를 보조하는 사람이 선우 머리를 꼭 잡는 사이 한의사는 젓가락만큼의 길이가 되는 침을 선우 머리에 여기저기 꽂았지.

"…… ㅇㅇㅇㅇ……"

선우는 잔뜩 겁먹은 얼굴로 아프다는 말도 못 하고 온몸에 힘을 주며 으으 대기만 하고, 당신과 나는 그 긴 침이 선우 머리 여기저기를 찌르는데 너무도 마음이 아팠지. 내가 대신 맞아주는 거라면 얼마나 좋을까. 침을 맞고 한의원에서 준 첩약을 먹으니 선우는 과격한 행동을 더 했는데, 그래도 한 번에 좋아지는 게 어디 있을까 기대하며 2번을 갔었지.

"순 돌팔이 아냐?"

"한의원 곧 빌딩 짓게 생겼네."

3번째 한의원에 가니 이상한 말들이 돌았지. 환자들도 예전처럼 많지 않았지. 세 번의 침과 첩약을 먹은 선우는 손에 잡히는 것은 모두 집어 던졌고, 학교에 가서는 의자를 집어 던지고 책상에 올라가 소리 지르고, 우리 부부를 당황하게 했지. 나중에 한의원이 사기 쳤다는 걸 알고 얼마나 괘씸했던지.

"여보, 그때 그 한의원은 정말 장애인을 치료할 수 있다고 자신했을까? 돈을 벌기 위해 장애인을 상대로 그런 만행을 저질렀을까?"

자식이 잘될 수만 있다면 천 리 길인들 마다하지 않고 달려가는 게 부모 마음이겠지.

선우는 좋다는 약에, 유년부터 특수교육을 시켰고, 비장애 또래 친구들과 공부하면 말문도 트이고 정상인이 될까 기대해면서 특수학급이 설치된 초등학교를 다녔지. 중학교 역시 특수학급이 설치된 학교를 다녔고. 장애 학생은 국어, 영어, 수학 등 시간에는 특수반에서 수업을 받았고, 음악, 미술, 체육 시간은 일반학급에서 비장애 학생들과 같이 수업을 받았는데 우리 부부는 학교 친구들이 선우에게 잘해 줄 거라고만 믿었지.

"중학생이 되었는데 급식당번은 그만 가도 되지 않아?"

"급식 시간에 아이들 식사 배식을 해주면서 선우 엄마가 학교에 있다는 걸 보여줘야 아이들이 선우를 무시하지 않지."

당신은 초등학교 6년과 중학교 3년 이렇게 9년을 학교 급식 자원봉사를 했는데, 선우가 학교생활을 잘하고 있는지 살펴보고, 또래 아이들에게 폭력을 당하는 건 아닌지 걱정이 앞선 까닭에 자진해서 급식 봉사를 한 거였지.

선우가 중학교 2학년이던 때 급식당번을 하러 갔다가 못 볼 장면을 목격하고 말았는데, 그날도 어김없이 점심시간에 맞춰 학교로 가서는 선우가 있는 2학년 2반 교실로 간 거지. 그런데 복도 앞에서 반장 아이가 바닥 닦는 마포로 선우 얼굴을 그대로 가격하는 걸 눈앞에서 목격한 거지.

"우리 선우 잘 좀 도와줘."

"걱정하지 마세요."

당신 앞에서는 선우를 예뻐해 주던 반장이었고, 어디 반장뿐이었을까. 반 아이들이 다 걱정하지 말라고 했었지. 더욱이 반장이라는 아이의 충격적인 행동에 맞닥뜨린 당신은 망연자실했지.

"반장, 이리 와!"

선우가 마포로 맞는 광경을 눈앞에서 목도하는데 당신 눈에서 불꽃이 일었다고. 마음 같아서는 반장 아이의 따귀를 수없이 갈기고 싶었고, 그동안 선우가 친구들한테 얼마만큼 맞으며 학교생활을 했던 걸까 생각하면 생살을 도려내는 것만 같았다면서 펑펑 울었지.

"선생님, 반장이라는 아이가 우리 선우 얼굴을 마포로 때렸습니다."

당신은 반장 손목을 붙잡고 교무실로 들어가 담임선생님에게 강하게 항의했고, 선생님은 반장 아이의 어머니를 학교로 불렀지.

"선우가 뭘 잘못했다고 마포로 얼굴을 때리니!"

"선우가 잘못한 게 없다고요? 우우우 이상한 소리를 계속 내서 수업을 들을 수가 없어요. 수업 시간에 교실을 막 돌아다녀요. 수업에 집중이 안 돼요."

"그렇다고 반장이 마포로 때리면 안 되지."

"장애인이 피해를 줘도 무조건 참아야만 하는 건 아니잖아요?"

선생님의 따끔한 말에도 반장이라는 아이는 잘못이 없다고 항변하면서, 우리만 싫어하는 게 아니라고, 선우가 수업 방해를 해서 선생님들도 싫어한다는 소리를 들었을 때는 정말 선우와 함께 죽고 싶었다고 했었지.

"반장이 선우 같은 아이를 잘 보살펴줘야지 누가 도움을 주겠어?"

"선우랑 한 반에서 같이 공부하는 게 싫어요."

"우리 선우가 불편을 줘서 미안해. 그래도 조금만 이해해주면 안 될까?"

반장의 입에서 "싫어요!"라는 말이 튀어나왔지. 중학교 2학년생의 말임에도 서운하고 야속해 눈물이 쏟아지는 걸 억지로 참는데, 반장 어머니가 다른 학부모와 같이 교무실로 들어와 선우 때문에 반 전체가 수업

방해가 된다는 걸 알기나 아느냐, 약자라고 무조건 도움을 받아야만 한다는 생각은 버리라고 고함을 질렀지.

"선우 어머니, 제가요 그동안 얼마나 참았는지 아십니까? 물론 제 자식이 잘못했습니다. 병원에 가시면 병원비 드릴게요. 그런데요, 선우 같은 아이가 어떻게 일반 학교를 다닙니까?"

"맞아요. 우리 아들도 선우가 이상한 소리를 내고 돌아다녀서 수업에 집중이 안 된다고 맨날 짜증 내요. 선우 같은 장애인들은 장애인들만 다니는 특수학교에 다니는 게 맞는 거 아닌가요?"

"미안합니다. 그런데요, 우리 아들도 의무교육을 받을 권리……"

"권리요? 선우가 반 전체 아이들에게 피해를 주는데 권리라고요? 그러면 우리 자식들도 조용하게 수업받을 권리가 있습니다!"

"미안합니다."

선우가 반장한테 마포로 얼굴을 맞은 것에 대한 사과는 제대로 받지 못하고 두 어머니에게 머리 조아리고 사죄만 했다면서 당신은 선우가 수업 방해를 했다 해도 말하고 싶었다고, 수업에 방해를 준다 해도 마포로 맞아야 하는 게 당연한 건 아니라고 했었지.

"우리 선우를 아무도 이해하려 들지 않는 사회. 아무것도 모르는 선우가 이 사회에서 어떻게 살아가야 하느냐고?"

대성통곡하던 당신의 그 외로움을 나는 그저 바라만 볼 뿐 아무 말도 할 수가 없었지. 그렇지. 반장 아이의 말도 맞는 거지. 수업 시간에 중얼

거리고 돌아다니면 학생들도 수업에 집중할 수도 없고, 선생님들도 수업을 할 수가 없는 건 맞는 거지. 비장애인 입장은 그렇고, 장애인 자녀를 둔 부모 입장에서는 중증장애인들에게 배려하지 않는 사회가 야속하고 외로울 뿐이었지.

"여보, 돌아보면 우리 선우를 위해 최선을 다했잖아?"

초등학교 6년, 중고등학교 6년을 방과 후에도 특수교육을 시켰지. 교육을 시키면 조금이라도 좋아질까. 정상적인 인지를 가진 사람이 되어 사회로의 복귀가 가능할까.

"우리 선우를 20년 넘게 특수교육을 시켰는데 성장한 것이 있었나? 그렇지. 우리 선우가 초등학교 1학년 때 처음으로 엄마 아빠라고 말했지."

선우가 엄마 아빠 발음했을 때 우리 아들이 천재라도 되는 양 좋아했던 때가 어제 일처럼 떠오르네.

"우리 선우가 엄마 아빠라고 처음 말한 기념으로 파티해야 하는 거 아냐?"

당신이 말했을 때 나는 두 말도 않고 상가 빵가게로 달려갔었지.

"케이크를 사러 가는 발걸음이 얼마나 가벼웠는지 당신은 아마 모를걸?"

"선우 아빠 좋은 일 있어요?"

케이크를 사 들고 오면서 싱글벙글 콧노래를 흥얼거리며 걸어오는 나를 보고 동네 사람들은 물었지.

"우리 선우가 엄마 아빠라고 했어요. 축하 파티를 하려고 케이크 샀어요."

"그것 봐요. 늦되는 애들이 있다고 했잖아요. 정말 축하할 일이네요."

"선우가 말문이 트였으니 앞으로 말을 잘할 거예요. 웅변대회 나갈지 누가 알아요."

"초등학교 1학년이 돼서 엄마라고 말한 게 뭔 자랑거린가?"

선우가 베란다에 나와 소리 지를 때마다 시끄럽다고 민원 넣었던 앞 동에 사는 아주머니가 입을 실룩거리며 지나가는데 어찌나 밉던지.

우리 선우는 특수교육을 시킨 덕분인지 몰라도 4학년이 되었을 때는 한글을 떼었지. 웬만한 받침 있는 글자만 빼고 글자를 다 읽고, 말도 안 하는 아이가 글을 읽을 때는 발음이 입에서 술술 나왔지. 단어를 불러주면 선우는 받아쓰기까지 했으니 우리가 어찌 놀라지 않을 수가 있겠어. 우리는 기적이 일어나는 줄 알았지. 그런데 선우는 글자는 알지만 글자가 가진 뜻이 무언지 알지 못하고 기계적으로 글자만 아는 아이인 거였지. 한글을 다 읽어도 이름이 무슨 뜻을 가지고 있는지, 나이가 몇 살인지, '1+1'이 무엇인지 모르는 선우.

"여보, 지금 생각해보면 초등학교 때부터 특수학교를 보냈더라면 하는 후회가 들어."

일반학교에서 비장애 또래 친구들한테 도움받으며 생활하다 보면 좋아질까 기대하고 일반학교를 선택했는데 더 큰 상처만 받은 거지. 일반학교에서 또래 친구들에게 놀림 받고 맞을 거라는 걸 진즉에 알았다면 보내지 않았겠지.

"당신은 학교 급식 자원봉사와 방과 후 특수교육, 정말이지 선우 교육을 위해 하루가 바쁘게 달려온 시간들이었는데 여전히 중중장애인 선우."

선우가 장애 진단 받고부터 특수교육과 병원치료비로 매월 200만 원이 넘는 돈을 들였지. 정말 우리 형편으로는 어마어마한 돈을 들여 교육을 시키느라 겨우 20평 아파트 하나 마련했지만 후회한 적이 없었어. 더 못 가르쳐 한이었지.

나는 선우가 자폐성 진단을 받던 그날로 되돌아간다 해도 아빠로서 똑같은 판단을 하고 특수교육을 시켰을 거야.

"우리는 싸구려 입어도 선우는 브랜드로 입혀야 돼."

사람들이 무시한다고 우리 선우는 옷이며 신발도 브랜드로 입혔지.

"여보, 마포로 선우 얼굴을 가격하던 반장도 이제는 어엿한 청년이 됐겠지? 드라마 〈우영우〉를 보면서 선우 생각을 했을까? 철없던 시절이었다면서 잠시 단 몇 초라도 잘못을 뉘우치긴 했을까?"

우리 부부가 선우에게 온 정성을 쏟아가며 고가의 특수교육을 수십 년 시켜도 드라마 〈우영우〉의 주인공이 될 수 없다는 걸 어찌 국민들이 알 수 있을까? 중중장애인들의 특성을 아는 사람은 오직 자식을 낳아

양육한 부모와 한 집안에서 장애인 동생이나 형을 돌봐주며 성장한 형제자매만이 아는 거겠지.

중증장애인은, 자폐와 발달이 중복된 중증발달장애인들은 제아무리 좋은 환경에서 자라고 고가의 특수교육을 받았을지라도 뜻은 모르면서 한글을 다 읽는 선우가 있는가 하면, 말은 잘해도 한글을 모르는 사람, 말도 글도 모르는 사람이 있잖아. 장애로 인한 성향이며 특성이 천차만별인 장애인들의 행동. 국민들이 어찌 다양성을 가지고 있는 중증장애인들을 알고 헤아릴까. 혼자서는 세상을 절대로 살아갈 수 없는 사람들이라는 걸 어찌 알겠으며, 대부분의 국민들은 미디어에 비치는 한 장면만 보고 그 모습이 모든 장애인의 모습이라고 생각하는 건 당연한 일이겠지. 그러니까 당신의 오랜 친구도 당신이 자식 교육을 제대로 시키지 않아 선우가 장애를 극복하지 못한다고 비난하고, 급기야는 우정마저 균열이 생긴 거지.

"여보, 〈우영우〉 드라마를 시청하면서 장애인들을 혐오 대상이 아닌 더불어 함께 살아가는 사람들로 인식하는 계기가 되었으면 하는 간절한 바람을 가졌어. 아파트 한 채 값을 들여 20년을 특수교육시켜도 여전히 자신이 누구인도 모르는 중증장애인들이 더 많음을 알리는 드라마도 나왔으면 좋겠다는 바람도 가져보았지. 그런 드라마가 나온다면 중증장애인들을 이해하는 폭이 깊고 넓어질까? 장애인들로 인해 생활에 조금 불편을 겪을지라도 도움을 주며 함께 살아가야 하는 친구들이라고 생각할까? 동급생이 학교에서 소리를 지르고 돌아다녀도 이해해 주는 사회적 분위기가 조성될까? 내가 너무 많은 걸 바란 걸까? 어느 만큼의 세월이 흘러가면 우리가 살아가는 사회가 중증장애인들의 특성에 대해서 이해하는 사회가 될까? 그런 세상이 오기는 올까? 〈우영우〉 드라마 방영으로 사람들이 세상의 질서를 이해하지 못하는 중증장애인들도 있다는 것을 기억하는 시간이 되기를.

14
치유의 집, 거주시설

7월 10일

늦장마인지 거센 비바람이 몰아치며 연이틀 비가 내렸어.

여보, 어제 3개월 계약서를 쓰고 선우는 행복원 단기보호센터에 완전 입소를 했어. 지금까지는 적응 기간이었던 거지. 병훈이가 선우를 입소시키라고 하더군. 그 말이 뭐겠어. 내가 살아갈 날이 얼마 남아있지 않다는 뜻이잖아.

"술도 커피도 마시지 말고, 특히 남들이 말하는 보약 같은 거 절대 먹지 말아라."

병훈이가 신신당부를 하는데 씁쓸한 웃음이 나더군. 사람이 죽음을 앞에 두면 귀가 얇아져 남들이 좋다고 말하는 특효약을 함부로 먹어 병을 더 악화시키는 사례가 무진장 많은 모양이야. 그 누군들 인생의 마지막 앞에서 초연할 수가 있겠어. 지푸라기라도 잡고 싶은 심정이겠지.

"여보, 선우를 끝까지 지켜주지 못해 미안해. 내가 눈을 감는 날까지 선우를 돌봐주고 싶었는데 이미 내 몸은 선우를 감당할 수 없는 지경에 이른 거지. 아무 일도 한 것이 없거늘 온종일 중노동에 시달린 듯 온몸은 소금에 절인 배춧잎 같아. 몸은 나른하고 한 걸음조차도 사력을 다해야 하니 어쩔 수 없이 선우를 입소시켰어. 미안해. 숨이 멎는 그 순간까지 선우를 지켜주고 싶었는데……"

선우를 입소시키려니 옷들이며 소지품 등 정리할 게 많더라고. 어제는 아침부터 온종일 집안을 대청소하고 가재도구들을 정리했지. 여기로 이사 올 때 짐을 많이 줄였는데도 왜 그렇게 불필요한 것들이 많은지. 자질구레한 것들이 사람 살아가는 생활이겠지. 당신의 손때 묻은 그릇들, 우리 가족의 이야기가 담긴 생활용품을 정리하는데 슬픔이 여울지더군.

이승에 살았던 날들을 감사하며, 이승과 작별할 수 있는 시간을 주신 것도 감사하며 남아 있는 시간을 잘 정리하는 것도 삶에 대한 예의라고 자신을 다독거려보지만, 그래도 가슴의 슬픔을 어쩌지 못하겠는지 정리하는 내내 눈가가 젖더군.

내가 살아 있는 동안은 당신 흔적을 지우기 싫어서 옷장에 걸려있던 당신 옷과 내 옷도 내가 사는 날까지 입을 한 벌만 남겨놓고 보니 옷장이 텅텅 비었고, 텅 빈 집안을 보자니 만감이 교차했지.

"아직도 대리 하느냐고?"

대리는 진즉에 그만두었어. 대리는 당신 입원비라도 보탤까 해서 한 거였는데 이제는 필요 없어졌으니까. 맨날 먹고 자고 놀기만 하네. 직장생활을 할 때는 연휴나 휴가가 그리도 짧더니 매일 집 안에만 있어서인지 회사에 출근하는 사람들이 부럽기까지 하더군.

"선우 옷은 어떻게 했냐고?"

선우 옷은 다 새것으로 샀어. 어느 누가 선우 새 옷을 사줄까. 아빠로서 마지막으로 새 옷을 사주고 싶었지. 장애인 자녀를 둔 부모들이 한 가지 나쁜 점이 있는데, 가여운 자식이라는 생각이 기저에 깔려있으니 먹고 싶어 하는 것을 다 해 준다는 거지. 집 안에서 온종일 먹다시피하고 운동은 안 하니 당연히 몸은 불어나겠지. 엄마니까 아빠니까 그저 가여운 마음에 마음껏 먹게 해주는 게 자식을 위하는 건 아니라는 걸 큰 사이즈 옷을 사면서 깨달았어.

"앨범은 어떻게 했을까 궁금하지?"

당신이 선우 성장기를 담은 앨범이 무려 5개. 선우도 생활용품을 줄이는 게 좋을 거 같았어. 앨범 5개를 2개로 줄였는데 당신 섭섭해하지 않을 거지? 앨범을 정리하면서 선우 사진을 눈에 가슴에 담으려 꼼꼼하게 보는데 얼마나 마음이 아프던지. 나이별로 성장한 모습을 2장씩만 앨범에 넣었어. 당신이 사진마다 그날을 기록해 놓은 메모지는 사진 옆에 첨부했지. 당신의 염원대로 나중에라도 선우가 좋아진다면, 글의 뜻을 알아보는 정도로 좋아진다면 사진 찍은 날을 알 테고, 엄마가 나를 위해 이렇게 애를 많이 썼구나, 엄마 글씨가 명필이었구나, 엄마가 나를 많이 사랑했구나 하는 날이 오기는 올까? 그날이 오기를 기원해봤지. 물론 우리 가족사진도 넣었지. 간절한 바람은 선우가 좋아져서 이 사진을 보면서 엄마 아빠를 추억하는 건데. 추억할 수 있게 되기를. 아빠 엄마가 너를 버리지 않았다고 기억해주기를.

......

7월 15일

선우를 행복원에 입소시킨 건 잘한 일인 거 같아. 교통사고를 당해 온몸이 갈기갈기 찢어지는 고통이 온몸으로 퍼질 때는 차라리 당장에 숨이 멎었으면 하잖아. 인간의 힘으론 도저히 감당할 수 없는 만큼의 고통을 한바탕 겪고 나면 내 몸은 젖은 걸레가 되지. 선우한테는 멋진 아빠 모습만 보여주어서 얼마나 다행한 일인지.

어제는 고통 중에서도 그런대로 몇 시간을 잘 잤어. 그런 때문인지 몸도 가벼웠지. 죽음을 예약해 놓은 시한부라는 사실이 믿어지지 않을 정도로. 내게 기적이 오려나 하는 희망도 생기더군. 이런 컨디션을 맞는 날이 드문데, 오늘을 그냥 흘려버리기가 아까워 행복원으로 가서 선우를 데리고 나왔지. 우리 부자가 오늘 어디 갔었는지 알아? 당신이 있는 곳, 납골당에 선우랑 다녀왔어.

"선우야, 여기는 엄마가 있는 곳이야. 엄마! 불러봐?"

"엄마, 엄마……"

선우는 문에 붙어 있는 당신 사진을 찬찬히 들여다보더니 떼어내려고 했지.

"선우야, 엄마 사진을 떼버리면 엄마가 아프잖아. 이렇게 살살 만지는 거야."

"엄마, 엄마……"

당신이 좋아하는 보라색 도라지꽃을 꽂아 놓고, 그 옆에 선우랑 함께 찍은 가족사진도 붙였지.

"선우야, 엄마는 1303호고, 아빠는 1304호에 있을 거야. 우리 선우가 꼭 기억해?"

엄마가 죽어 한 줌 재가 된 것도 모르는 선우. 이제 곧 아빠도 한 줌 재가 되어 1304호에 우리 부부가 나란히 있겠지. 우리 선우가 그걸 알까? 선우가 스스로 엄마 아빠가 있는 납골당에 찾아올 수 있을까. 살다가 살다가 기적이 찾아와 좋아진다면, 엄마 아빠가 생각나서 1303호, 1304호를 찾아올까? 꼭 찾아오기를.

"엄마, 엄마……"

선우가 당신 사진을 손으로 막 치더니 어느 순간 어루만지며 고개를 갸웃거렸어. 천방지축 선우도 엄마 사진을 보고 무엇을 느낀 걸까.

"선우야, 엄마야 엄마. 우리 선우가 나중에 기억이 나거든 꼭 엄마 보러 와야 해?"

"엄마, 엄마……"

"엄마 옆에는 아빠가 있을 거야. 살다가 살다가 엄마 아빠가 보고 싶거든 1303호를 찾아오면 언제든 엄마 아빠를 만날 수 있는 거야."

선우가 어찌 혼자 올 수 있겠어. 그래도 염원을 담아 말했지. 세월이 흘러 선우가 정상적인 인지를 가진 사람으로 돌아올까? 꼭 돌아오기를. 선우에게 그런 기적이 찾아와 당신과 내가 잠들어 있는 1303, 1304호를 꼭 찾아오기를.

"여보, 나도 선우와 작별하면 당신 옆으로 갈 거야. 나는 당신이 어디에 있든 찾아갈 거니까 나를 잊지 마!"

납골당을 나오는데 선우가 힘이 하나도 없는 거야. 걷다 말고 자꾸만 뒤를 돌아보았어. 마치 당신을 두고 가는 게 마음에 걸리는 것처럼.

"선우야, 저기 주차장으로 걸어가는 거야. 주차장."

"주차장."

마음 같아서는 주차장까지 선우를 업고 가고 싶었지. 덩치 큰 아들을 업고 가면 사람들은 아마도 흉을 보겠지? 사람들 눈이야 아무렴 어때. 부모가 자식을 사랑하는 마음은 나이와는 무관한 거잖아. 성년이 되었지만 어린아이 지능을 가진 아들이 세상에 홀로 남겨질 것을 생각하면 뼈 마디마디가 아파 와. 아빠가 살아있는 동안 무엇이든 해주고 싶은 거지. 우리 선우는 아빠가 살아있는 동안에는 부모로부터 이렇게 사랑받은 자식이었다고. 엄마 아빠는 우리 선우가 금쪽같은 자식이었다고. 절대로 외로워하지 말라고.

"선우야, 이제 아빠는 우리 선우랑 같이 엄마가 있는 곳에 다시는 올 수 없어. 우리 선우가 빨리 인지가 좋아져서 엄마랑 아빠랑 보러 와야 해? 꼭 보러 와야 해? 약속!"

"약속!"

녀석이 새끼손가락을 내밀어 내 새끼손가락에 걸었지. 선우가 약속을 알고 새끼손가락을 거는 건 아닐 테지. 선우가 어렸을 때부터 특수교육 받으면서 선생님들이 가르쳐준 약속. 누구나 다 아는 약속이지만 선우가 아는 약속은 그냥 새끼손가락을 거는 행위에 불과할진대 선우가 약속을 지켜주기를 간절히 바랐지.

"선우야, 이제 아빠랑 행복원에 가자."

승용차가 납골당 주차장을 빠져나오는 내내 선우는 차창으로 납골당을 바라보았어. 엄마가 있는 납골당 1303호를 생각하는 걸까. 엄마가 있는 1303호를 외웠을까. 머리 깊숙이 외웠기를 간절히 바랐지.

"잘 다녀오셨어요? 선우 씨가 적응을 잘할 거니까 너무 걱정하지 마세요."

행복원 김회현 원장님이 우리 부자를 반갑게 맞아주셨지. 우리가 행복원에 갔을 때 마침 거주인들이 색칠공부를 하고 있었어.

"선우 씨~ 색칠공부 해요."

선생님이 선우를 거주인들 속에 앉히더니 해바라기꽃 그림을 놓아주었지. 색칠을 좋아하는 선우는 어느새 나를 잊어버리고 색칠에 빠져버렸지.

"아버님, 차나 한 잔 하시죠."

"술도 좋은데요?"

나의 객쩍은 농담에 원장님께서 멋쩍게 웃으시는데 그 웃음이 얼마나 순수해 보이던지.

여보, 행복원 단기보호센터 김회현 원장님은 탈시설이 중증장애인들에게 오히려 감옥살이라는 걸 많은 사람들에게 알리려 무진 애를 쓰시는 분이라는 걸 나중에야 알았지.

"술을 정말 드릴까요?"

원장님께서 나를 보고 씩 웃으시는데 선우 상담 받으러 갔던 첫날이 생각났지. 선우 입소 상담을 받으러 간 첫날 내가 원장님께 무슨 주책을 부렸는지 알아? 입소 상담을 마치고 원장님께 술이나 한 잔 하자고 하면서 무작정 원장님을 끌고 술집엘 갔던 거야.

"아버님, 제가 어제 과음을 해서 오늘은 그냥 넘어가야겠습니다."

원장님께 얼마나 많이 술을 권했던지.

"원장님, 우리 선우 잘 부탁드립니다. 저의 마지막 소원은요, 우리 선우가 자립으로 가지 않는 겁니다. 3개월 계약기간이 끝나도 우리 선우 자립으로 보내지 않으면 좋겠는데……"

"아버님, 자립이 말이나 되는 소립니까? 인지기능이 어린아이 같은 중증장애인들은 자립으로 가는 그날로 대형사고 납니다."

원장님께서 결의에 찬 표정으로 말씀하시는데 얼마나 든든하던지.

"원장님, 우리 선우는 24시간 돌봄을 받아야 합니다. 하루 2~8시간 돌봄 받고는 살아갈 수가 없습니다."

"거주시설이 중증장애인들 인권탄압을 하는 곳이 아니라는 건 아버님도 아시죠?"

"그럼요. 우리 선우가 거주시설에서 3년 넘게 지냈습니다. 친구들이랑 같이 프로그램도 하면서 잘 지냈습니다. 중증장애인에게 거주시설만큼 안전한 곳이 어디 있겠습니까?"

"탈시설 반대집회에 참석해 보셨나요?"

"집사람은 많이 참석했는데 저는 많이 참석 못 했습니다."

"집회 장소에서 어머니가 서른두 살 아들을 허리에 끈으로 묶고 다니시는 모습 보셨죠? BBC 뉴스 코리아 영상에도 소개가 되었는데요."

"네. 그 어머니가 인수위 앞에서 편지를 낭독하는데 얼마나 눈물이 나던지요."

"중증장애인 자녀를 둔 부모님들은 자립보다 거주시설을 더 좋아합니다."

"시설이 감옥이면 제가 왜 거주시설에 입소시키려 하겠어요. 제가 자립센터도 가봤습니다. 우리 선우는 자립해서 살 수도 없거니와 자립하는 그날로 사고가 날 겁니다."

"거주시설에서 우리 장애인들에게 어떤 기적이 일어나는지 아세요?"

"기적이요?"

"지적장애인과 자폐성장애인 성향이 완전 다르다는 건 아시죠?"

"네. 선우는 자폐성장애입니다. 눈을 마주치지 않아요. 친구가 없습니다."

"지적장애인들은 끊임없이 엄마 나 좀 봐줘, 나 좀 봐줘 하면서 지치도록 요구를 하거든요. 그런데 자폐를 가진 사람들은 엄마가 자녀에게 끊임없이 끊임없이 나 좀 봐줘, 나 좀 봐줘 엄마가 애원하는데도 마음의 문을 닫고 있습니다. 둘 다 지치는 거죠. 지적장애인과 자폐성장애인들이 같이 시설에 있으면 한 명은 끊임없이 지치지 않고 나 좀 봐줘, 나 좀 봐줘 하고, 하나는 남이 뭐라 하든 말든 끊임없이 자기 속에 들어가 있습니다. 그런데 그분들이 같이 먹고 입고 자고 프로그램하고 선생님들하고 어울리면서 몇 년이 지나면 어느 날 나 좀 봐줘, 나 좀 봐줘 하던 아이에게 '어?'하고 얼굴을 돌립니다."

원장님은 지적장애인과 자폐성장애인이 같이 지내면서 자기들만의 소통하는 모습을 보고 감동받았다고 하셨지. 그게 기적이 아니겠냐고. 장애인들은 나를 돌아봐 주는 사람들이 있구나, 끝까지 내 소리를 듣는 사람이 있구나 이걸 알게 되고 그들이 그렇게 조금씩 성장하면서 살아가는 작은 사회가 거주시설이라고 했어.

"사회복지 전공한 선생님, 촉탁의사, 영양사, 간호사 전문가들이 장애인들과 함께 이뤄가는 작은 사회가 시설인데 자립의 관점에서 시설을 없앤다고 하니 슬픈 일이죠."

중증장애인들은 사회에서 가장 취약계층이기 때문에 더더욱 세심한 복지정책이 필요하고, 취약계층을 보호하려면 거주시설을 늘려야 하고, 오래된 거주시설은 기능보강을 통해 거주인들이 보다 쾌적한 환경에서 생활하게 해야 하는 게 복지정책이라고 부연하셨지.

"제가 거주시설에서 만난 부모님들은 자녀가 이용하는 거주시설을 무한 신뢰하고 있다는 것을 알았어요. 거주시설은 넓은 의미에서 세상에서 받은 상처로 마음이 아픈 중증장애인들, 무연고분들, 중증장애인 자녀를 낳으신 부모님들이 심적 치유를 받는 곳이기도 합니다."

거주시설은 중증장애인들이 이용하는 단순 거주시설 개념을 넘어서 장애인 당사자는 물론 가족이 세상으로부터 받은 몸과 마음의 상처를 치유 받는 곳이라고 했어. 정부에서 거주시설의 기능이 이렇게 폭넓다는 것을 알아주면 얼마나 좋겠냐고 하시는데 공감 100%였지.

"10명 남짓한 임대아파트에서 제한적 돌봄을 받으며 홀로 살아가야 하는 게 사람답게 사는 건가요? 그거야말로 감옥살이죠."

"전문가 선생님들의 24시간 돌봄을 받으면서 나와 같은 장애가 있는 사람들끼리 모여서 밥도 먹고 프로그램하고 어울리면서 사는 게 행복한 삶이 아니겠습니까?"

원장님께서 중증장애인과 장애인 자녀를 둔 부모님들의 소망을 꼭꼭 짚어 주시는데 얼마나 마음이 든든해지던지.

"원장님, 죄송합니다만 원장님께서는 복지재단 이사로도 가실 수 있다고 하던데요, 거주시설에 계시게 된 동기라도 있나요?"

"무연고 분들한테 보호자가 되고 싶었습니다."

원장님께서 '무연고' 발음을 하시는데 가슴을 막 저미는 것처럼 아팠지.

"노숙인, 아동시설인 보육원에도 일을 해봤는데요, 노숙인들도 가족이 없고, 특히 보육원 친구들은 부모가 없는 분들이 많습니다. 부모가 있는 분들이 명절이나 생일 때 면회를 오면 부모 없는 아이들은 엄마 아빠 있는 걸 부러워하는 게 눈에 다 나타납니다. 면회실 창문을 기웃거리며 부러워하는 아이들을 보면 얼마나 가슴 아픈지 모릅니다."

선우도 곧 무연고자가 될 거잖아. 갑자기 선우 생각이 나면서 콧등이 시큰거리며 금방이라도 눈물이 왈칵 쏟아질 것만 같았어. 더욱이 단기보호센터에도 무연고 분들이 많고, 명절이나 생일날에도 부모 형제들이 찾아오지 않는 무연고자들에게 형제가, 보호자가 되어주고 싶어 단기센터에 계신다는 원장님께 존경의 마음이 절로 우러나왔지.

"원장님, 국회의원 누구 한 사람도 관심 가져주지 않는 중증장애인들이 생활하는 거주시설을 지켜주세요. 정부의 탈시설 정책 시스템에 의해 자립으로 내몰리지 않도록 탈시설 반대 운동을 많이 해 주세요."

"걱정하지 마세요. 중증장애인들은 자립 자체가 불가합니다. 거주시설 원아웃제도도 중증장애인들의 인권을 위한 폐쇄가 아닙니다."

원장님은 거주시설이 폐쇄됨으로써 오히려 장애인들이 피해를 보는 복지법도 수정해야 한다고 하셨지. 인권사태가 발생하면 생활교사 교육하고 더 좋은 시설이 되도록 거듭나는 계기로 삼아야 하는데 원아웃 제도는 거주시설 폐쇄를 위한 폐쇄로서 적폐라고 목소리를 높이면서, 이런저런 이유로 거주시설만 폐쇄하니까 거주시설 입소 대기자만 늘어나는 거라고 하시는데, 구구절절 옳은 말씀만 하시는데 얼마나 고맙던지.

"중증장애인 가정 전수조사를 해보면 자녀를 데리고 있던 가정의 부모님들이 나이가 들어 치매나 질병으로 요양원에 가야 할 분들이 많아요. 요양원에 들어가야 하는 부모님들이 쉰이 넘고 환갑이 넘은 자식을 돌볼 수 있다고 생각하세요?"

신규 거주시설이 만들어지지 않으니 입소자들은 많아지고, 부모는 점점 늙어 자식을 돌보기 힘들고, 형제자매들도 가정이 있고 자녀가 있는데 같이 늙어가는 중증장애인 형제들을 돌보라고 맡길 수 없으니 부모가 자녀를 데리고 극단적인 선택을 하는 사례가 늘어난다고 말이야.

정부에서 탈시설 정책을 하루라도 빨리 철회해야 한다고, 신규 거주시설을 설치해 거주시설 입소 대기자들을 입소시켜야 한다고 하시는데 박수가 저절로 쳐졌어.

"세상 살아가면서 나를 보호해주시는 선생님, 내 옆에 친구가 있다는 게 얼마나 든든한 일인지 아버님은 아시죠?"

"전문가 선생님들이 계신 거주시설이 친구이고 엄마이고 아빠라고 생각합니다."

"24시간 보호를 받고, 나를 알아주는 친구와 함께 프로그램을 하면서 살아가는 작은 사회인 거주시설을 제가 지켜낼 테니 아버님은 걱정하지 마세요."

원장님께서 시한부인 나를 잠시나마 위로해주시려고 거짓말을 하시는 것일까. 한편 의심도 했었지. 그런데 원장님이 단기보호센터를 고집하시는 걸 보면서 알았지. 원장님께서 탈시설 정책이 중증장애인들에게 되레 인권의 사각지대로 내모는 악법이라는 것을 알리기 위해 애쓰고 계시다는 것을.

"우리 선우도 무연고자가 되는 거네요. 무연고……"

원장님 앞에서 소주 두 병을 비운 나는 내 감정에 휩싸여 끝내 서러운 울음을 터뜨리고 말았지.

"아이고, 아버님…… 선우 씨 걱정하지 마세요. 제가 선우 씨가 거주시설에서 잘 지낼 수 있도록 꼭 거주시설을 지켜내겠습니다."

김회현 원장님은 거주시설을 지켜내려 노력하시겠지. 원장님께서 아무리 결연한 의지가 있다 해도 정부가 힘이 더 세잖아? 대통령, 국회의원이 원장님보다 힘이 더 세잖아? 설령 원장님께서 거주시설을 지켜내지 못한다 해도 중증장애인들의 행복한 집인 거주시설을 지켜내려는 그 모습에 감동을 받았어. 그래서 말인데 여보, 원룸 전세금과 우리의 보금자리였던 집을 매매해서 당신 병원비로 쓰고 남은 돈은, 사실 얼마 되지는 않아. 적은 금액이지만 행복원 단기보호센터에 기부하려고 해. 당신도 좋아할 거라고 믿어.

단기보호센터 계약기간은 3개월. 우리 선우는 바람에 흔들리는 촛불이지. 대통령님, 국회의원님들이 원장님이 들고 계신 촛불을 부디 꺼지지 않게 보호해 주시기를…….

15

노을이 지면

7월 20일

새벽. 문득 창문에 그림자가 비쳐 눈을 번쩍 떴지. 한번 자면 아침이
되어야 일어나는 잠귀가 무딘 나는 당신이 없는데, 창문 흔드는 바람소
리에도 잠을 깨는 당신을 닮아 가는지 나도 모르게 문득 눈이 떴지. 창
문에 어리는 그림자를 보고 얼른 창문을 열었지. 혹시 당신이 나를 찾아
온 건 아닐까 하는 기대감으로. 그런데…… 나뭇가지에 내려앉은 달그
림자가 바람에 흔들리고 있지 뭐야. 창문에 어리는 달그림자를 보고 눈
을 뜬 거지.

당신이 없는 밖을 내다보는데 얼마나 섭섭하던지. 나는 당신이 나를
꼭 깨우는 손길 같아 잠에서 깼는데…… 나뭇가지에 내려앉은 달그림
자를 보고 당신의 숨결이 느껴졌던 걸 보면 어김없이 이 시간이면 일어
났던 당신의 흔적 때문이겠지.

여보, 당신은 이런 신새벽에 일어나 커피를 마시며 하루를 열었지. 선우가 일어나면 온종일 선우를 돌보느라 당신 시간은 하나도 없었지. 당신은 오롯이 당신만의 시간을 가지고 싶어 신새벽에 일어나 커피를 마시며 책을 읽고, 어느 때는 아무 책이나 필사를 했었지. 내가 왜 모르겠어. 복잡한 마음을 다스리려는 당신만의 의식이라는 걸.

나는 잠시 밖으로 나갔지. 새벽안개가 주택가에 얼마나 낮게 내려앉아 있던지. 겨울에는 새벽 5시면 깜깜한데 여름날이라 그런지 저 멀리 어렴풋이 내다보이는 산자락에 자욱한 안개를 헤집으며 여명이 움터오고 있었어.

신선한 새벽공기를 마셨건만 집 안으로 들어와 식탁에 앉으니 세상에 혼자 남을 선우 생각에…… 선우가 3개월 후에 자립주택으로 가게 된다면 활동지원사가 없을 때 혼자 집 안에 어떻게 있을 것이며, 밖으로 나왔다가 길 잃고 어딘가로 정처 없이 걷다가 교통사고라도 난다면, 나쁜 사람들한테 끌려가 한평생 폭력에 시달리며 노동 착취나 당하지 않을까 걱정이 됐어. 엄마 아빠도 없고 형제도 없는데 그 누가 선우의 행방을 묻겠으며 찾아 나설까. 선우 미래를 생각하자니 뼈 마디마디가 저려와.

정부가 거주시설 폐쇄만 안 한다고 해도 이렇게 불안하지는 않을 거야. 거주시설이 부모나 형제자매가 없는 무연고자들에게는 엄마 아빠잖아. 엄마 아빠의 마음으로 운영되는 거주시설을 폐쇄하고 무조건 자

립하라는 논리가 말이나 되는 거냐고. 혼자서는 아무것도 할 수 없는 중
증장애인 자식을 세상에 홀로 남겨 놓고 이승을 떠나가야만 하는 운명.
이 현실이 너무 가혹해서 나는 어린아이처럼 팔짱을 끼고 엎드려 흐느
끼며 펑펑 울었다오.

......

여보, 병훈이가 내 마음을 왜 이렇게 아프게 하는지 모르겠어. 요즘
은 병훈이가 하루에 몇 번씩 전화하는데 받지 않아. 내가 전화 받지 않
는 마음까지도 훤히 꿰고 있는 병훈.

"영훈아, 나와라."

전화를 받지 않으니 카톡을 보냈더군. 집 앞 골목 입구 치킨집에 와
있다고. 그러고 보니 치킨집 사장님한테 인사도 해야 할 거 같았지. 치
킨집 안으로 들어서는데 병훈이가 구석진 자리에 앉아 술을 마시고 있
었어.

"선우 아버지, 오랜만에 오셨네요."

치킨집 사장님은 어느 때보다 환한 웃음으로 반겨주시더군. 부모회
서울시청 집회가 있던 날 만취해 정부에 원망을 퍼부으며 시한부까지
쏟아냈으니 사장님이 어찌 내 사정을 모르겠어. 사람 좋은 환한 웃음 뒤
에 애잔함이 가득 실린 눈으로 나를 바라보는데, 나도 환갑을 앞에 두고

있는 사람이잖아. 사장님 눈에 스며있는 애잔함이 바로 내·눈에 들켜 사장님도 나도 서로 눈길을 피하느라 마음이 얼마나 힘들던지.

"저놈한테 술 그만 주세요."

혼자 술잔을 기울이는 병훈이를 가까이서 보는데 거두절미하고 반가웠어. 그런데 그 반가움도 잠시 화가 나더군.

"친구세요?"

"네. 직장에 매여 있는 놈이 밥줄 끊어지면 어쩌려고 벌건 대낮부터 술을 퍼마시고 있대요. 정신이 나간 놈입니다."

"저분이 며칠째 저녁 늦게 와서는 문 닫을 때까지 있다가 갔어요. 오늘은 웬일로 이 시간에 왔네요."

며칠째…… 사장님 말에 생살을 도려내는 아픔이 온몸으로 낭자하게 퍼지면서 다리가 다 휘청거렸지. 여기까지 와서 전화도 못 하고 혼자 술만 퍼마시다 집으로 돌아갔을 병훈이 저놈이 정말 의학박사라는 놈인지. 고마움은커녕 너무도 미련한 병훈이를 막 패주고 싶었지.

"선우 아버지는 저런 친구가 있어서 든든하시겠습니다."

"진드기 같은 놈이 내 친구라서 골치가 더 아픕니다."

사장님은 어서 친구한테 가보라고 눈짓을 하며 주방으로 가시더군.

"야, 너는 나는 안 보이고 사장님만 보이냐?"

"질투냐?"

"그래. 내가 살다 살다 너 같이 찌질한 놈한테 질투를 다 느낀다."

병훈이 놈이 내 면전에서 날 보고 못난 놈이라고 모진 말을 퍼부어 대는데 눈에서는 굵은 눈물이 막 떨어지더군. 참으려 했겠지. 그놈도 내 면전에서 눈물을 보이고 싶지는 않았겠지. 그런데 막상 내 얼굴을 보니 자기도 모르게 눈물이 막 떨어졌던 거겠지. 내가 불쌍해서가 아니라 세상에 엄마 아빠도 없이 홀로 남겨질 선우가 불쌍해서.

"미친놈! 너 모가지 잘려도 나는 모른다."

차마, 눈물 뚝뚝 떨어지는 병훈이 얼굴을 차마 마주 바라볼 자신이 없어…… 병훈이도 나도 우리는 서로 얼굴을 외면했지.

"전화는 왜 안 받냐? 선우한테는 끝까지 폼 나는 아빠 모습 보여줘야 할 거 아니냐!"

병훈이는 빈 소주병 2개와 치킨 접시가 놓여있는 테이블에 약봉지를 올려놓았지.

"미친놈! 여기까지 와서 너 혼자 술 먹고 가냐?"

나는 병훈이 대신 약봉지를 가슴에 끌어안으며 지청구를 날렸지.

"그래도 네가 국회의원이 아니라는 게 천만다행이다. 적어도 너는 우리 선우가 자립할 수 없는 장애인이라는 건 아는 의사잖냐?"

"의사? 의사 된 게 내 인생에서 가장 후회되는 대목이다. 차라리 국회의원이 되었더라면…… 너를 이렇게……이렇게 가슴 아프지는 않았겠지……"

병훈이가 분풀이하듯 술잔의 술을 입에 털어 넣으며 주절거렸지. 내가 방앗간에서 고춧가루 빻고 떡 만들며 방앗간 사장님이었더라면 최고로 맛있는 떡을 만드는 사람이 되었을 거라고. 미국에서 10년씩이나 공부한 의사라는 놈이 친구 하나 살리지 못하는 이 무능함이 얼마나 괴로움인지 모른다고. 취중이라 마음에 담았던 말을 꺼냈을 병훈.

"나 이제 가면 너한테 전화 다시는 안 한다."

병훈이 일어서 가게를 나가는데 어찌나 비척대던지. 따라나서지 않을 수가 없었지.

"병훈아, 이병훈! 너 또다시 전화하면 내 손에 죽는 줄 알아라!"

"미친놈! 뭐가 잘났다고!"

병훈이가 콧방귀를 뀌며 갈지자걸음으로 걸어가더군. 바람이 불었을까. 바지가 펄럭거리는데 주름 하나 잡히지 않은 낡은 바지였어. 국경없는의사회에서 활동하는 병훈이. 유명브랜드 옷 구매할 돈을 아껴 의약품을 사 들고 오지로 떠나는 바보 병훈이. 부부가 어쩜 그리도 닮았는지. 내가 살고 싶었던 삶을 사는 병훈이.

"근데 병훈아, 내 친구 되기는 아까운 친구지만 나는 병훈이 네가 내 친구여서 좋았어. 자랑스러웠어."

저만치 휘청거리며 걸어가는 병훈이 등에다 대고 말했지. 오늘 말하지 않으면 다시는 말할 기회가 없을까 봐. 병훈이가 가다 말고 그 자리에 서더군.

"병훈아, 먼 시간이 흐른 후에도 나는 병훈이 너를 다시 만나고 싶어.

다시 만난다면 그때도 나는 병훈이 네가 내 친구였으면 좋겠어……"

"나는 영훈이 너 같은 놈을 친구로 다시는, 절대로 만나기 싫다. 자기 몸 하나도 관리 못 하는 놈하고는 친구고 뭐고 다 필요 없다!"

병훈이는 정말 화가 났는지 뒤도 돌아보지 않고 가더군. 병훈이를 태운 택시가 내 눈에서 멀어져 가는데 가슴으로 휑한 바람이 쓸고 가는 거 같았지. 아침에 일어나보니 병훈이가 보낸 문자메시지가 수신되어 있었어.

- 영훈아, 많이 아픈 날이 올 거야. 그때는 주저하지 말고 나한테 전화해…… 그리고…… 어제도 오늘도 그리고 내일도 영훈이 너는 나와 함께 늘 같이 있을 거야. 내 친구 영훈아, 많이 보고 싶고 생각날 거야. 그래도 나는 슬퍼하지 않으련다. 우리는 곧 다시 만날 거니까. 우리 다시 만나서 같이 그 길을 걸어가자. 내 인생의 참 좋은 친구 영훈아, 언제 어디서든 어떤 모습으로든, 설령 네가 세상에서 가장 남루한 모습의 인생일지라도 내 곁을 우선으로 내주고 싶은 친구가 영훈이 너라는 걸 잊지 말아주기를…… -

……

요즘은 날짜가 어떻게 가는지도 모르겠어. 알고 싶지도 않고. 어제는 술을 마시다가 잠시 잠을 잤었나 봐. 아빠! 꿈결인 듯 선우 목소리가 들려왔어. 선우한테 무슨 일이 생긴 걸까. 무작정 행복원으로 달려갔다는 생각만 떠오르는데 문득 추위가 느껴졌어. 온몸을 잔뜩 움츠리며 자고 있는데 전화가 울렸겠지. 끊임없이 울려대는 휴대폰 소리에 눈을 뜨니 온몸은 사시나무 떨듯 떨리고 춥기만 한데 집이 아니었어. 주위를 둘러보니 행복원 담벼락이더군.

"아범인가? 날세. 요즘 꿈자리가 하도 뒤숭숭해서 전화했어. 무슨 일은 없지?"

비몽사몽간에 전화를 받으니 장모님이었어. 인생의 말년에 이르면 귀신이 보인다고 하는데, 장모님 눈에 세상사가 어렴풋이 보였던 걸까.

"그럼요. 저는 잘 지내고 있습니다. 장모님, 걱정하지 마세요."

"우리 사위 목소리 들으니 마음이 놓이네. 선우랑 한번 오게나."

안부 전화를 자주 하라는 장모님 말씀을 듣고는 몸을 추스르고 집으로 돌아왔어.

여름이었으니 망정이지 겨울이었다면 얼어 죽었을지도…… 요즘 나는 술만 느네.

……

당신에게 일과를 보고하는데 한바탕 통증을 겪었어. 정말이지 이승에서의 내 생이 끝에 다다랐다는 고통의 순간을 한바탕 겪고 났더니 몸은 물먹은 솜처럼 천근만근.

여보, 술만 늘어 가는데, 취중에 매일이다시피 행복원으로 가고 있네. 선우가 단기센터에 있을 시간은 3개월. 선우는 3개월 후에 어떻게 될까? 자립으로 가겠지? 그게 수순인데 자립해서 혼자 있다가 밖으로 무작정 나와 길을 잃고 헤매며 여기저기 떠돌아다닐 걸 생각하면 온몸이 산산이 조각나는 것만 같아.

어제는 천둥 번개가 치면서 장대비가 바가지로 퍼부었어. 행복원 뒤가 산인데 저 거친 비바람으로 산사태가 나서 토사가 행복원을 덮치지는 않을까. 곧바로 행복원으로 갔지. 행복원 출입문 앞에까지 가면 나도 모르게 문을 열고 들어갈 것 같아서, 담벼락에 기대서서 가로등 밑으로 희미하게 보이는 행복원 건물만 바라보았지. 비는 억수같이 내리는데 선우는 지금쯤 무얼 하고 있을까. 자정이 되어가니 잠을 자겠지. 그런데도 혹여 이 아빠를 기다리느라 잠 못 이루고 몇 번이고 뒤척이지는 않을까.

- '선우야, 자니? 아빠가 지금에야 왔다. 지금에서야. 오늘은 어떻게 지냈어? 밥은 많이 먹었어? 친구들하고 잘 지냈고? 그런데 아들아, 아빠가 앞으로는 우리 선우 얼굴 보러 자주 못 올지도 몰라. 아빠가 자주 못 와도 아빠한테 무슨 사정이 생겼겠지 하고 이해해 줄 수 있지? 몸은 청

년이지만 생각은 어린아이에서 멈추어버린 아들. -

  선우가 엄마 아빠가 없는 세상에서 잘 살아갈까. 자립으로 가게 되어 활동지원사 없는 시간에 밖으로 나왔는데 집으로 가는 길을 잃어버린다면. 어디로 가야 할지를 몰라 어리둥절하고 있는 선우를 누구 한 사람 돌아보지 않는다면.

  '여러분! 우리 선우는 세상의 질서에 대해 잘 모르는 청년입니다. 우리 선우는요, 몸은 성년이나 인지는 어린아이입니다. 우리 아들이 혹여 가게에 들어가 과자를 막 집어 먹더라도 잘 몰라서 하는 행동이니 너그러이 용서하여 주시기를. 혹시라도 길을 가다가 우연히 우리 선우를 만나거든 어리버리한 사람이라고 그냥 지나치지 마시고 경찰서에 데려가 주시면 고맙겠습니다.'

  얼굴 모르는 세상 사람들에게 목소리 높여 부탁하고 싶었지.

  - 선우야, 우리 선우는 오늘 밤도 엄마 아빠를 기다리느라 잠 못 이루고 뒤척일지도 모르는데 이 아비는 비바람에 옷이 젖을까. 그래서 더 아프면 어쩌나. 살아보겠다고, 비를 피하겠다고 집으로 돌아와 방에 누웠단다. 나처럼 비정한 아버지가 나 말고 또 있으려나······. -

  ······

8월 5일

여보, 행복원 원장님과 거주시설에 관한 대화를 나누면서 무연고 장애인들은 부모 있는 사람들을 가장 부러워한다는 말을 들을 때 가슴에 총 맞는 거 같았어. 나는 그때 알았어. 세상에서 가장 슬픈 단어가 '무연고'라는 걸.

당신이 언젠가 말했었지? 선우가 은빛거주시설에 있을 때 보호자 간 담회가 열리면 부모 참석률이 10%밖에 안 된다고.

"부모가 어떻게 자식을 한 번도 찾아오지 않을 수가 있어? 비정한 부모네."

시설에서 생활하는 중증장애인이 50명인데 그중에 무연고가 30%라고. 나도 당신 말을 들으면서 자식을 무연고자로 만든 부모님을 비난했지. 세상에 자식을 버리고 밥이 넘어가며 두 발을 뻗고 잠을 잘 수가 있을까. 그런데 오늘에서야 왜 거주시설에 무연고자가 많은지 이해가 되네. 우리처럼 부모가 갑작스러운 사고나 질병으로, 혹은 노화로 돌아가시고 자식만 홀로 남아 무연고자가 많다는 것을.

여보, 당신 기억나? 당신의 시어머니가 당신에게 선우 동생 낳으라고 했던 말? 어머니는 당신을 많이 어려워하셨지. 당신이 까탈스러운 며느리라서가 아니라 장애인 선우를 양육하는 며느리가 가여워서. 장애인 자식을 양육했던 사람으로서 장애인 자식을 양육하는 일이 얼마나 힘들고 애달픈 길인지 잘 아시는 어머니는 당신한테 싫은 소리 한 번이라도 하지 않으려 애쓰셨지. 그런 어머니가 당신한테 한마디 하신 거지.

"선우 동생 낳아라. 사람은 형제가 있어야 외롭지 않단다."

어머니는 선우가 걸려서 말씀하신 거였지. 자식 하나만 더 낳으라고.

"어머니, 죄송합니다. 저는 선우 하나만 잘 키우겠습니다."

당신의 의지는 확고했지. 당신은 어머니께 부연하기를, 둘째 낳았다가 또 장애인 자식일까 제일 걱정되고, 선우가 비장애인이 되도록 교육에 최선을 다하겠다고.

"부모가 자식보다 먼저 죽는 건 정한 이치다. 너희가 죽고 나면 선우는 혼자 남을 게 아니냐. 선우가 어디에 있든지 동생이 있으면 한 번이라도 들여다볼 것이 아니냐. 세상이 많이 변했다 해도 그래도 핏줄만큼 진한 이웃은 없단다."

어머니는 우리 부부가 먼저 죽고 나면 세상에 홀로 남을 선우가 의지할 형제라도 있었으면 바라셨던 거지. 그때는 몰랐는데 지금 생각해보니 어머니 말을 들을걸. 선우한테 동생이 있었더라면 당신이나 내가 마음이 조금 놓였을 텐데.

우리 선우가 자립이든 어디든 가게 되면 녀석 생일이나 명절에 누가 찾아와 줄까? 어머니 말씀대로 동생을 낳았더라면 그 동생이 선우 생일날에, 두 번 있는 명절에 1년에 세 번은 찾아오지 않을까? 동생이 있었다면 선우 면회 와서 맛있는 음식을 나눠 먹으며 행복한 시간을 보내겠지? 그런데 선우는 형제도 없잖아. 부모나 형제가 있는 분들은 면회 오고 외박 외출도 하잖아. 무연고자들은 자기를 찾아오는 사람이 한 명도 없으니 부모 형제 있는 분들이 얼마나 부럽겠어. 이제 곧 추석이 다가오는데, 부모나 형제자매가 있는 분들은 면회를 오겠지. 그러나 우리 선우는 명절이 돌아와도 찾아올 사람이 한 사람도 없다는 것을 생각하니 가슴이 천 갈래 만 갈래 찢어지는 것만 같아.

여보, 우리가 이렇게 빨리 중증장애인 선우를 홀로 남겨놓고 작별할 것을 미리 알았더라면 동생이나 낳았을 것을. 아무리 낮은 인지라 해도 엄마 아빠가 만나러 온다는 것은 느낌으로 아는 거잖아? 선우는 엄마 아빠도 없을뿐더러 형제 누이도 없잖아. 명절이 다가와도 자신을 찾아올 사람이 아무도 없다는 걸 알게 된다면 얼마나 외로울까.

선우는 엄마 아빠가 사망한 것도 모르고 우리 엄마 아빠는 왜 안 올까 생각하겠지. 다른 가족들로 북적이는 면회실을 부러운 눈으로 바라보면서 오늘은 행여나 엄마 아빠가 나를 보러 오려나 기다리겠지. 문득문득 출입문을 기웃거리며 이제나저제나 엄마 아빠를 애타게 기다릴 선우 모습이 눈에 선해 오장육부가 해체되는 것만 같아서…….

여보, 우리 선우는 어떻게 될까? 가엾은 우리 선우 인생은 어떻게 흘러갈까. 저 어린아이를 물가에 내놓고 나는 어떻게 눈을 감아야 하는지 알 길이 없어. 알 길이 없어서……

……

누나. 돌아보니 누나한테 쓴 커피 한 잔을 산 적이 없거늘 무슨 염치로 누나한테 이런 부탁을 하려는지 미안할 뿐이네. 누나, 염치없는 동생이라도 이쁘게 봐줘. 전화로 말했다시피 이제 나는 가야 한대. 엄마도 없고 아빠도 없는 선우를 혼자 두고 나는 가야 한대. 나는 당면한 현실이 믿기지가 않아. 나는 정말 가야 하는 걸까? 나 혼자 몸이라면 은혜도 없는 이승에 무슨 미련이 있겠어. 근데 나한테는 선우가 있잖아 선우가. 선우가 눈에 밟혀서 나는 어찌 가야 할지 모르겠어.

누나, 기억나? 우리 선우가 여섯 살 때. 우리 어머니 생신날이었고, 모처럼 만에 친인척이 우리 집에 모였었지. 집사람은 밥 차리느라 정신없었고, 선우를 돌보던 나는 친인척 인사하느라 잠깐, 아주 잠깐 선우를 놓치고 말았지. 선우는 물놀이를 좋아하는데, 밖으로 무작정 나간 선우가 강물을 보고는 그대로 강가로 들어간 거지. 사촌 형과 동생, 큰누나는 발만 동동 구르고 있는데 막내인 누나가 그 강물로 뛰어 들어가 선우를 끌고 나온 거지. 뒤늦게 알고 강가로 뛰어갔더니 누나가 우리 선우 등짝을 막 때리고 있었어.

"이놈아, 거기가 어디라고 거길 들어가! 거기가 어디라고! 생긴 건 멀쩡하게 생긴 놈이 엄마 아빠 속 좀 그만 썩이고 정신 좀 차려 봐라 이놈아!"

누나는 선우 등짝을 후려갈기더니 선우를 끌어안고 목 놓아 울었지.

"물속에 들어가면 죽는다는 것도 모르는 이 불쌍한 선우를 어쩌면 좋으냐……"

누나는 선우가 불쌍해서, 천방지축인 선우 돌보느라 애태우는 우리 부부가 불쌍해서 눈물을 흘리며 선우 등을 몇 대 때렸지. 그런데 나는 고모한테 등짝을 얻어맞는 선우 등이 얼마나 아플까. 가슴이 막 쓰라리면서 누나가 야속하더라. 나도 참 바보지?

누나, 엄마 아빠도 없는 세상에 덩그러니 혈혈단신으로 남을 선우를 생각하면 너무나 마음이 아파. 혼자 남은 선우에게 피붙이라도 있으면 얼마나 좋을까. 이럴 줄 알았더라면 선우 동생을 낳았을 텐데.

누나, 홀로 남을 선우를 생각하는데 누나가 떠오르지 뭐야. 조카를 살리겠다고 그 깊은 강물로 뛰어 들어간 누나. 조카 등짝을 후려쳐 내 마음을 아프게 한 누나지만 그래도 세상에 홀로 남을 선우를 돌봐줄 사람은 누나밖에 없네.

누나, 아버지 전답이 아버지 명의로 그냥 있어. 장애인 자식을 가슴에 묻고 돌아가신 아버지 명의를 내 이름으로 바꿀 수가 없었고, 어머니가 아직 살아계시잖아. 시골 땅값이야 막걸리 한 병 값이겠지만, 누나는 아주 비싼 값으로 쳐줄 거라는 걸 알기에 아직 아버지 명의인 전답을 누나 이름으로 공증해 놨어. 못난 동생의 얇은 속이 훤히 보이지? 그래도 나는 누나가 내 얇은 속을 넉넉하게 품어 안아줄 거라고 믿어. 왜냐고? 누나 주변에는 향기 나는 사람이 많고, 그 사람들과 같이 봉사도 많이 다닌다는 소리를 들었거든.

누나, 장애인 자식에 장애인 손자가 당신의 죄인 양 한평생을 죄책감으로 살아 치매가 너무도 빨리 찾아온 어머니의 마지막을, 꽃 같은 젊은 날을 돼지우리에서 보낸 영호. 손 마디마디 잔인한 세월을 건너온 영호가 이제라도 따뜻한 삶을 살아갈 수 있게 도와주기를 부탁해.

그리고, 험난한 세상에 아무것도 모르는 아들을 혼자 남겨두고 가야만 하는 못난 아비가 누나한테 우리 선우를 부탁드리려 해.

누나, 우리 선우는 단기시설에서 계약이 만료되면 어딘가로 가게 될 거야. 사람들은 엄마 아빠도 없는 사람은 더 괄시하는 거 누나도 알지? 우리 선우 괄시받지 않게 누나가 우리 선우 엄마가 되어주면 안될까? 정부에서는 신규 거주시설 설치도 못 하게 하고, 거주시설은 이미 정원 만료이니 선우는 정부 정책에 따라 자립주택으로 가게 될 거야.

자립으로 가면 활동지원사가 제한적으로만 돌봐준대. 아무것도 모르는 선우가 과연 자립주택에서 혼자 살아갈 수 있을까? 집 안에 혼자 있는 게 무서워 선우가 밖으로 무작정 나가 길을 잃을 것만 같아서 숨이 멎을 것만 같아.

깊은 강물에 들어가면 죽는다는 것도 모르고 그저 물이 좋아 강물로 들어가는 선우. 누군가 때려도 맞았다고 표현도 못 하는 우리 선우. 자신을 보호하지 못하는 중증장애인 선우가 어떻게 생활의 기능을 다 이행한다고 자립 정책을 펼치는지 정부를 이해할 수가 없어. 나는 정부의 정책을 이해할 수 없지만 정부 정책이 자립으로 가라 하니 어떡하겠어.

감옥살이나 진배없는 자립으로 가는 거지.

누나, 우리 선우가 자립으로 가면 어느 동네로 갔는지, 활동지원사한테 하루에 한 번, 아니 이틀에 한 번씩이라도 전화해서 선우 안부를 물어주면 안 될까? …… 밥은 먹었을까? 잘 지내고는 있는지? 밖으로 뛰쳐나가지는 않았는지? 그리고…… 선우 생일이 5월 22일인데 녀석 생일에, 추석과 구정 명절에 가족이랑 지내고 시간이 나거든, 1년에 세 번 정도 우리 선우 만나러 와주면 안 될까? 매형이 뇌출혈로 편마비가 되어 누나가 매형 돌보느라 힘들다는 소리 들었어. 어디 매형뿐이야. 매형이 집안에 장손이니 제사도 많고 집안일 대소사며 신경 쓸 일이 많아서 선우 생각이야 나지 않겠지. 그래도 어쩌다 생각이 나서 일부러라도 우리 선우 만나러 와주면 감사할 일이지만, 누나가 바쁜 거 다 아니까 살다가 살다가 혹시나 우리 선우가 생각나거든 자원봉사 간다고 생각하고 한 번쯤 선우 만나러 와주면 안 될까? 선우 보거든 어디 아픈 데는 없는지. 폭력을 당해 멍든 곳은 없는지 한 번씩 살펴봐 주시기를……. 여력이 된다면 선우가 좋아하는 피자, 치킨, 짜장면도 같이 먹고, 녀석이 커피를 좋아하는데 밥 먹고 근사한 카페에 가서 커피 한 잔 사주면 안 될까? 누나한테 짐만 가득 지워주고 떠나는 동생은 염치없어 미안하기만 한데……. 누나, 염치없는 동생을 이쁘게 봐주고 우리 선우를 잘 부탁해…….

......

8월 7일

아들! 사랑하는 내 아들 선우야! 아빠가 오늘 우리 선우와 작별 인사를 하려고 해. 아빠가 선우를 지켜주고 싶은데 사정이 생겼어. 그래서 우리 선우를 끝까지 지켜주지 못하고 작별을 해야만 하는 시간이 되었네. 우리 선우는 씩씩하니까 아빠랑 헤어져도 슬퍼하지 않을 거지? 우리 선우는 27살 청년이란다. 청년은 엄마랑 아빠랑 작별을 해도 절대 울지 않는 거야. 청년은 엄마 아빠가 없어도 혼자서 잘 살아가는 게 청년이란다.

선우야, 단기보호센터에서 있는 동안 선생님 말씀 잘 듣고, 특히 음식을 골고루 먹어야 되는 것도 잘 알지? 선우는 피자, 짜장면, 치킨 같은 인스턴트 음식들만 좋아하잖아? 그런 음식들은 건강에 안 좋으니까 영양사 선생님이 주시는 대로 골고루 먹어야 돼. 알겠지? 그리고 김희현 원장님이 그러시는데 선우가 어린 친구 준서 등짝을 가끔 때린다고 들었어. 청년은 자신보다 어린 친구들은 보호해주고 넘어지면 손잡아 일으켜주는 사람이야. 어린 동생들 잘 보살펴 주면서 친구들이랑 싸우지 말고 사이좋게 지내야 돼? 아빠는 우리 선우가 엄마 아빠가 없어도 꿋꿋하고 늠름하게 잘 살아갈 수 있을 거라고 믿어. 엄마랑 아빠랑 우리 선우 만나러 오지 않아도 절대로 슬퍼하지 말고 씩씩하게 잘 살아가야 돼? 약속!!

　사랑하는 나의 아들 선우야! 아빠가 우리 선우 끝까지 지켜주지 못해 미안하고 미안하구나. 사다새는 자기 몸에 피를 내어 새끼를 먹여 살린다는데 아빠는, 이 못난 아빠는 새만도 못해 하나밖에 없는 아들도 지켜주지 못하고 작별 인사를 해서 얼마나 미안한지 모르겠어.

　사랑하는 선우야, 아빠가 우리 선우를 얼마나 많이 사랑했는지 알려나? 우리 아들 선우가 지능 3세의 중증장애인 아들일지라도 세상 사람들에게 부끄럽다고 생각해 본 적이 단 한 번도 없었단다. 아빠는 말이야, 우리 선우가 집안을 쓰레기장으로 만들고 똥을 여기저기 누어도 우리 아들 선우를 한없이 한없이 사랑했단다. 세상 사람들이 우리 선우를 보고 바보라고 놀려도 아빠는 우리 아들이 얼마나 자랑스러웠는지 몰라. 세상 금은보화를 산처럼 준다 해도 우리 선우와 바꿀 수 없을 만큼 소중한 나의 아들. 혈혈단신 너를 떼어놓고 가야만 하는 아빠가 너무 미안하고 미안해서 마음이 아프구나. 이생에서는 너를 지켜주지 못했지만 다음 생에서는 사다새가 되어서라도 우리 선우를 끝까지 꼭 지켜줄게. 약속해!!

　사랑하는 선우야, 중증장애인 선우가 아빠의 아들로 태어나줘서 고마웠어. 선우가 아빠의 아들이었다는 건 아빠 인생을 통틀어 가장 큰 선물이었고 행운이었어. 아빠가 우리 선우를 낳은 건 아빠 인생에서 가장 잘한 일이고 아빠의 업적이었단다.

아들과 함께한 27년. 힘든 날도 많았지만 아들이 있어 웃는 날이 더 많았고 행복했단다.

선우야, 아빠는 우리 선우를 어느 한순간도 사랑하지 않은 적이 없었고, 우리 아들이 너무나 귀하고 귀해 애지중지 아끼고 아꼈단다. 이 아빠는 중증장애인 아들이 있어 아빠의 삶은 빛났단다.

사랑하는 선우야, 우리 아들은 아빠가 없는 세상에서도 꿋꿋하게 잘 살 거지? 씩씩하고 늠름하게 살다가 아빠가 있는 세상에서 아빠의 아들로 다시 태어나 주기를…….

중증장애인의 행복한 삶을 염원하는 호소문

안녕하십니까? 저는 장애인거주시설이용자부모회 대표 김현아입니다. 저희 부모회는 그동안 탈시설 로드맵을 발표한 보건복지부, 이 정책의 책임자인 국무총리, 10년 넘게 탈시설 시범사업을 시행하고 있는 서울시, 탈시설지원법을 발의한 국회의원님들, 탈시설조례를 통과시킨 시의원들을 상대로 탈시설 정책의 부당성과 위험성에 대해 항의하고 경고하며 투쟁해 왔습니다. 그렇다면 과연 무엇이 문제이고 어떤 것이 염려스러운 것인지 말씀드려 보겠습니다.

첫째, 정부는 탈시설 정책 관련 시설이용 장애당사자와 그 가족들에게 의견을 묻지 않았습니다.

중증발달장애인들의 부모들은 하나같이 거주시설에 대해 장점은 유지하고 단점을 보완하는 방향으로 개선되고 변화되어 존치되기를 원하고 있습니다.

　그러나 정부와 지자체는 일방적으로 탈시설 정책을 추진하며 시설이용 장애당사자와 그 가족의 목소리를 하나도 반영하지 않고 있습니다. 장애인의 의견과 무관하게 탈시설을 추진하는 것은 장애인을 의사결정의 주체가 아니라 대상으로 보는 것입니다. 만약 장애인이 시설에서 거주하고 싶다면 그 의사를 존중해야 합니다. 장애인들이 시설에서 거주하더라도 인간답게 살 수 있도록 거주여건을 개선해야 마땅한 것이지 문제가 있다고 해서 시설을 막무가내로 폐쇄하겠다는 것이 정당한 것일까요? 요즘에는 시설에 살더라도 사회와 격리되는 과거 방식에서 벗어나 지역사회와 자유롭게 소통하며 살아가고 있습니다. 인권의 개념이 존재하지 않던 과거 수용시설을 예로 들면서 현재의 시설을 매도하는 것은 시대착오적인 발상입니다.

　우리 자녀들을 부모만큼이나 생각하고 걱정하는 사람이 이 세상에 또 어디 있겠습니까? 시설에서 나와 자립지원주택에서 사는 것이 시설보다 더 낫고 행복하다면 왜 마다하겠습니까? 현재 시설에서 제공하는 여러 가지 서비스를 받을 수도 없으며 심지어 24시간 활동지원서비스도 받을 수도 없고, CCTV도 없는 좁은 아파트에서 인권침해를 당할지도 모르는데 말도 못 하고 자기방어도 어려운 우리 자녀들을 어떻게 보호할 수 있을까요? 실제로 자립지원주택에서 활동지원사로부터 7개월이나 동성간 성폭행을 당한 일도 보도된 바 있습니다.

둘째, 탈시설 정책은 중증발달장애인의 다양한 선택권을 보장하고 있지 않습니다.

장애의 종류와 특성, 그리고 욕구 등은 다양하며, 누군가는 자립에 대한 도움을 필요로 한다면 누군가는 보호와 교육이 필요한 것입니다. 중증발달장애와 같이 도움을 필요로 하는 사람에게는 정부가 다양한 서비스와 안전망을 제공해야 합니다. 일반 가정에서 생활하기 어려워서 거주시설에 들어온 중증발달장애인들이 왜 하루아침에 자립의 대상이 되어 일반주택으로 거처를 옮겨가야만 합니까? 자립지원주택으로 이전하는 것이 장애인의 인간다운 삶을 보장하는 것처럼 호도하지만 자기의사 표현 능력이 없는 발달장애인들에게는 감옥살이에 지나지 않을 것입니다.

헌법에서도 '신체장애자 및 질병·노령 기타의 사유로 생활능력이 없는 국민은 법률이 정하는 바에 의하여 국가의 보호를 받는다'라고 규정하였는데 정부가 나서서 장애인들을 탈시설시키는 것은 중증발달장애인의 인간다운 삶에 관한 노력을 포기하는 것이고 결국 장애인들을 물건 취급하는 것이나 다름이 없습니다. 장애인이 거주할 수 있는 기반시설을 없애고 소위 탈시설을 통하여 장애인에 대한 아무런 여건이 조성되지 않은 채 장애인들이 사회로 내동댕이쳐질 때 우리 자녀들에게 가해질 수 있는 회복할 수 없는 고통과 심각한 인권침해에 대하여 다시 한번 깊이 생각할 필요가 있습니다.

현재 노인 관련 사회복지시설은 기하급수적으로 늘어나 이용자의 선택의 폭이 다양해지는 것과 달리 장애인거주시설은 이용조차 제한되어 있어 선택할 수도 없으며 이로 인해 각 시설마다 대기자가 백 명 안팎에 이르고 있다고 합니다.

그만큼 거주시설에 대한 수요가 있음에도 공급과 이용이 제한되다 보니 중증발달장애인을 돌보는 부모들은 몇 년째 돌봄 부담의 과부하가 걸려 있는 실정이며 발달장애자녀와 함께 극단적인 선택을 한 뉴스들이 빈번하게 오르내리고 있습니다.

지난 정부는 장애인복지법까지 개정하여 거주시설을 없애려 했고 거주시설 신규 설치도 금지하려고 했습니다. 왜 장애인에게만 이리도 가혹한 제한을 하려고 하는 것입니까? 다른 복지시설들은 규제하지 않으면서 장애인에게만 제한을 가한다면 이는 엄연한 차별이며 장애인의 기본권과 생존권을 유린하는 것입니다. 중증장애인거주시설을 존치시켜야만 합니다.

셋째, 탈시설 정책은 무연고 중증장애인들을 사각지대로 내몰고 있습니다.

전국적으로 무연고 장애인만을 위한 별도 복지 시스템은 없습니다. 특히 장애인 시설이 아닌, 자립을 위해 지역사회로 나간 '시설 밖 장애인'은 통계에도 잡히지 않습니다. 이들이 자립에 실패해 정신병원의 돈

벌이 수단이 되거나 무보수 노동 현장에 넘겨지더라도 추적할 방법이 없는 것입니다. 부모가 부양할 능력이 안 되거나, 나이 들어 죽게 되면 사실상 장애인 모두가 무연고가 되는데 구체적인 돌봄 시스템 마련도 없이 마구잡이로 탈시설시킨다면 이들의 인권은 어떻게 보호할 수 있습니까?

여기다 최근 장애인 시설의 소규모·탈시설화로 무연고 장애인들이 '관리 사각지대'에 놓일 가능성은 더욱 높아지고 있습니다. 한 번 시설에서 나온 장애인은 정원 감축에 따라 다시 돌아갈 곳이 없어지는 부작용이 제기되는 가운데 무연고 장애인들이 출구전략 없이 '지역사회'로 쏟아져 나오고 있는 것입니다.

그런데 현재 인권위에서는 '탈시설을 위해서는 강제퇴소도 인권을 침해하지 않는다'는 궤변을 내놓고 무연고 중증장애인에 대한 퇴소를 인권침해가 아니라고 기각했습니다. 실로 어이없는 일입니다.

우리 부모들이 죽은 뒤에도 안정적이고 체계적인 서비스를 받고 살아갈 수 있게 해달라는 것은 당연한 요구일 것입니다.

넷째, 탈시설 정책은 지역사회 반대 등의 선행과제를 전혀 고려하고 있지 않습니다.

장애인의 지역사회통합을 논하기 이전에 우리 사회가 중증장애인에게 얼마나 야만적인 사회인가를 직시해 주시기 바랍니다. 특수학교 하나 만드는 것도 무릎을 꿇고 애원해야 하는 사회에서 지역사회로의 통합은 악몽과도 같은 것입니다.

'탈시설 정책'을 실행하시려면 장애인 인식개선과 지역사회 반대 등의 개선방안, 지역사회의 역할과 탈시설 이후의 장애인의 삶에 대한 지원정책 등이 선행되어야 합니다.

그리하여 탈시설 이후의 삶이 장애인에게 더 좋은 환경이어야 합니다. 만일, 시설에서의 거주조건보다 더 악화된다면 탈시설 정책은 사실상 장애인에 대한 국가의 책임을 포기하는 것이나 다름이 없습니다. 따라서 자립지원주택과 시설에서의 거주생활을 단순히 주거 장소라는 점에서만 비교할 것이 아니라, 의식주는 물론이고 의료, 안전 등 여러 가지 측면에서 종합적으로 비교해야 합니다. 탈시설 정책은 시설 밖에서 거주하도록 하는 것이 끝이 아니라 새로운 장애인 정책의 시작입니다. 충분한 검토 없이 명분만으로 추진하기에는 장애인에게 미칠 위험성이 너무나 큽니다. 실제로 자립지원주택으로 퇴소한 장애인이 충분한 의료혜택을 받지 못해 사망한 예가 여러 건 있었습니다.

또한 장애인들이 시설에서 거주하더라도 더욱 인간답게 살 수 있도록 거주 여건을 개선해야 한다는 것은 당연한 요구입니다. 시설에 있으면서도 인간다운 삶을 살 수 있는 여건을 만들어가야 합니다. 그러한 노력은 하지 않고 무조건 시설을 폐지하는 것은 장애인의 기본권과 자유권을 침해하는 것입니다.

다섯째, 결국 탈시설 정책은 중증발달장애인과 그 가족을 죽음으로 내몰고 있습니다.

정부와 지자체가 추진하는 탈시설 정책으로 중증장애인거주시설 이용자들의 신규 입소 제한 및 정원 축소가 이뤄지고 있으며, 작든 크든 시설에서 문제만 발생하면 법인을 해체하여 시설을 통째로 폐쇄하려 하고 있습니다.

어느 시설에서는 위와 같은 정책을 빌미로 심한 도전적 행동 등으로 인해 서비스 지원이 힘든 장애인을 먼저 퇴소시켜 중증발달장애인과 그 가족을 더욱 곤란한 상황으로 몰아내고 있습니다.

정부와 지자체는 탈시설을 말합니다. 그것은 도대체 누구를 위한 탈시설입니까? 탈시설 정책의 목적이 중증발달장애인에게 더 좋은 환경을 제공하여 사람답게 살게 하기 위함입니까? 아니면 우리 아이들과 가족 모두를 죽음으로 몰아가기 위함입니까?

무책임한 탈시설 정책이 지금도 어렵고 힘든 장애인 가족을 위기가정으로 전락시키고 있으며 우리 부모들을 예비살인자로 만들고 있습니다. 우리 부모들은 탈시설을 부르짖는 이들에게 "중증발달장애인과 하루만 살아보라"고 말하고 싶습니다.

거주시설에 문제가 있다면 저희가 나서서 개선하도록 노력할 것이며 인권침해가 있다면 부모들이 인권지킴이가 되어 예방하고 재발을 방지하면 됩니다. 장애당사자의 의사결정권은 반드시 보장되어야 하며 보호자들의 의견도 수렴해야 합니다.

　우리는 시설에 자녀를 맡겨두고 나 몰라라 살지 않았습니다. 하나하나의 가정이 온전히 돌아가야 국가가 유지되는 것이기에 시설이라는 버팀목에 기대어 일상생활을 유지해 왔던 것입니다. 그러하기에 지금까지 발생했던 장애인 가족들의 비극적인 자살과 같은 사건들이 다시 발생하지 않도록 현 정부와 관련 국가기관들은 '탈시설 로드맵'과 같은 폐쇄적이고 폭력적인 정책을 중지시키고 중증의 장애인들도 인권이 보장되고 존중받으며 행복한 삶을 살 수 있는 정책을 펴줄 것을 강력하게 요구합니다.

전국장애인거주시설이용자부모회 대표 김현아